纸老虎

我的自语打扰了你

北方联合出版传媒(集团)股份有限公司

万卷出版公司

目 录

辑一　田野的故事

田野的故事　　　　　　003

十年琐记　　　　　　　014

校园忆　　　　　　　　035

有个依岛　　　　　　　040

求学今昔谈　　　　　　043
　　——在华南师范大学的演讲

辑二　难忘观澜

东部：美城之链　　　　063

济南的泉水、钟楼和山　066

古镇随想　　　　　　　069

难忘观澜　　　　　　　073

西双版纳笔记　　　　　076

台港小记　　　　　　　082

辑三　精神的地平线

流动的短章　　　　　　093

我喜欢的小说　　　　　095

文学七聊   097

文学散谈四题   107

文学的自我提醒   117
        ——在中国海洋大学的演讲

小说家和散文   142
        ——在海南师范大学的演讲

谈谈语言   157
        ——在华中科技大学的座谈

精神的地平线   174

写作者的源路   184

辑四　山凹之月

同一类声音   215

未知的命运   219

在风中   223

自守与注视   227

如火如荼   231

排遣之地   233

生命的力量   237

梦的故乡　　　　　　　　241

森林之冬　　　　　　　　244

山凹之月　　　　　　　　247

思念和隐秘　　　　　　　252

梦中的铁路　　　　　　　256

污浊的旋流　　　　　　　261

我的自语打扰了你　　　　266

从高原到天堂　　　　　　270

簇拥和掩藏的九月　　　　274

不倦的水　　　　　　　　278

大地的引力　　　　　　　282

你在不为人知的田园中　　286

一个梦想　　　　　　　　291

古河之声　　　　　　　　295

土与籽　　　　　　　　　299

辑一
田野的故事

一个诗人离开了田野，就不会健康地工作。你以任何名义都无妨，反正要能经常地接触土地就好。你来往于田野，嗅着泥土的气味，身上的力气就会渐渐恢复，精神也充实饱满。土地在春夏秋冬四个季节里有不同的魅力，它会把你紧紧地吸引着，让你不愿意背离它。

田野的故事

　　一个诗人离开了田野，就不会健康地工作。你以任何名义都无妨，反正要能经常地接触土地就好。你来往于田野，嗅着泥土的气味，身上的力气就会渐渐恢复，精神也充实饱满。土地在春夏秋冬四个季节里有不同的魅力，它会把你紧紧地吸引着，让你不愿意背离它。

　　我们都有这样的经历，那就是面对一片空白进行着激烈的想象。这种想象是创作的生命，是一个基本过程。我们的脑海里又出现了过去的故事、可能发生的故事，出现了蓬蓬勃勃的生命……想象离不开田野，我们无论在脑子里绕开多少弯儿，最后也还是要回到田野上。可是如果离开真实的土地久了，这种想象就落不下来。那就只好一直停留在想象里。

　　我们见过了很多停留在想象里的诗人。我害怕变成那样，才走出去，到海边，到庄稼地里，到抗旱、收割的人群里去。结果想象的任务减轻了似的，真实的气味围住了我，我置身之中，恢复了信心。多少次描写过下雨，可是真正的雨、下雨前后的真实想法，又写过多少？胶东西北部小平原几十年里最旱的年头来了，树木死亡，庄稼一片片焦干。那时的盼雨才是牵动心肺。下雨吧，连下个几天几夜，我相信土地也会把它吸干。夜里总做下雨的梦，不知多少次把风的沙沙声当成了雨，惊喜地跑到凉台上看雨。雨成了心中的主题，等待成了主题，希望也成了主题。这样挨了不知多少天，有一天真的下雨了，不过是很细的雨丝。下了几十分钟，像泪花落在土地上那样不起眼儿。不过你可以想象有些小草可能活下来。在这样的日子里，你会理解那些做出隆重仪式求雨的人，会把希望寄托在神灵上。这一点儿也不奇怪。你会相信神秘的力量一定左右了这一块天空。

土地如果真的焦干了，那么一经雨水淋过，散发出的气味会让人记一辈子。那是烙铁淬火或是砂锅烧热了之后用水珠洒过时的那种气味，仿佛也同时伴着"哧哧"声。无论是多小的雨，都令人难忘；无论是多小的云彩块儿，都让人盼着化为雨点儿。我有好长时间，也许到现在仍然这样，一直牵挂着下雨的事。这成了一个癖。只要下雨我就高兴，总觉得雨水还不够大。一下雨，我就想起了那个小平原。

那里有四五十个村落缺水，人畜吃水都成问题。地下水长期汲取也快枯了，好多眼深井不得不停止使用。有的井虽然仍在坚持使用，但由于水位下降，机器已经抽不上水了，不得不用一种特殊的潜水泵。为了节省浇地用水，把水尽可能远地送来，现在田埂上到处都是绿色白色的塑料输水管。你可以想一下，就是在这样的情况下，农民们想方设法，像伺候一个未满月的小孩似的，把一株株玉米弄得粗大茁壮，成一片黑乌乌的玉米林子。在这时候，庄稼就更不能缺水，因为玉米穗子刚长起来，用水量就更大了。好像那个时候田里只有一件事，那就是抗旱、浇地，保住这一片绿色。

可是有的地方还是不得不放弃这个希望，因为井里实在没有水了，其他水源又离得很远。你眼看着一片片玉米、花生蔫了，心里像压了铅。玉米叶儿慢慢在太阳下卷了起来，然后就变得焦干，攥一把都成了碎末。花生茎上的黄色小花也干结在叶子中，它们一下子都贴在了滚烫的地皮上。

那里的绿色就是在这样的环境下保持的。

深秋的夜晚我们走到地里，走在望不到边的玉米林子里，心里很不平静。玉米叶像一把把大刀，齐齐地悬成一长溜儿，长叶儿上的脉络清清楚楚。玉米开始抽缨了，一股香甜气味弥漫了四周。玉米秸很粗，很结实，根须也很壮，有一大截鼓出地面。显然，它们被管理得很好，水肥充足。我常在夜晚蹲在玉米田垄里，久久不动。这里的空气吸饱了，它给人灵感，给人真正的激动。这才是一个人所能享受的最好的夜晚。我的脚下，小蚂蚱什么的在蹦；远处，各种小动物在叫唤，发出很细碎的声音。我仿佛真的听到了大地的呼吸，听到了一片无边的植物的喘息之声。

只有那个时刻算明白了一点点。我知道一万个形式里面，可以有一万个内容，也可以只有一个内容。我不愿过多地在形式上选择，而只是更热情地体会着追求着我自己的内容。我感受到了夜晚的特殊的声息、气氛，我牢牢地记住了这一感觉。这好比我读过的一本大书，我只记住了书中至关重要的某一点东西一样。整个的到田野、到一个小城里的过程，都像是一次漫长的阅读，我们在慢慢地捕捉一种氛围、一种意境、一个故事，接近了一个主题。我相信是这样的。

我们多少次在纸面上表现一个生命、生命的力量、它的无与伦比的美！可是具体到一片生机盎然的田野，上面的呼叫奔突着的生命，我们才会真的理解，真的激动。

那样的夜晚，如果一个人带着尘土和一身的疲劳蹲在那里，伏在那里，就会离大地很近很近。这是感觉，又是一种实在。你天天关在楼房里，在人丛中奔忙，你真的会与土地一起呼吸，并且真的会有逼真的想象和描写吗？我想这做不到。什么事情都有个条件，离开了这些条件，要做到很难很难。需要你沾一身泥巴，你就要沾；需要你满手满脸青草的汁水绿屑，那就那样好了。这是些条件，你带着它们走进那种要求里，去获得至境。这一切必须真实朴素，必须真切，不然一切又都成了演戏，事与愿违，你什么也得不到。

接着说雨。我们对雨有各种各样的印象，有各种各样的描述——关于雨的吝啬、雨的肆虐和疯狂——可是你具体到一块土地、一个村庄呢？你具体地理解或阐释一种雨了吗？你记得这之前好像没有做到。比如雨的吝啬——它会到了什么程度？在干旱的那些天里，我前面说过，我算真正领会了一点儿。我们描写干旱的文学作品太多了，中外都有名篇，当然描写大雨的也有很多，像福克纳写大雨就有很多篇。要写出干旱的那种焦躁，从内心到外表，从滚烫焦干的空气到田边上的裂纹，非有亲身体会不可。你会有一种深刻的危机感，你会觉得这次漫长的干旱（六十年来最旱的一次）很有些来头，恐怕那一端连接在一个很危险的东西上，会有极大的不祥的事情被引发出来。这些日子你不仅着急，而且变得多疑。你十分悲观。这种悲观当然不好，可这是真实的状态，这是具有彻底悲剧精神的一种想法，反正你亲身经历了这一旱，你算彻底弄明白什么才是雨的吝啬。你跟着植物和牲口一起熬过，熬过来了，这很不容易。你必然要好好写写这个"不容易"！

　　现在的大雨都躲到哪里去了呢？这是自然界留给我们的一个大谜。一会儿解释说是这样的现象，一会儿解释说是那样的一个现象，不知道。过去的海滩平原上下起雨来，铺天盖地，风搅着树林，雷闪不停，你真会害怕。常常是大雨追赶得人们抛下手里的东西就跑，雨鞭噗噗地抽在大人孩子的身上，抽得他们直叫唤。这样的雨下起来就不停，一下下上几个小时、几天，大水从地平线涌来，房屋倒塌，沟满壕平，大树变矮。

　　现在从来没有下过那样的雨。

　　过去的一片蛙鼓现在也没有了。那种声音在过去是永不消逝的，它与田野、庄稼，与一个个不眠的夜晚连在一起。这会儿它们都藏到哪里去了呢？时代在变迁，一切都在改变。人的生命太短暂，无法明白这些。我脚踏的这片平原，还到处是贝壳的屑末，人们传说多少年前这里正是大海。大海为什么退出了那么远？它又会因为什么原因、在什么时刻里重新返回呢？这种种疑案都在等待回答。

以上这些感触只有在平原上生活的人才更加关心。我如果在城里，远离这一切，就不会去思索。

人们多次谈过到生活中寻找活生生的语言，等等。这样谈得多了，反而全不明白了。要谈也得到了时候，到了跟土地跟做活的人磨得火热了的时候再谈。那时语言突然间变得活了，它们字字都有了生命，并且放出生命的野性气味。你与庄稼棵子在一块儿，才会说它们的话，与牲口在一起，也会学到它们的话。什么语言都是现成的，藏在事物的内部。你听到它了，它活动起来了，那时你就捕捉它。语言，特别是艺术语言，必须有生命，能动，能迸溅和跳跃。它们确实在有生命的物体内部，在那里面潜伏。比如人的语言，它也在人体里潜伏，老人、小孩儿、男人、女人，都潜伏着一种语言——他们说出来的，只是一小部分，而且不一定是他们生命的语言。有些只是声音——声音不等于语言。我们过去的错误就是过分地相信了声音，以为声音与语言是一个东西。

如果是这样，那么风、海涛声，木头折断的咔嚓声，都是语言了。有声音的可以是语言，也可以不是语言。它们的区别就是，看其有没有生命。我们寻找的是真正的潜藏在物体内部的语言，寻找它的生命的变化情绪、征候、兆头。找一点儿语言不容易。一个老人被太阳晒得黑乎乎油亮亮，仿佛一声不吭地蹲在土地上，看他的庄稼。这时候他没有语言吗？有。他有多么丰富的话语正像河水一样汩汩流出来。还有一株老玉米，它黑乌乌的叶子，秸秆又粗又壮，默默地站着，它没有语言吗？它有。那是关于水的气味，还有对这个秋天的评价等等不同凡响的议论。

总之，语言是最难学到手的。它们的难点就在于，它们有时是一声不吭的。它存在于活的、正在成长或死亡的一切事物之中。

比如一片夕阳下的茅草，它们正在懒洋洋地唱歌。再比如一条大渠埂上的茂盛的青草，它们正说着很多关于青春期的奇怪的诱人的话语，那话题是人们都愿意听的。关键是你要用心去捕捉。你学会了听这些语言，也就真的是一位艺术家了。

群众的语言就在群众中，而很难在一个人身上出现。群众，他们在很广大的一片土地上活动，不停地劳作、生活。比如在下雨天，他们一群群出现在田里，去抢搬麦子，或者涌到场院上。秋天，收玉米的时候，满地都是挥汗如雨的人群。那时你看到的是不知姓名的、众多的人。他们的语言就开阔地播撒在大地上。你听到了吗？群众的语言多么有活力！这种声音就是劳动的声音，是生活的、喜悦的、乐观的声音。这种声音从播种响彻到收获，一直响着，好像从亘古就是这样的永恒的声音。

学会了这种语言，语言的源泉就开通了，就不会下笔无言了。我多次尝试着寻找一种群众的语言，十分用力和耐心。我发觉这种语言的内容有时掩盖在声浪的泡沫之下，它需要你去拂开泡沫，把最内部的鲜活的东西搂抱住。有时泡沫积得老厚，你拂不动，推不开，使你永远也不能接近真实的内核。你要把一切看在眼里，记在心上，用嗅觉、视觉和听觉去一齐接近。群众的语言总是与土地的语言十分相像。你理解了土地的语言，那也会包括群众的语言。

我们常常赞美透着泥土香味的语言——要学会这样的语言，在我看来是难而又难的。我在深秋、炎夏、盛春和隆冬天里，都曾经一个人或与一二好友一起，到田野深处去，有时待到深夜。我相信你只要亲近土地，土地迟早就会教给你一种语言，使你的笔下真的透出泥土的香味。不过这是特别难的事情，它不像有人以为的那样容易。我看到一些文章，他说他到群众中去了，到土地上去了；他的语言已经透着泥土的香味，等等。我认真看了一番，发觉没有一丝泥土的气味，也没有什么"群众的语言"。它们没有那种彻底的放松精神和质朴精神，没有。土地的语言是久远深长、特别广阔的，谁能沾上一丝一毫它的气味，那都预示着一种永恒。我以为一个搞写作的人只要能真正谦虚地去学习和追随土地的精神，那他就会强大——空前地增加语言的力量。

没有一种语言可以像土地的语言那样，包涵一切，融化一切，归纳一切。它可以模仿和造就千万种声音而不相互重复，也可以只传递出一种永久的声音而不使听者感到单调。土地的声音、它的语言，是丰富到不能再丰富的境地了。在大雪后的一个夜晚，大地一片白色，我趁着月亮天走到田野上——我走了很远很远，一个人，默不作声地走。我好像听到了什么，又好像一直在享受一种雪后的宁静。这个时刻土地的语言是什么？像冰雪一样凉吗？不，它温柔得很，像女人的悄声细语，像耐心的母亲的规劝——我有时真的感觉到了它的存在，心里激动起来。脚下的雪在吱吱响着，我往前继续走下去……

那么雨天、焦灼的天、干冷的天、丰收的土地……各自又有一种什么语言？永远也探索不尽的秘密啊！在这些秘密面前，我们真是显得无知得很，渺小得很。我们真的是一些刚刚学习语言的人，刚刚学会发出单调的音节。谈到深入生活，就等于谈一个枯燥的话题，等于谈吃饭、喝水等基本问题。这些正因为是基本的，才具有长远的、与生命长期相伴的意义。沉入生活的深层，去与土地亲密，去倾听生活的声音、土地的语言，那当然是十分重要、十分迫切的事情了。

我看到的主张深入到基层的人，提倡这个并身体力行的人，有一些是比较外向的。这也很自然。容易接受口号、愿冲动的人，当然最先去实践这个。不过"体验"两个字又反映了很内向的精神色彩。"体"是身体，是感觉的起码条件，是血肉之躯，是眼耳鼻舌身的总和。身在动，在感觉，身体的全部在移动，在接触。而"验"是经验，是试验，是个过程。"验"差不多等于演。身体一动，一挨近，来了各种复杂的感触。这一过程就是"体验"。这个词充满了觉悟、妙悟、领悟、参悟的意味。好像更多的是身体移动过程中的静思默想。我们长期只强调移动，而不注重默想，这样就偏颇了。如果两个方面都强调，就有非常好的效果了。

你深入到田野了，这就是动。无论怎样轻微的动，身体的感受都有变化。接来就是静思了。静思强调的是"静"字，不然就与其他的"思"混同了。最有深度的思想，都是静思的结果。有的思想不深刻，不独到，不新颖，都是因为他思而不静。我说的对土地上的干旱、雨季的变化、庄稼的长势，还有群众的语言与土地的语言，这一切问题，都需要在身体的移动中遇到，但遇到之后要深刻地理解，就需要静思默想。有不少深入生活的人走马观花，好像什么都知道了，其实他只知道一些老生常谈的东西，稍微隐秘一点儿的，他根本不知道。看来很热烈地参与了，实际上他只是一种浅层的摩擦，没有感觉到事物（物体）内部的震动。

如果有一种细小的遥远的声音要捕捉，那就要平心静气。这时任何的动作、分心分神的事都不能有，不然就听不真，听不到。静思的目的也仅仅是为了听到那种声音。这是朴素的唯物主义的道理。一个深入了生活的人，等于一个人投入到更广阔的天地间去，他必然要倾听和辨析，要寻找目标。在令人眼花缭乱的事物面前，在一万种声音的喧闹下，他必然要设法从容一些地研究。这些喧闹背后是什么？是需要用心去倾听的另一种语言——他就是这样走入了静思。

田野上是生长繁衍各种生命的地方，是泥土。我觉得一个搞艺术的人，不管他是搞什么题材或体裁的人，都不能离开它。因为一离开它，就不会理解生命的奥秘。田野一刻不停地在孕育和演化，即便在深冬严寒季节，土层里也有什么在活动。到了温度适宜的时候，各种叶芽和秸秆鼓出土皮儿，经雨水一冲，齐刷刷往上茂长。各种动物都奔跑不停，吃东西，喝水，撒欢儿乱叫。人忙着自己认为有意义的事，比如播种收获、打猎，或者去发财；人也像树木一样靠阳光和水生长，而搞艺术的人也靠这个。所不同的是，搞艺术的人想方设法要揭示田野上一切事物，当然也包括人本身的一些奇妙之处、他们与它们的各种联结……

　　我与其他人对这个理解的不同之处在于：有人认为诗人要忘掉自己的身份去深入，说那样才深入得好。而我认为他在任何时候也不能忘记。因为一忘记，他就迟钝了。从获取隐秘的角度讲，只有记住了自己是个诗人，你才能深入进去。有人天真地认为他真可以忘掉自己的目的以及身份，到生活和群众中去，学点烂熟于心的语言，有一些群众情感——可是等他记起诗人这一身份时，发现那情感和语言都没有了；而一旦记起那些语言和情感的时候，他又忘记自己是个诗人了。

1989年11月

十年琐记

油印刊物

我的初中是在胶东半岛上的一处联合中学度过的。今天来看，她的自然环境非常之好：地处海滨，在一片果园的包围之中，校舍是一排排红砖瓦房，被大片绿树掩映，连阔大的操场也罩在了林子里。这里的春夏秋冬四个季节都给人留下难忘的印象：春天是密密的苹果花和李子花，是一群群的蜂蝶和小鸟；夏天有流经园里的河渠、不远处的大海，让我们在水里玩得尽兴；秋天果实累累，园径旁花丛盛开，花果把人簇拥起来；冬天有遗落枝头的冻果，有高高的雪岭……总之这是一座再好也没有的校园了，它真该与美好的少年时代连接一起，成为一生难得的回忆。

可实际情形却有些复杂：关于她的一切，有时让我深深地沉迷，有时又不忍回眸。那时候我们并没有多少时间来享受大自然的慷慨赐予，因为当时已经找不到一个安静的角落了，就连这个绿荫匝地的校园也不能幸免：到处都是造反的呼声，是拥来荡去的各种群众组织。我的同学全都来自附近的几个村庄、国营园艺场和矿区，大家操着不同的口音，这会儿却在呼喊着同一些话语。老师和同学们除了要写大字报、参加没完没了的游行和批斗会，还要不断地接待从外地赶来串联的一队队红卫兵。后来形势发展得更加严重：我们校园内部也要找出一两个反动的老师和学生，并且也要开他们的批斗会。于是，校园里到处都是大字报，是一双双紧张兴奋的眼睛。

校外的批斗大会常常要到我们学校来举行，这既是为了让我们接受难得的教育机会，同时也因为这里有个大操场，地方宽敞。在最紧张的日子里，我们根本不能上课，因为除了批斗会，还有老贫农的忆苦会、老红军的报告会，以及"活学活用"积极分子的"讲用会"等等。剩下的一点时间就是自己折腾：写大字报、相互揭发。那是一个热火朝天、意气风发的时代，一个少数人特别痛苦、大多数人十分兴奋的时代。可惜我就是这少数人中的一员，这是我最大的不幸与哀伤。

父亲当年正蒙受冤案，所以我似乎从一开始就成为难得的另类角色。校园内一度贴满了关于我、我们一家的大字报。我不敢迎视老师和同学的目光，因为这些目光里有说不尽的内容。校长是一个热爱文学的人，他对词汇特别敏感，即便是从一张张严厉的大字报中，也仍然能寻到一些好句子。我至今记得他盯着墙壁的模样：一手端着一个红色墨水瓶，一手捏着一支毛笔，头颅前倾，不停地戳戳眼镜，然后往墙上那些大字报上画一道道红线……同学们聚在一处欣赏美妙句子的时候，也正是我心碎的一刻。

学校师生已经不止一次参加过我父亲的批斗会。当时我要和大家一起排着队伍，在红旗的指引下赶往会场，一起呼着口号。如林的手臂令人心颤。但最可怕的还不是会场上的情形，而是这之后大家的谈论，是漫长的会后效应：各种目光各种议论、突如其来的侮辱。我记得那时常常独自走开，待在树下，想得最多的一个问题就是：怎样快些死去，不那么痛苦地离开这个人世。

我恨校长也爱校长——最后竟长久地感激起这个人。他酷爱文学，最终在校内办起了一份油印文学刊物，取名《山花》。它装订得极为齐整考究。全校只有校长的蜡版字最好，所以每个字都要由他亲手刻下，它们工整得简直就像铅字一样。校长是一个完美主义者，他绝不容许自己的制作有一丝瑕疵，以至于题图插图全要自己动手，直弄得无一不精，整本刊物美轮美奂。校长号召全体师生都为刊物写稿，并且没有忘记鼓励我。这使我受宠若惊。

我写下的东西刊在了显要的位置上，校长当众赞扬了我。

这在我来说可是了不起的经历。许久许久以后，它又将和那些可怕的屈辱掺在一起，让我既难以掰开又难以忘怀。

我们家孤单单地住在一片林子中，只要没有外人打扰，就会有自己稍稍不同的生活：每日忙过一天，夜晚享受安谧。如果是漫长的冬夜，家里人就会找出一本书来读。听书，成为我当时最大的乐趣。所以很长时间以来，我每天最盼望的就是夜晚快快降临。如果是大雪封地不能出门时，外祖母就点起火盆，再把一张小桌搬到炕上，和母亲一起描花，画些什么。她们做得最好看的就是一种梅花，那是用高粱秸秆的内瓤做成的一朵朵梅花，插满了一株酸枣枝或荆棘——这就成了一树刚刚绽开的腊梅。

除了在家听书，就是想方设法从一切地方找书来看。那时有些书是藏起来的，很不容易找到；有些书是竖排繁体字，拿到手里也读不懂。但强烈的好奇心还是吸引着我，让我磕磕绊绊地一路读下去。记得那些翻译作品和古典文学，就是在这样的情形之下吞食的。这也是我能出人意料地写出一些与大多数同学不同的句子、博得校长赞誉的重要原因。

我们的油印刊物出了好几期。这个事情极大地吸引了校长和部分同学老师，让他们欲罢不能。而在我看来，她就像空气和水一样不可或缺。我会在一个没人的地方长时间与这本油印刊物待在一起，嗅着她的香气，不止一次把她贴到了脸上。

校长热爱他的刊物，于是就一块儿喜欢起那些能够襄助这个事业的人。我开始受到他的祖护和帮助。文学可以让人在一定程度上免遭苦难，这是我在那个年代里稍稍惊讶的一个发现。

杀　狗

由于我们一家独居丛林的缘故，我的童年比较起来是极其孤单的——或者也可以说是最不寂寞的。因为我可以有更多的时间接触一些动物，在无边的林子里玩耍。而那时的人群在我眼里常常是可怕的，他们当中的一部分有多么不善甚至恶毒，我是充分领教过的。

除了在野外看到一些动物，比如各种鸟雀和四蹄小兽之类，再就是养一只狗和猫了。林野中的动物虽然种类繁多，却不能够随意亲近。它们无论如何还是不能相信有人会对其友善，总是充满了警醒和提防。这在动物来说当然是完全没有错的，只是让我感受了极大的委屈。因为我知道自己是多么需要它们的友谊，并且永远不会背弃和伤害它们。可惜这种想法无法表达，我们之间没有通用的语言。但好在我的这种遗憾在很大程度上由猫和狗给弥补了。它们可以与我依偎，相互之间久久注视。它们甚至能够确凿无疑地听懂我的一些话。

我们那时对于猫和狗是家庭成员这种认识，绝没有一点点怀疑和难为情。因为我们一家人与之朝夕相处，我们从它们身上感受到的忠诚和热情、那种难以言喻的热烈而纯洁的情感，是从人群当中很少获得的。就我自己来说，当我从学校的批斗会上无声地溜回林子里时，当我除了想到死亡不再去想其他的时候，给我安慰最大的就是猫和狗了。它们看着我，会一动不动地怔上一会儿，然后紧紧地挨住我的身体。

猫和狗的眼睛在我看来有无尽的内容。这是神灵从陌生的世界里开向我的两扇窗子。它们没有对我发声，可是我真的听到了也看到了。于是我常常就对它们诉说起来，说个不停。它们倾听的样子是我一生都不能忘记的。我认定了它们的纯良，世上的任何人伤害它们，在我看来都是最为残忍的行为。

也就是在那样的时期，巨大的灾难突然降临了：上边传来了打狗令。一开始是附近村子里的孩子在说，几天后竟然得到了证实。母亲和外祖母的脸色变了。她们都不敢看我，就像我不敢看她们一样。

显然，这是我和我们全家无论如何都过不去的一道坎。以这样的方式失去一位情同手足的伙伴，对我来说等于临近了世界末日。它看着我，又看看全家人，泪水盈眶。它的聪慧使其预先感知了一个残酷的结局。

打狗令规定：养狗的人家必须在接到命令的第二天自行解决，如果超过期限，就由民兵来办这件事。

母亲和外祖母躲到一边去商量什么。我知道她们什么办法也不会有。我在她们走开的一会儿却打定了一个主意：领上我们的狗远远离去。去哪里？不知道。去一个能够让狗活下去的世界。天底下一定会有这样的地方吧，那儿不论多么遥远，我都要找到它。这个决心比铁还硬，竟使我一时忘了其他，丝毫也不去想家里人会怎样发疯地找我。我只想和我的狗在一起，只想让它活下来。

我领上狗走开，进了林子。似乎只彼此交换了一个眼神，我们就溜开了。我在前边跑，它就紧紧相跟。这是一条逃命之路，它当然完全知道。我跑得很快，只偶尔回头看它一眼。它不像往常那样时不时地跑到前头，而是一直跟在后边。它越来越不愿跟上来，这种情况以前是从未有过的。我发现已经接近了一条河流，这条河离我们的住处仅有三公里，可感觉上河的对岸就是外乡了。

一丛丛绿色掩着它的身影。我再次回头时竟没有找到它。我呼唤了一声，没有回应。我慌了。它会迷路吗？它又为什么不再跟从？答案只有一个，即它留恋着丛林中的茅屋，认定那儿才是它的家。它终于察觉了我们这次走得太远了，尽管这是一次逃命之旅。

我紧咬嘴唇。回返的路上，我在心里一直呼唤着它。可我并没有喊出声音来。因为我明白，它从很远的地方听到我的脚步声，就足可以辨别了。它不愿转来，那是因为它已经打定了回到茅屋的主意。

可是家里仍然没有它的身影。母亲和外祖母定定地望向我。后来是外祖母先开了口，问我们刚才去了哪里？我没有回答，只在屋里屋外大声呼喊起来。没有任何回应。

天黑下来，离我们茅屋不太远的那个小村里传来了一阵阵狗叫声。那是让我心惊胆战的声音。

母亲说：民兵等不及了，他们提前去了那个村子。

果然，从天黑到黎明，林子外面的狗吠声再也没有停止。一夜之间，不知有几拨民兵拥到林子里来，他们背着枪，厉声追问我们的狗哪里去了？当然不知道。我只希望它长上了翅膀。

一连多少天，我都能闻到空气中的血腥气。我所遇到的每一个人，他们不论是到林子里干什么的，脸上都有一股杀气。他们不问自答地叙说着耳闻目睹：不远的那个小村里，不知谁家动手杀死了自家的一条狗，接着全村的狗就乱起来。它们只要是没有拴起的，就串到了村头，然后会合一起向林子深处跑去。也就在这时候，得到消息的民兵就扛着枪棍包抄过去，最后将一群狗围在了林子边上的一个小沙岗上……

我突然想到它就在它们之间。

事实果真如此。不久小村里的人证实：当各家去寻领自己被打死的狗时，唯有一条狗是没有主人的。民兵收走了它。他们描述了它的皮毛花纹。是的，确凿无疑。

它在逃离中会入了同类。它在最需要我的时候离开了，是出于一种毅然自决的勇气，还是对我们全家的怜悯？这个问题让我一直费解。

记忆中，每隔三两年就要传下一次打狗令。它总是让人毫无准备，突然而至。每一次骇人的消息都不必怀疑，因为谁都能嗅到空气中的血腥味，同时感到空气在打战。

民　兵

当年有一个最吓人的字眼，就是"民兵"。这两个字意味着颤抖和眼泪、大气不出的死寂。与它连在一起的，还有这样的意象：呵气成冰的严冬，绳子和枪，生锈的刀。一些捎枪扛棍的人在村头巷尾、在村路上走动，个别人还穿了一件黄色上衣。这就是民兵。谁家孩子哭了，家里大人会吓唬他说：民兵来了！

其实不仅是孩子，大多数村民也害怕民兵。这些人被赋予了特别的权力，是当地管理者的武装。他们分为一般的民兵和常驻民兵，所谓"常驻"就是一天到晚宿在民兵连部的一伙，轮流值夜，每人都有武器。能担当这样角色的，都是村里最野蛮最悍勇的青年男女，也是村子中的特殊阶层。他们虽然是农家子弟，但地位较高，令一般农村青年羡慕不已。他们不仅可以脱离田间劳动，而且可以有较好的食物：夜间巡逻时总会弄来各种吃物，一只鸡或一条鱼，再不就是一头小猪或一条狗。民兵连部里总是飘出一阵阵酒肉香味。最让人畏惧的还是他们的声势：大声呵斥村里人；见了"地富反坏右"及其他，可以随意踢打辱骂。

民兵喜欢穿白球鞋，旧军衣，背一杆刺刀生锈的三八大盖。

凭这三件，就是横行乡间的不败法宝。他们走路趾高气扬，说话粗声辣气，不带脏字不说话。村里的头儿走到哪里，身后常常就跟了一群民兵。夜间"村头"最爱去的地方就是民兵连部，最喜欢的就是这里的一溜地铺，铺上有一排叠得有角有棱的被子。墙上则挂了一支支早就退役的老式步枪。偶尔会有一挺转盘机关枪，当然也是退役的废品，要在几个村子里轮换使用。这种枪在村里人看来简直就是神秘的物件，威力无限，其震慑力完全比得上一艘航空母舰。它有两只腿、一个圆圆的锅饼似的转盘，长相怪异。在巡逻时，民兵一定要把这挺机关枪带出来。它的出现，即代表了无可比拟的权威和力量。

那个年代里没有任何人奢望过违法和抵抗。

"枪杆子里面出政权"的道理妇孺皆知。虽然从来没有见过转盘机枪打响过，但都能想象出它愤怒的模样：子弹横扫密集如雨，人群像秋风下的落叶一样唰唰仆地。如果谁还想好好活着，那就得老老实实低头干活。

最为胆战心惊的当然就是"地富反坏"一伙了。这些人心里总有一个大惧，就是说不定哪一天会把他们连根除了。因为这有真实的例子，远一点的是四十年代末，近一点的就在几年前，有的地方做得非常彻底：把他们从老到少一并除掉。他们明白，上边的人之所以到现在还在犹豫，那不过是在考虑这部分人的特别用途——如果他们不在了，那么村子里就没法进行一些大事，要开斗争大会连个捆绑的坏人都找不到。所以他们知道自己还会留下来，至于留多久，那就说不准了。

常驻民兵的待遇优厚，是大有原因的。这些人除了根红苗正，最要紧的还要格外忠诚，忠诚于"村头"。更要勇敢，要一不怕苦二不怕死。在执行打狗令的时候，他们为了逮住一条逃逸的狗，能够在一条又湿又脏的泥沟里潜伏通宵，只紧紧搂住一杆步枪，一动不动直到天亮。有的民兵为了表示大义灭亲的勇气，在自己父亲与"村头"发生哪怕最轻微的冲突时，也要冲上前去打老人的耳光。还有一个小伙子与邻村斗殴，为了镇住对方，竟然操起刀子砍去了自己的小拇指，而且面不改色。

我真的看到有一个缺少半截小拇指的民兵，所以我从来不曾怀疑这批人是特殊材料制成的。

他们有一段时间对我们的小茅屋特别留意，时常背枪光顾。深夜时分，我仍然可以听到他们在屋后溜达的脚步声。他们咳嗽，抽烟，压低嗓门儿说话。外祖母和我睡在一起，她要时不时地把坐起来倾听的我按回被窝里。

当时父亲正从南山的苦役地回来，这使民兵们格外忙碌起来。他们除了要没白没黑地监视他之外，还要隔三岔五地进门审讯一番，展示一下自己的口才。他们进门后就让父亲立正站好，然后开始高一声低一声地审问。他们问的所有问题都没有什么实际内容，因为问来问去就是那么几句：是否有生人来过、近来有什么不法行为，等等。这些问题其实由他们自己回答更为合适，因为再也没有比他们更熟悉茅屋里一举一动的人了。这样问了一会儿，连他们自己也觉得无聊，于是就放松下来，说一些俏皮话，相互编出一些古怪的谜语让对方猜。有一次其中的一个说："'八条腿，两个头……'什么动物？"对方大为迷惘，那人就哈哈大笑："连这个都不懂！配猪呢！"

这些民兵更多的时候不是幽默，而是凶相毕露。他们喜怒无常，有时不知为什么就满脸紧张地从外面跑过来，大呼小叫。妈妈和外祖母说：又要开批斗会了。

远远近近的村子，只要开稍大一些的批斗会，就要来押上父亲参加。所不同的是：有时要捆上父亲，有时则不需要。

民兵捆人很在行，他们会想出许多花样。有一个年纪十七八岁的民兵把父亲捆上了，另一个年纪大一点的民兵看了看，摇摇头说："不行。"他叼着烟，一边解着父亲身上的绳索一边咕哝，向旁边的人示范。他用膝盖抵住父亲的腿弯，然后将手里的绳子做成一个活扣，只用三根手指轻轻一抽，绳子就给拉得绷紧。

拉网号子

当年最难忘的娱乐，要算是学校宣传队的表演了，这在我们当时看来艺术性极高，甚至是精美绝伦。这一切都是因为一个新来的女教师，是她参加进来的缘故。过去的学校演出队总是匆匆成立，为应付上边的会演急急应付，完全不成样子。校长擅长文字并爱好文学，可唯独对表演心有余而力不足。好在他会拉胡琴，会化妆。他亲手给一个个学生描出粉红的脸蛋后，然后再退到一旁端量，十分满意。可惜他不会导演，勉强指导出的几个动作十分僵硬。好在这时候女教师来了，这等于是及时雨。

女教师不仅会跳会唱，还会自创节目。她先是从海边渔民生活中取材作歌，然后又从全校挑选出最有潜质的少男少女，细细排练起来。我一开始也在宣传队员的备选名单中，后来因为家庭原因搁浅了。不仅是文艺，即便是加入学校篮球队，也因同样原因遭到了淘汰。

我们学校宣传队在女教师的带领下，简直是无所不能。他们独创的"鱼鼓歌"和"拉网号子"，在会演中不断拿到奖牌，声名远播。有时他们还可以凭这样的招牌节目，代表整个园艺场、乡镇和矿区，到附近的部队去做拥军表演。

我们最大的享受不是在舞台上听"鱼鼓"和"拉网号子"，而是到大海边上去看真实的"拉大网"，听震天的拉网号子。

除非是海边的人，不然就很难知道什么才是"拉大网"。那时还没有什么机帆船队，也没有其他先进的捕鱼设备，沿海村庄最有威力的捕鱼工具就是一面大网、两只舢板。那大网是用细棉绳织成的，而后又经过猪血浸透，这样就不再腐烂，可以下海网鱼了。具体捕鱼过程是：先由舢板载上大网驶进海中，在水中撒成一个大大的弧形，然后就在网的两端拴上粗缆——许多人在沙岸上排成两溜，在巨大的号子声中拉起来。

一个盛大的节日就这样开始了。只要是拉大网的日子，周围村子里的闲人就全围上来了。我们这些初中男生只要一有时间就往海边上跑，去这个最吸引人的地方。那时我们恨不得停课，恨不得一天到晚盯住海上发生的各种奇迹。可偏偏是我们不在的时候，奇迹才会发生。惊人的传说源源不断，一件还未得到证实，另一件又传开了，弄到最后谁也不知道哪一件是真的、哪一件是假的。比如都在盛传这样一件事：有一天半夜里大网靠岸了，结果拉上来一个"人鱼"——它有人一样的脸庞，大眼睛，细细的胳膊，长长的手指——不同的是这手有蹼，身上也像鱼一样，有一层黏液。这个"人鱼"一离水就不停地哭，用带蹼的手搓揉眼睛。他（她）的哭声尖厉极了，哭得人心里难受，于是海上老大发个命令，就把他（她）放了。

还有一次，大约是黎明时分，大网靠岸了：网里有一条特大的鱼精。这鱼精浑身黢黑，抵得上四匹马那么大，一离水就散发出逼人的酒气和腥气。它被拉上来的时候，还在呼呼大睡呢。当时所有人既惊吓又庆幸，说这一下等于逮住了多少鱼啊！有人主张趁它还没有苏醒赶紧动刀杀了，可以将肉一块块卖掉。可这事最终也还是被海上老大给阻止了。他认为海里精灵绝对不可招惹，任何不慎都会招来灭顶之灾。不仅要放它回海，还要口中不停地念叨，求它原谅拉鱼人的莽撞，不小心打搅了老人家睡眠，等等。

据海边人说，拉大网的最好时间不是整个白天，而是两个特别难得的时段：夜网和黎明网。他们说海里的鱼也像人一样，有个晚上打瞌睡、早上起不来的毛病——正在它们迷糊时，大网将其一下套住，再想逃也就来不及了。

夜晚是海边最热闹的时候。这里火把映得到处一片通明，人潮汹涌，真不知是从哪儿来了这么多的人。海上老大阴沉的面孔十分吓人，他看哪里一眼，哪里的人就不敢大声喊叫了。可是他的目光只要一挪开，呼叫声立刻又震天响了。因为这场面实在太惊人了，不由得人们不喊。

时至午夜，从沿海村庄甚至是南部山区来的买鱼人越聚越多。这些人携了篮子，背了口袋，一直站在海边，直眼盯着灯火辉煌处。号子声越来越响，这声音的强弱显然表明了用力的大小。拉网的人在大网就要接近岸边时，简直是没命地喊叫。他们为了起劲，有时故意将一个熟人的名字套进号子里一起呼喊，羞辱他。被骂的人火起，开始对骂，可惜他一个人的声音显得微不足道。

大网靠岸时所有人都往前凑，探头看这一次神秘的收获。随着大网收拢，水族们密挤得像稠稠的米饭一样，惹得人群高声大叫。鱼虾跳跃，甚至也像人那样尖叫。有一种身上带荧光的鱼，常常在灯火照不到的地方唰地一闪，引起一阵惊呼。

拉鱼的火把是特别制作的：一个小米斗大的洋铁壶盛满了煤油，上面插了胳膊粗的棉芯，点上后用一柄长杆铁叉高挑起来。这样的火把排成一长溜儿，使整个海岸亮如白昼。大网上岸后，有人立刻操起柳木斗，将挣挤蹦跳的鱼虾一斗斗装了，提到一领领炕席子上。这时候，戴了眼镜、手拿一把算盘的老会计就出现了，他的身后跟着抬桌子和大杆秤的人——大杆秤足有半丈长，配有一只生铁大砣，由两个强壮的小伙子才抬得起。所有的鱼需经统一过秤，然后再开始零卖。

几乎与此同时，另一边的鱼铺那儿也在忙碌：鱼锅烧开了，大鱼似乎没怎么剖洗就被扔进了锅里。看鱼铺的老人在为拉网人准备一顿丰盛的夜餐。

橡胶厂

初中毕业就该上高中了，但这在我来说是没有指望的。校长极为惋惜。他喜欢我刊发在《山花》上的文章，真心希望我能继续上学。可是上边管教育的领导放话了：这样人家的孩子能上初中就算不错了，上高中？门儿都没有。

校长抚摸着那份油印刊物，连连叹气。这成为我最煎熬的日子。我突然觉得学校生活是这么珍贵，连同我在这里所受的各种折磨，似乎都不算什么了。眼看我那个鼓鼓囊囊的大书包就要废掉了，还有我珍爱的书籍、我们的油印刊物，它们也将一并告别了。

也就在这时候，传下来一个对我十分安慰的消息：我将留在校办工厂——一个小橡胶厂里做工。这个小工厂是当时响应"勤工俭学"的号召建起来的，其实只能算是一个作坊。作坊师傅来自遥远的一个东北城市，一切都是由他操持起来的。此人原来是一位小企业主，在几年前由那座城市遣返原籍。按说他这样的人该归到"坏人"堆里接受管制劳动才是，但因为他能够为当地办起这座小工厂，也就糊糊涂涂地做了上宾。

我曾见过这个师傅在校园里走过，有些好奇。他的举止和衣着与当地人完全不同，一看就知道是城里客：稍胖，中等个子，穿了黑色中山装，而且衣扣一个都没有脱落。特别是他的背头发型，我以前只在书的插图上见过：稀稀落落不多几绺向后梳去，油亮齐整，真的像一个资本家。他说话的声音很低，小心翼翼的样子。他极力模仿当地人的说话腔调，但还是流露出浓浓的城里口音。他吸烟，烟卷在嘴里吸一下，马上拿开。

我真的被应允去校办工厂里做工了。这样我就开始近距离地接近那位神秘的城里人了。校长亲自把我送到那儿。那天因为慎重或其他原因，说话一向流利的校长变得有些口吃。他对那个师傅点头，用力地笑，说："这样，啊啊，他啊，啊啊……"师傅好像在小声叹气，说："好好改造。以阶级斗争为纲。改造世界观……"我连连点头。校长在一边应道："这真是说、说到了点子上！"

后来我才知道，校长为了能够让我留在校办工厂，真是费了九牛二虎之力。主要的阻力就来自那个师傅。他曾一再地拒绝，说那样家庭的孩子，怎么可以到这么重要的岗位上来呢？玩笑啊，玩笑开大了！校长差不多要绝望时，突然想到了一位"老贫管"——当时实行贫下中农管理学校，每个学校都有这样的驻校老贫农——就请他出面说情。老贫管找到那个师傅说："这孩子，我看不孬！"就这样，老人家一锤定音，事情解决了。

这是我极为重要的一个人生转折。因为工厂里实行"三八"工作制，分为早中晚三个班次，我在八小时之外可以有大量时间看书。我不断写出新的文章送给校长看，获取他的赞许。这段时间里我和他几乎成了一对文章密友，相互切磋，甚至是鼓励。我们彼此交换作品，快乐不与他人分享。我们写出的文辞并不一定符合当年的风尚和要求。这全是私下阅读的结果：我们只要找到有趣的书就快速交换，这当中有翻译小说，有中国古典文学。这些书中有五花八门的造句方式，它们与当时的教科书完全不同。

校办工厂里只有我一个刚毕业的初中学生，其余全是"大人"，是大龄男女青年。他们在一起说笑，讲故事，做一些令人费解的事情。上夜班是最苦的，人瞌睡得睁不开眼，还要瞪大眼睛看住锅炉——我们被叮嘱说，弄不好锅炉就会发生爆炸，硫化机也会发生爆炸。我们要及时根据压力表调节炉火。所以人困得实在受不了，就轮流偷睡，只留一个人看住锅炉。

与我同班的是一男一女，他们关系紧张，平时不太说话，要说话也大半是顶顶撞撞。他们工作时，就让我躺到一个临时搭起的小床上睡觉。有一次我醒来，一睁眼发现男的坐在女的身旁，低着头，一下下捏着她的大脚趾玩。女的不吭一声，眼睛望向一旁。

他们的动作令我一直不解。

当他们其中的一个单独与我在一起时，就发狠地说着另一个的坏话。

一年后，他们结婚了。

这使我在很长的一段时间里，认为所谓恋爱就是相互顶撞、捏大脚趾、背后里诽谤对方。

车间里有一位年纪最大的人，这人以前在东北的兵工厂工作过，因为工伤回乡了。他经多见广，奇闻怪见多得吓人。他特别愿意对我讲一些故事，也被我认真听取的样子所激励。事实上我从来都没有听到如此有趣的故事：深山老林、兵匪、私通、贩毒、酿酒、打劫、抢寡妇等等不一而足。

他有一段时间主要是讲给我一个人听。当他尝试着讲给大家听的时候，结果是严重的挫败：大家一齐指责他。于是他要求和我做一个班，这样就可以随意讲那些故事了。奇怪的是他的故事总也讲不完，越讲越离奇。后来我就怀疑这其中起码有一部分是他编造出来的。

我得承认，最有趣的还是那些稍稍泛黄的故事。对方越讲越大胆，到后来主要就是这类故事了。

我这一生所受到的主要的精神毒害，就来自校办工厂的老工人那儿。他毒害了我，反而让我感激和怀念。我再也没有遇到像他一样广闻博记、多趣和生动的人了。

我在校办工厂里工作了两年零一个月，然后就离开了，去了远方。

后来我了解到：我离开不久这座工厂就发生了大爆炸。起因是锅炉的气压表损坏了，硫化机怒吼一声挣出了厂房。结果是一死两伤。这座工厂从此停掉。

下　雪

我对下雪有一种极为复杂的情感。洁白的雪地多么美啊，谁不喜欢下雪？可是，我却深深地恐惧，惧怕飘飘下落的雪花。

　　无论是在学校，还是在校办工厂，如果下雪了，说不定一抬头，就会看到父亲在外边弓腰扫雪。这时我的心就会猛地一坠，然后是沉沉的痛。这是当时的一条规定：只要下雪了，父亲必须出门，为矿区和村路扫雪。哪怕大雪还在下着，他这个永远的扫雪人也要赶紧携帚出门。大雪下啊下啊，好像成吨的雪粉都是为父亲准备的。

　　我怎么能喜欢下雪呢？我诅咒下雪。

　　那时的雪是不祥的白色。这颜色需要几十年之后，才能让我看出一点点美丽和纯洁。但几十年之后父亲早就不在人间了。

　　父亲是外地人，可怕的岁月把他打发到这个陌生之地，来这里扫雪。他的厄运带来了全家的不幸，让全家在没有尽头的苦难中一起煎熬。

　　冬天，母亲和外祖母点起火盆，为我们做出了最好看最逼真的腊梅。可是下雪时，再好的腊梅也没人看了。

　　只要父亲在扫雪，我就不会有一丝的快乐，也没有一丝的前途。继续上学是不可能的，这里等待我的，只有难测的厄运。

　　又是一年之后，记得那天刚刚下了一场大雪——一个清晨，我赶在父亲出门扫雪之前，告别了全家。我身上捎了一个大大的背囊。从今以后我要一个人到南部山区去谋生了。这一天就是我离家的开始，我将一个人不停地走下去，走下去。

　　我记得一口气翻过了两座大山，它们都被大雪裹住了。我的脸上糊满了雪粉。当我登上一座山顶，回头再看时，只有一个白白的混沌世界，连一点海边林莽的影子都没有。

　　我知道自己站在了一个分界线上，这会儿，我已经是身在外乡了。

2010年5月15日

校园忆

1958年是一个奇怪的年代，对于后来人而言，它难以解释。比如它的荒唐与无畏，游戏与激情，残酷与悲悯，怯懦与勇气，一切复杂难言的东西都掺杂在一起。在那个大喧哗大动荡的时期，中国人的好奇心却全面焕发出来，做出许多了不起的事和幼稚可笑的事。不管对其怎样评价，有一件大好事是我们一直感激的，这就是当年的大办教育，它直接催生了我们的母校：烟台师专。

这所大学专科学校最初建在莱阳市，不久就迁到了烟台市南郊。1978年我们入校，是恢复高考的第二届学生。进了校园，马上看到的是一座座大屋顶红楼，一排排雪松。笔直的路旁除了雪松就是粗大的白杨。这里安静，深奥，美妙，似乎潜藏孕育了一种大气象。当时的校园也许不够宏大，但在我们这些四处跋涉而来的往届毕业生看来，一切已经足够好了。这所学校不久即更名烟台师范学院，校园也比原来扩大了几倍，甚至把附近的几个小山头也包了进去——现在的母校也许是国内最漂亮最体面的校园之一吧，记得有一年我陪一个四处游历的大诗人去了那里，他一进门就高声赞叹起来。

可是在我的心中，母校就是红楼与雪松，就是笔直的路和白杨树。还有，她就是那种安静、热烈、向上、质朴——这一切精神气质的综合。现在我因为工作的关系，常常要到南南北北一些大学里去。可是我觉得她们多多少少都有些不像"大学"了。我觉得现在的大学很陌生。现在的大学乱腾腾的，喧声四起，让人受不了。当然，现在的大学有现在的优势与长处，可是我们这些五十年代出生的人受不了。我们只适合在老式校园里学习，在那里有一种更安全更真实的感觉。现在的大学校园里常传出各种各样的故事，都是我们不敢想象的——这大概就是时代的进步与时代的悲剧，可以用李叔同在最后时刻所说的那四个字来概括："悲欣交集"。

1978年是人心思变、努力向上的特殊年代。在大学校园里，每个人都想把失去的时间追回来，每个人都在心中崇拜公认的英雄：诗人、科学家、教授、学者、作家、艺术家，以及诸如此类的人物。人们的价值标准就是这样，它和人类千百年的历史形成的相对固定的标准大体一致。当时人们还如饥似渴地学习，追求自己的目标，并且对种种刻苦的追求深以为荣。不论是深夜还是黎明，只要走到校园里随便一个安静的角落，都会遇到那些埋头读书的人：背外语单词，背古文。阅览室里总是人满为患，图书馆永远是人们最向往的地方之一。

入校第一年，我们几个有志于文学的人便组成了文学社。因为当时全校有不止一个文学社，也不止一份油印文学刊物。我们的文学社比较壮大，组成的学生纵跨三个年级，出版有最漂亮的油印文学刊物《贝壳》。当时我们的刊物与省内外许多大学文学社团的刊物交换，活动频繁。文学社的各种文学讨论会、作品朗诵会不时召开。是对文学的虔诚无私，把我们这些不同年龄、来自不同地区的人凝聚在一起。没有一个人开文学的玩笑，文学在当时是不容置疑的神圣之物。

中文系主任、作家肖平关心我们的文学活动，中文系的老师与我们一起讨论稿子。不仅是中文系，即便是化学系、英语系的学生也来参加我们的文学社。我们油印刊物的征稿启事吸引来大批稿件。当时一些国内公开刊物上发表的一些作品常常为我们所注意，有时围绕这些作品还发生激烈的争论。如果有好的作品，就迅速在同学们当中传阅。学校团委常常把影响较大的小说之类油印出来，如果有人手持一份这样的打印稿，那是很让人羡慕的。记得当年有一部长篇抒情诗在全国造成很大影响，我们学校的许多活动——如新生入校欢迎会、文艺晚会、班级文娱表演等场合，都有人朗诵这首长诗。那种群情激荡的场景至今还历历在目。

全系文艺会演在当年是一件大事。每个班级都要认真准备，拿出自己最好的节目。这成了像春秋两季体育比赛一样的盛大赛事。学生会分管文艺的干部在会演前要仔细考查审定节目，优中选优。一部作品——朗诵诗、话剧、歌曲，只要能够参加会演，就是极大的荣誉。文艺干部往往是学校的风云人物，他们不是漂亮，就是伶俐过人，而且还是文学的半个权威。总之他们是学校一个时期的象征和代表。人们在回忆往昔的学生生活，就要连同他们一起回忆。他们成了那段历史的一个组成部分。

我们学校地处市郊，不远处有一座稍大点的山。我们常常爬山。在山顶，一些写诗的同学就不停地朗诵自己的作品。山下是大片的果园，在果园里，我们开了不少文学讨论会，会上总是争论得面红耳赤。我们当中有出色的辩才，有绘声绘色的讲叙者，有博闻强记的人，有冲动起来像个疯子的可爱人物。

今天看，那时的文学和艺术似乎多了一些。但在当时它们多而不腻，并且是永远清新，是灵魂深处的需要。在它的面前，人变得个性分明；有它的牵引，每个人都积极乐观。转眼二十余年过去，生活给人如此鉴定：当年所有挚爱文学和艺术的同学，今天都成为各个方面非常优秀的人才。他们都在自己的领域里做出了很大的成绩，都始终保持了积极向上的奋斗精神。这种精神正是文学和艺术的精神，是生命的创造特性。

在许多的风气变异之中，能够始终坚持追求人类一贯追求的崇高目标、不为时尚所动者，也就成了令人敬仰的人。在人类历史中，有些价值的确是永恒的，比如文学。文学正像一切伟大的事物一样，也需要有人去为它做出牺牲。当一个人做出了这种牺牲，就获得了一份光荣。

在学校时，我们都很年轻，我们或许并不太清楚坚持一种道路的艰难与险峻；但是要坚持就要付出一定的代价，这一点似乎是知道的。我们那时还没有一个人天真到把文学看成是一条铺满鲜花之路，一条攫取名利之径。我们只是需要，觉得它像光、像水、像食物。

　　每个人回忆自己的学生生活都会有所不同。我这儿深深记住的，是与她的绿树红楼连在一起的文学，是一排排书籍与黑白分明的眼睛，是青春的注视和无邪的期待，是攀登的无畏和相互羡慕……是一段永远不会变得遥远的岁月，是镶嵌了金子的年华。

2001年5月11日

有个依岛

　　我在初中一年级的时候见过最小的一个岛，它叫依岛，就在渤海湾里。我去这个岛是因为这之前总有同学向我吹嘘，说谁也不敢去那儿、它有多么了不起之类。结果我就去了，结果也就遇到了不少怪事，还差点死了人。

　　我们是瞒着大人偷偷坐小船去的。绕过四五道激流、三处礁石，一口气爬上小岛。真像探险一样。这里真静，连海浪拍岸声都没有。到处是小叶杨和紫穗槐，还有爬蔓的荆条。

　　原来它三面环礁，只有南边是细白沙滩。离南岸不远竟有一座小屋，很旧。我们赶紧跑过去。离它十几米远时，突然有什么从窗户和大敞着的门呼呼蹿出。原来是一些猫。真是猫。大家叫起来，天哪，这里有这么多猫。它们在不远处探头探脑，就是不过来。有人抛过去吃物。它们犹豫着出来，吃完了就看我们。大家争着给它们吃物。

　　结果所有的猫都跑出来，足有五六十，再后来大概有一百多。

原来这是一个猫的世界。而当时别处都在大把大把撒耗子药，想找到一只猫可难了。

它们多美，一个个干干净净，花纹鲜亮，两眼水汪汪地看我们。大家开始议论这些猫是怎么来到这儿的，想不出。不过都知道它们来这儿吃鱼。

看了一会儿猫就进了小屋。这么好的地方，炕，小锅，劈好的柴码在那儿。这都是谁弄的啊？有同学说这是渔民们许多年前盖了的，就为了避难。什么难？海难。船在海里遇上大风，有时怎么也回不了家，就到这个岛上来。我们想象：外面大风大浪，小屋里呼呼煮鱼。真棒，让我们也遇上一回这样的海难吧！

天越来越热，中午我们一头扑进水里。游泳，还想逮一条大鱼，放在那个小锅里煮。

果真有一条扇形大鱼贴着沙底游过来，大家欢叫着扑去，一齐围堵。大鱼乱窜，后来不知是谁踩住了它——他刚刚高兴得喊了一声，然后就嚎，嚎声吓人。他的脚肯定被鱼咬疼了——他也太娇气，一边叫一边倒下了。

我们赶紧把他从水中扶起，他还是嚎。抬上岸一看，这才发现脚内侧有一个不大的红点。没有流血，但四周好像生出了几道红线。他咬咬牙说：我就要死了。谁也不信。他又说：刚才我是被土鱼蜇了！

同学们一听都哭了。因为海边上大人小孩都知道：被土鱼蜇了就活不成。天哪，那是一条土鱼！

正哭着，突然一个最矮的同学急急咕哝：以前听爷爷说有人就在这儿被土鱼蜇了，那人剩下了一口气，还是爬进小屋里，掀开炕席子找到了一包东西，就活了……

几个同学对视一下，马上抬起受伤的同学往小屋跑。进屋立刻掀炕席子，到处掀——真的找到一个纸包——里面有一撮灰白色的粉面。

粉面搽上去只有半小时，伤口四周的红线消了。受伤的同学一抹泪："我活了……"

离开小岛已是下午，猫齐齐地站在岸边。我们这才想起要捉一只带走。没门。它们大概害怕岛外的耗子药，死也不跟我们走。

回去后，我们最急着弄清的就是纸包里的秘密。大人们摇头，我们还是问。最后一位老人被缠得发急，只得告诉：那是小姑娘——十几岁的小姑娘剪下的小辫，焙成的粉——只有这粉才能对付凶狠的土鱼，这是老辈传下来的方儿……

如上是一个真实的经历。几十年过去了，我还是无法忘记那个荒岛、美猫与凶鱼。特别是关于伟大的小辫——这是真的吗？

1999年7月10日

求学今昔谈

——在华南师范大学的演讲

《贝壳》的由来

谈到过去，谈我们当年做学生的一些事情，好像就有了许多话要说。那是三十多年前的事了，学校内外的情况与今天差别很大，特别是文化环境的变化就更大了。说起三十年前我们校园的文学生活，跟今天对比一下可以看出许多不同。

当年求学的情景还在眼前。当时恢复高考不久，每一级的入学间隔时间还没有调整好，三个年级的学生在学校交会的时间很长。这就有了更多相互交流和学习的机会，不同年龄不同地区的人在一起，说话南腔北调，特别有意思。

当时热爱文学的同学比现在多，中文系差不多是百分之九十以上。上课谈文学谈语言，下课更是如此，大家常常就新读过的作品讨论争论起来。七十年代末国内各大学都成立文学社团，据说与"文化大革命"前的传统是一样的。我们学校中文系有两个文学社，后来合办了一个文学刊物，那就是《贝壳》了。

一开始由我们文学社的几个人拟了好几个名字，找系主任肖平老师决定，他看了看说，就叫这个吧，我们在大海边上，等于是拣回了一些美丽的贝壳。

第一期是手刻蜡版印出来的，这在我们眼里漂亮得不得了。后来才是打印的，那已经是更高级的东西了。

我们刻蜡版的同学有一手好仿宋体，设计封面和插图的人能写能画，总之人才很多。那时学生当中不完全是稚气的小脸，还有三四十岁的人，他们具有丰富的社会阅历。

那会儿即便是刚刚二十多岁的人，也觉得自己经历了很多事情，什么都懂，一副成竹在胸的样子。所以现在一看到青年人的那份骄傲，总是十分熟悉和理解。人应该有这股劲头，这是冲劲。当年认为自己什么都懂了，天文地理无所不晓，而且能够迅速地阅读，牢牢地记忆，顽强地消化。在这种情形下进步肯定是很快的。

除了上课，再就是尝试写作。有的写诗，有的写小说和散文。小说一般被认为是最难的，篇幅长，还需要有人物和情节。过去说的"写书"，就是指写小说。怎样塑造出一个有血有肉的鲜活的人物形象，对我们大家都是一个诱惑。要写出丰满动人的人物，教写作的老师不停地举例子、强调，所以反而让人有了神秘感。

初学写作，最难的就是写出一个鲜明的人物形象。当时处心积虑地想个不停，主要是围绕"人物"。

我们有了刊物，就分别写稿，分开栏目，各自完成"主打作品"。那时好胜心极强，一心要超过其他院校寄来的社团刊物。当年铅印的院校刊物还不多，在今天看来都是很简陋的。不过当时并不这样看，只觉得寄来的所有刊物都香气逼人。这仿佛是一场较劲的比赛，既有趣又费力，四周吸引了很多的人。

同学们飞快传递彼此的一些阅读信息，总是非常兴奋。比如说一个人在阅览室里读了一篇刚刚发表的作品，就赶快告诉大家。什么刊物出了一个新的作者，哪一篇作品产生了影响，大家心里清楚极了。那时候没有网络，基本上也没有电视，就靠阅览室来满足我们。问一下，可能大家印象最深的地方就是那间大阅览室了。我们在那里度过了多少欢乐的时光、产生过多少激动。

还记得第一次看二十多时的彩色电视，是在中文系合堂教室里。看的第一个话剧是曹禺的《雷雨》，不久又看了德国作家席勒的《阴谋与爱情》。那种激动如在眼前：回到宿舍里已经很晚了，还要讨论剧情，多半夜都不愿睡觉。看文学作品也是这样，当年任何一个有影响的短篇小说或散文都不会被我们忽略。

由此来看我们热衷于办文学社和编刊物，也就容易理解了。

现在的标准

那时每年都有全国小说评奖，一次评出二十篇小说。我们谈论最多的话题就是哪一个作品能够得奖。就像打赌似的，每个人列出一个二十篇作品的单子，只等《新闻联播》公布结果。可见那时的文学公信力之强。一连几年，大家猜中的都在十几篇以上。这与今天完全不同。如今不要说在校的大学生了，就是著名的专家也猜不出。原因就是现在的文学标准改变了，变得空前复杂了。

有人可能说现在的作品多了，出其不意的情况也就多了；还有一个重要的原因，就是我们现在的文学写作已经是五花八门，这就不好掌握统一的标准了。其实文学怎么会有其他的古怪标准？它只能是一个文学的标准，只能是坚持这个标准的问题。如果社会变得混乱无序了，没有是非了，文学的标准当然也不会有。

有人固执地说现在是一个没有标准的时代，因为随处什么东西都给"解构"了，说不清了，无论什么事物，说好说坏都可以。还有人认为"真理"也是不存在的，世上没有永恒的真理，只有相对的真理——这样的时代难道不是很可怕吗？因为到处都是这种"相对"，人们也就不再需要去追求真理了，因为凡事此一时彼一时，可以得过且过。生活在这样的人群里还能再谈文学、还值得再谈文学吗？不可能也不必要了。因为在这个世界上，不追求真理的族群不可能拥有真正意义上的文学。

关于写作，没有文学的标准，那就一定会有其他的标准来代替，比如商业的标准、对某种利益集团有用的一些标准。这都与文学无关——不，这只会对文学产生极其严重的伤害和扭曲。文学是人的心灵之业，对文学扭曲了，对人也就扭曲了，这个社会也就变得畸形了。

过去我们大致都知道什么作品是好的或比较好的，什么是不好的，现在则不知道了。那时候我们还幼稚，只二十来岁，没有写出更多的书，也没有读到今天这么多高论，可是我们还算清楚地知道自己向往什么、什么能感动我们，怎样的作品能够引领我们的心灵走向更美更善。现在反而犹豫不决了，我们有可能变得更高深了，文化的文学的视野也比过去变得开阔了不知多少倍，结果也就变成这样的无所适从。降临到我们身上是真正的厄运：丧失了判断的标准。也就是说，我们已经没法弄得清哪些是好的作品，哪些又是不太好甚至是很坏的作品了。

有时候我们刚刚被一部作品深深地感动过，比如说被它的语言、被它的故事和人物、被它蕴藏的某种东西给激发起来——可是我们一直信赖或比较信赖的专业朋友看了却很生气，说这分明是一部很坏的作品……类似的例子或正好相反的例子数不胜数。这样时间久了，我们就给弄糊涂了，不断地怀疑自己。最后，我们不得不试着放弃一直秉持的一些标准。

有人会说世上再也没有比艺术这种东西更难掌握的了，它有一万个标准、有千变万化的奇特因素。可是我们也知道，它尽管复杂，仍然还要我们去读、我们去感受吧，仍然还要落在我们的良知里，被我们的知性过滤和筛选一遍吧。也就是说，无论怎样怪异，也并不等于没有标准了。

如今网络上滚动着无数的"文学"，书店和地摊上也摆放了无数的"文学"。各种读物像海洋一样涌过来，这一切在有标准的人那里哪怕稍稍做以停留，也会让人心烦意乱。这种拣选的工作量是巨大的，能把人累得崩溃。所以一个适时而至的办法，就是认同这个时代的无标准说。没有标准是最好的，最省心了，怎样都行。也许现代真的不再需要标准，因为从世界范围来看，我们来到了一个重商主义时代、物质主义时代，人们不需要文学也能活得挺好。

如果这一切是真的，那么这大约也就是非人的时代了。动物不需要精神生活，只要满足了口腹之欲，它们一定是很高兴的、欢欢乐乐的。

访师散记一

因为从很早起就向往写作，并且听信了一个说法，就是干任何事情要想成功就必须寻一个好老师。这个说法今天看也不能说就是错的，只不过文学方面更复杂一些罢了。

记得自己从很早起就在找这样的老师，这里不是指从书本上找，而是从活生生的人群当中找。我曾想象，如果真的遇到了这样的一个人，我一定会按照严格的拜师礼去做。听说有的行当拜师需要一套繁琐的程序，比如磕头上香、穿特别的衣服之类。这一套我是很烦的，但为了有个像样的、令人钦佩的老师，我也会不打折扣地马上去做。

最大的问题是很难找到这样的老师。他们在那个年头里非常稀缺，这与现在是完全不同的。现在文学方面可以做老师的人多得不得了，每一座城市里都有一批，而且经常可以看到挂牌营业的人。那时则不同，文学爱好者很多，能做老师的人很少。有时候我们觉得某个人完全可以做老师了，但你一旦真的要拜他为师，他就会吓得赶紧走开。

我从十几岁到二十几岁这段时间里，游走的地方很多，虽然是为生活所迫，但其中还是少不了文学内容。我把交往文学朋友和寻找老师这二者很好地结合起来，一听说哪里有老师就赶紧跑了去。这种访师寻友的传统可能主要是东方式的，翻翻我们过去的历史，其中有很多流派师承这一类的故事，有"一日为师终生为父"这样的说法。我对师傅和老师一直是非常尊敬的，比如说我永远不会对老师辈的人说出不恭之言，只不过为了"一日"而"终生为父"，似乎还做不到。

在我们东方这里，做一门艺术或一门手艺，没有师承就很成问题，一个专业人物出门混事，人们总会问起一个最基本的、自然而然的问题：你的老师是谁？这等于问你是不是出于正门、有没有专业上的渊源。没有一个名声很大的老师藏在身后，要从事专业会是格外不顺的。当然，我当年急于寻师绝没有想过这么多，而只是为了快些摸到入门的路径。在许多人眼里，文学写作是很神秘内在的一门学问，它尤其需要高人的指点。

　　从书本里学习是重要的，我当时所具有的一点写作能力，可能绝大部分还是来自书本。我看了好的作品就模仿，就是这样开始的。可是我还是有点心虚，因为没有老师而忐忑不安，就怕有人猛地问我一句：你是跟谁学的？你的老师是谁？所以我一方面因为进步和开窍太慢，恨不得一口吃成一个胖子；另一方面也深受中国从师传统的影响，极想投到一位老师门下。

　　在初中读书时，我不知听谁说到有一个很大的作家，这人就住在南部山区的一个洞里，于是就趁假期和一个同学去找他了。当年我们的学校就在海边，认为这里偏僻得像天涯海角差不多；而南部山区看上去只是深蓝色的一溜儿影子，完全是遥远的另一个世界。我们真的要闯一闯大山了，并且是去找一位住在山洞里的高人，只一想就激动不已。

　　记得我们两人骑了自行车，带了水壶，蹬了快一天的车子，这才来到了山里的那个小村——它原来不过是村名里有一个"洞"字，高人本人并不住在山洞里。这使我们多少有点失望。同样失望的还有大山，它也不是从远处看到的那种深蓝色，而是土石相嵌粗粝粝的，树木也不太茂密。

　　急急地打听那个老师，有人最后把我们带到了一间水汽缭绕的粉丝房里，指了一下蹲在炕上抽旱烟的中年男子。他的个子可真高，双眼明亮，手脚很大。我和伙伴吞吞吐吐说出了求师的事情、我们心里的迫切。他一直听着，面容严肃。这样待了一会儿，说那走吧，跟身旁的人打个招呼，就领我们离开了。

　　原来他要领我们回自己的家，那是一间不大的瓦房。进屋后他就脱鞋上了炕，也让我们这样做。大家在炕上盘腿而坐，他这才开始谈文学——从那以后只要谈文学，我觉得最正规最庄重的，就是脱了鞋子上炕，是盘着腿谈。这可能是第一次拜师养成的习惯。

　　他仔细询问了我们练习写作的一些情形，然后拿出了自己的稿子：一叠字迹密密、涂了许多红色墨水的方格稿纸。它们装在炕上的一个小柜子里，我们探头看了看，有许多。可是发表在报刊上的并不多，他订成的一个本子里，大致是篇幅极小的剪报。我和伙伴激动得脸色通红。这是一些通讯报道。

　　老师一个人生活，老婆不孝顺爹娘，被他赶跑了。他与我们交谈中，主要强调了两个问题：一是自己要孝顺，将来找个女人也要孝顺；二是写作要多用方言土语，这才是最重要的。

访师散记二

　　第一次拜师的经历是永远也不会忘记的。我和伙伴从南山骑车回来，一路上都兴冲冲的，一点都不觉得累。我们最高兴的，是从今以后终于有了一位老师，这不仅是我们文学上能够得以飞快进步的重要的条件，而且还让我们有了一个不会轻易宣称的秘密。我们可能告诉别人在写作这方面已经有了师傅，却不会说出他的名字来。

　　本来事情是非常顺利的，但最美好的事物往往是格外要费些周折的。大约是从南山回来的第一个学期，我因事出了一趟远门，回来正准备再次去看望老师，就听到了一个噩耗：老师因为脑中风突发去世了！这是伙伴告诉我的，绝对没有错。望着伙伴的两道长泪，我紧张得一时说不出话，一会儿也哭了。

　　在没有老师的日子里，我们努力实践着他的教导，一方面在家里对长辈顺从，尽可能忍住不顶撞他们；再就是在文章里使用了很多方言土语。后者让学校的语文老师很不耐烦，但我们仍然坚持下来。

　　不久我们又听到了邻近一个村子里有一位代课老师，这人也是一位作家，就急急赶了过去。原来这人只有二十多岁，父亲是本村的"村头"，留了分头，鼻子很尖。尽管看上去有点别扭，我们对他还是诚惶诚恐的。他十分傲慢，根本就不正眼看人，只把我们领到一间屋里。一进屋就吃了一惊：整整一面墙都用红笔描画出光芒四射的图案，而放射光芒的最中间是比巴掌还小的一个红方框，里面粘贴了一小块剪报。那当然是他发表的作品。

　　因为他极其严肃，我们都不敢开口。可是沉默了一会儿，他开始询问：家庭出身？年龄？所在学校？我们结结巴巴的，他就训斥起来……我和伙伴不知怎么就踉踉跄跄出来了，头也不敢回一下。

　　这样一直到了半年之后，一个偶然的机会让我们知道城里来了一位真正的作家。这人要为本地一个先进人物写文章，所以就要待上一段时间。我和朋友最终还是设法敲开了他住处的门，恳切地表达了拜师的愿望。这人长得比住在大山里的第一位师傅差多了：矮个子，圆脸，花白的头发很长，多少有点像老太太的模样。他戴了一块表壳发黄的手表，我们以为是传说中的金表，极好奇又不敢多看。他非常慈祥。交谈中，他主要谈了文章中要多多描写景物，并且一定要与人物的心情配合起来，并举例说：文章中的人如果烦恼，就可以描写天上乌云翻滚；反之则是万里无云。

我们回来试了一下，觉得并不难做，而且收效显著。

正在我们为即将拥有一位新的文学师傅而庆幸的时候，巨大的打击来临了。那是第三次去找他的时候——老师已经结束本地写作回到了他的城市，我们就坐长途汽车奔去了。按照地址登上一座楼，惊喜地见到了师母。她说老师正在里屋休息，让我们过两个小时再来。我们按规定时间去时，却发现门上有一把大锁。我们先是在门口等，然后到街上转，回来看还是那把大锁。最后一次大锁没有了，敲门，门却再也没有打开。

为了能弄清原因，我们回到了本地小城，找到当时接待老师的一位干部。想不到他见了我们面孔一直板着，特别是看我的时候，目光里有十分厌恶的样子。这样待了一会儿他总算说话了："你们再不要去缠他了，那样身份的人能收你们做学生？家庭严重历史问题……"

我觉得头皮有一种悚悚的感觉，什么话也没有说，扯扯伙伴的手就出来了。

这之后就只能从书本上学习了。这当然是最有效最可靠、且不会遭到拒绝和呵斥的。但还是有一种投师无门的痛苦，隐隐地梗在了心底。随着时间的延续，日子长了，我觉得没有老师还是不行，甚至觉得这是很糟糕以至于很不祥的。

那时我多少把文学写作当成了一门手艺，后来才知道，这种认识虽然有些偏颇，但其中纯粹工艺的部分也还是有的。让师傅"传帮带"，这是任何行当手艺传承最基本最有效的途径。

就这样，直到我初中毕业，不得不一个人到南部山区游走的时候，还是没有找到师傅。我在山地走走停停，做过不少活计，生活自由而辛苦，是最难忘的一段日子。这段时间里还是爱着文学，除了不断地找一些同好的朋友互相学习和取暖，还要忍住一个念头时不时地就要从心底萌发：找一个文学师傅。

只要听到了哪个地方有个年纪稍大的、有过一些文学经历的，我就要跑去看一看，以便在适当的时机提出拜师的请求。曾经有过一两次差不多眼看就要成了，只因为两次拜师所遭受的打击，最终还是没有开口提出。除了这个原因，另有一个深层的原因，就是我对他们能否长期当成师傅还多少有点怀疑。首先是长相：我印象中师傅的概念是由第一次求师的经历形成的，即这个人要体体面面像个老师的样子才行。第三次拜师不成的那一位虽然并不高大，像个老太太似的，但样子总算和蔼可亲。而后遇到的都不尽如人意，有的油胖胖的、有的举止粗鲁，反正都不太合乎老师的概念。

有一个很大的机会说来就来了，这一次真是上天对我的恩赐：有一天我正在一个村里的朋友家玩，突然听说这里来了一位百年不遇的人物，他是一户人家的亲戚，以前是在某大出版社工作的，如今因为思想问题而离职了。那户人家正在招待他，这会儿正在炕上喝酒——照理说我应该在人家酒席结束的时候再去拜访，可因为实在等不得，就让人领着进了门。

那人真的是与常人大不一样：穿了灰色中式衣服，戴了黑色宽边眼镜，面庞白细，文雅无比。他吸烟，使用透明的长杆烟嘴。我把一叠稿子捧上去。他放下筷子，耐着性子当场读了几篇，很快对旁边的人、也是对我，说出了一句永远令人难忘的话："有才。不过真要成熟，还要十年。"

他怎么就不说九年？或者再短一点，八年不行吗？十年，这是多么漫长的一段日子啊！

那天我兴奋不安地待在他身边许久，直到他离去。自然没敢提出"拜师"二字。他走了，后来就再也没有见到他。

一直到上大学之前，我始终没能拜上一位文学师傅。但是上了中文系，也就自然而然地有了老师。这真是我的幸运。

大地上的文友

我上大学之前没能成功地拜师，却得益于形形色色的文友。这是一想起来就要激动的经历。那时我在山区和平原四处乱跑，吃饭大致上是马马虎虎，有时居无定所，但最专心的是找到文学同行。我在初中的文学伙伴离我很远了，并且他渐渐知难而退，常常是有心无力了。一说到写作这回事，无论是山区还是平原的人，他们都叫成"写书"，或者叫成"写家"，说："你是找写书的人哪，有的，这样的人有的。"接着就会伸手指一下，说哪里有这样的人。

我在县城和乡村都先后遇到过一些"写家"，这些人有的只是当地的通讯报道员，有的是写家谱的人，还有的是一个村子里为数极少的能拿起笔杆的人。真正的文学创作者也有，但大多停留在起步阶段，就是说一般的爱好者。他们年龄最小的十几岁，最大的八十多岁。

不论这样的人住在多么遥远的地方，我只要听说了，就一定会去找他。有一次我知道了一个真正厉害的"写家"，他住在一座大山的另一面，就起早背上吃的喝的翻山去找了。原来这是一个快八十岁的老人，白发白须，不太愿意说话。他年轻的时候在城里待过，所以算是经多见广的人。村里人都说他"文化太大，不爱说话"。他仔细问了我的前前后后，又翻翻我的"作品"，这才多少接纳了我。

原来他正在写的书已经进行了好几年，是"三部曲"。他将其中的"一曲"给我看了，我发现是半文半白的语言写成的，主要记载了一生的经历，夹叙夹议。他说这叫"自传体"。其中我记得最有趣的是写当学徒的一段：东家女儿看上了他，他至死不从，以至于半夜逃离……"这闺女原是很美的。"他在一边解释说。

我照例坐下来读了自己的作品。他闭着眼睛听下来，像吃东西一样咀嚼着，又吞咽下去。这样半晌他才睁开眼，说："你好歹毒啊！"

我吓了一跳。后来我才知道，他这是在表达一种极度的赞扬。他伸手抚摸自己摊在炕上的作品，说："你看，我写得多歹毒啊！"

那些年我发现散布在山区和平原的各种"写家"可真多，他们有的富庶有的贫穷，有的年纪大有的年纪小，但一律酷爱自己的文学：写诗、散文和小说；有的还写戏剧，写好之后就在自己的车间或村子里演——看他们自编的戏剧简直有趣极了，那些特别的情节和场景永远都忘不了。有一次我被一位山村里的黑瘦青年邀请，说今夜村里就上演他编的一部大戏。

那出戏的演出离现在几十年了，记忆中内容大致是与村里坏人斗争、群众取得了胜利之类。记得最清的是一个游手好闲的"二流子"，手拿一个大红苹果从台子一侧上来，而另一边是一对青年男女亲热地上场。"二流子"斜眼看着那边的两个人唱道："我手拿大苹果，她爱他不爱我……"那婉转悲切的唱腔让我一直不忘。我无比同情那个失恋的"二流子"。

还有一次我住在一个小村里，房东的女儿恰巧就是一个"写家"。她刚十七八岁，公社广播站就已经播发了好几篇稿子了。她胖胖的，穿了大花衣服，平时爱说爱笑，只是一写起来就伏在桌上，谁也不理，一边写一边流泪。我们交换作品，她喜不自禁，一边看我抄得整整齐齐的稿子一边红脸掩面，说："哎呀哎呀，你可真敢写啊！"我知道她看到了什么：那是与青年男女刚刚萌发的、若有若无的情感，是这样一些段落。

我所经历的最大的一个"写家"是在半岛平原地区。记得我知道了有这样一个人就不顾一切地赶了去，最后在一个空荡荡的青砖瓦房中找到了他。他几乎没怎么询问就把我拖到了炕上，幸福无比的样子，让人有一种"天下写家是一家"的感觉。他从炕上的柜子里找出了一捧捧地瓜糖，我们一块儿嚼着，然后进入"文学"。他急着先读，让我听。可惜他的作品实在太多了，一摞摞积起来有一人高，字数可能达到了一千万字以上。这个人多么能写作啊，这个人的创作热情天下第一。为了节省纸张，那些字都写得很小。

天黑了，他还在念。一盏小油灯下，他读到了凌晨，又读到窗户大亮。奇怪的是我们都毫无困意。

那一天我们成为了好朋友。我觉得他是真正的"大写家"，是一位必成大事的文学兄长。他大我十多岁，结过婚，只因为对方不支持他的写作，他与之分手了。他曾给我看过她的照片：圆脸，刘海齐眉，大眼睛，豁牙，笑得很甜。

分手的时候我在想，为了文学而损失了那么好看的一位女子，这值不值呢？想了一路，最后肯定地认为：非常值。

书痴今何在

几十年过去了。这个世界变了。与更年轻的人谈那些文学往事，他们会觉得一切都像梦境。那些写书的痴子今天哪里去了？有的存在，有的没了，不知哪里去了。活着的，不一定像过去一样写个不停。死去的，活到今天就不知会怎样了。

这些年来我见过几个以前的文友，无论时下的境况如何，谈到过去的情景，无不神情一振。有的无论如何也打听不到下落了，他们不是像当年一样在大山的那一边，而是隔开了一个世纪那么遥远。比如说一个在七八十年代渐渐有些作品发表的人，几年后投身商场，如今音信全无。我问他最密切的一个朋友，对方说："不知道，也许去了海参崴了！"

对半岛人来说，"海参崴"既是确指俄国远东的一个城市，又是闯到关外更远更远的一个缥缈的指代。

那个边写边哭的姑娘嫁了一个远洋船长，船长脾气不好，喝了酒就打她。她在痛苦中写了一些诗，都是爱情诗。原以为她爱上了别人，最后才知道这些诗都是写给自己男人的——他越是打他，她就越是爱他。她认为男人打老婆，是半岛地区不好的习俗，不能全怪男人；另外，她认为男人生活极不顺利，自己又无法帮她，实在亏欠了他。

那个写"三部曲"的老人早就去世了，他的后代不愿提那些往事，当我把话题转到这上边来，对方就把话岔开了。

我一度最思念的就是那个写了一千多万字的人，但几次都没有找到。后来终于见面了，结果让我大吃一惊：整个人虽然年纪很大了，但剃了板寸头，两眼炯炯有神。原来他已经做了一家公司的老板，虽然公司不大。问起他的书怎样了？他说："书？好办。等我挣足了钱，就把它们印出来，印成全集，精装烫金！"

他伸直两臂比画，那就是全集的规模。

最不愿提及的是初中时候的文学伙伴。他就是与我第一次进山里求师的人。许多年来他一直过着贫困的生活，可是热爱文学之心毫无改变，只是写得不多。我们见面时，他已经因为两次中风卧在了炕上，用最大力气握住我的手，摇动，说话断断续续："咱老师……咱老师，和我一样的病，他走得更早……"

原来他还在怀念大山里的那个人。是的，尽管我们只见过他一次，但他毕竟是我们的第一个老师啊。

文学让我们更为珍视友情，朋友之间，师生之间，所有的情谊都不能忘记。仅凭这一点，文学也是伟大的。

（2011年5月6日，小标题为整理时所加）

辑二
难忘观澜

就为了建起一座座时尚之都，无数的"观澜"在消失，而且不留一丝痕迹。从南到北，一座座百年村屋被摧毁，连接童年的长巷业已推倒，标志和象征着一座古城的钟楼被炸掉。文明传承正处于危险的时刻。

东部：美城之链

胶东是山东半岛最东部的凸出，可谓半岛上的半岛，犹如伸进大海中的犄角。三面环海，一派葱茏，空气湿润，物产丰饶。这里在古代属于东夷，即东莱国，是最早的炼铁和丝绸工业基地，占据鱼盐之利。战国时齐国海内称雄，主要就是因为将东莱纳入了版图。

地域之富庶发达，必有自然优势和漫长的传统积累。所以说今天的胶东环渤海城市链的美丽和富饶，只是一种历史的延续，是具有因果缘由的时代翻新。《史记》记载的秦始皇几次东巡，都是直驱胶莱河东，过黄县、福山，再过烟台，最后站在了威海成山头大发慨叹，以为这里才是"天尽头"。

胶东一带概括和形容地域和环境之美之富，历来有一个说法，即"蓬黄掖"如何如何——就是指今天的蓬莱、龙口、莱州三市。三市连带盛产黄金的招远以及水果之都栖霞，与烟台、威海缀为一道美丽的沿海城市长链。由于临海而居，水汽充沛，所以这里与干燥的内地风貌形成了鲜明对比。环境又决定了民俗与性格，这里的人喜爱幻想，既有面对大海的豪气，又具备水的柔性。秦代大方士徐福受命为秦始皇寻方三仙山，曾率领一个庞大的船队出海，航路直抵朝鲜南部及日本外岛，在时间上远比哥伦布发现新大陆早了一千七百多年。徐福的起航地一般被划定在胶东境内，专家认为他的老家就是"蓬黄掖"。这一历史大传奇表现了东部沿海居民的开拓勇气，与后来山东移民东北的壮举一脉相承——赴东北的主要是胶东人，从水路出发的主要口岸为古登州的龙口港。

今天的这道城市链上已经有了一长串港口：历史悠久的龙口港、烟台港、威海港，新兴的蓬莱港、荣成港、莱州港……在东西三四百公里的一线，竟然有若干大吨位远航港口，令人叹为观止。以龙口为例，早在二十年前一位大作家从这里乘船去津，面对繁忙的港湾中停泊的大片中外船只，就发出了阵阵惊叹。由此往东不出二十里就是龙口境内黄水河古港遗址，这是清代沿用了几十年的军港，直到后来被威海卫海上要塞所取代。

谈起威海必想起甲午海战，想起刘公岛。这座犄角上最东端的城市经历了戚继光的率众抗倭，再到近代的大海战，已是名声显赫。它由一个军事要塞、几个渔村，演变为今天的繁华都市，成为联合国确立的"最适合人类居住的城市"。

人们通常说的齐鲁文化，实际上是把两种区别明显的文化合二为一，并或多或少将鲁文化取代了齐文化。胶东半岛是齐文化的腹地，虽然齐国的都城远在临淄。齐文化的浪

漫、亦仙亦幻、重商业物质、开拓和冒险的精神，是于海风
吹拂中形成的，它与更加重视精神、强调政治及伦理秩序，
念念不忘"君君臣臣"和"克己复礼"的鲁文化有所不同。
所以后来道家文化在齐地而不是鲁地兴盛起来，像今天青岛
的崂山、牟平的昆嵛山、荣成的铁槎山，终成为海内道教最
显赫的几大名山。而栖霞市的滨都里，直接就是道教大师丘
处机的故里，他一生宗教文化活动的最重要的痕迹，几乎全
部留在了胶东。

　　由于地处沿海，大海蓝天白云绿树成为城市常伴，几乎
每座城市都拥有自己引以为荣的海水浴场。这里的空气是透
明的，夜晚可以看到少年时代的星光。春、夏、秋三个季节
的中午走向室外，需要回避强烈的阳光。

　　像每一座城市每一个区域一样，这里也曾经饱受饥饿
和战乱的折磨。在最艰难的岁月，密不透风的林木被成片毁
掉，金碧辉煌的庙宇竟一夜烧光。经过了最悲惨最愚昧的年
代，而后就是漫长的休养生息期。时至今日，半岛上仍有大
力毁树的人，但也有倾心爱树的人，他们抓住每一个春天营
造田园，敢让陆地与大海比绿。如今这里最应警惕的就是环
境污染，因为上天的偏爱并不能代替一切，更不能万事大
吉，小心翼翼的守护和疗救即在眼前。

　　正因为地处美丽的海中犄角，所以那些临海的大烟囱格
外惹眼。有一天这些触目之物必将纷纷倒塌，代之而起的将
是参天大树，以及树下更加令人向往的幸福生活。

2008年4月

济南的泉水、钟楼和山

一

在济南住了二十多年，心中藏下的是最初几年的美好。济南素有三宝，即人人知道的杨柳、泉水和湖。我记得第一次去大明湖，沿岸走下来，踏着自然质朴的砖道，头上是飘洒的杨柳，再加上阳春三月，心里总是蹿跳着一个响亮的字眼：济南。

的确，当年走进青石铺就的街道，石隙里就有水。不知有多少泉，大大小小，或在一处喷涌，或在默默渗流。它们想必是一个泉的大家族，在地下交织串联，然后分头出世寻找阳光。还有杨柳，印象里总是迎向太阳，总是在微笑。

说到济南，除了泉水和杨柳，然后就是具有异国风情的车站广场钟楼了。苍黑的建筑肃穆沉静，蒙着一层岁月的烟尘。这是济南的象征。我每逢出差归来，远远的一眼看到钟楼，心里就涌起一股热流，马上泛起的就是对自己城市的亲昵情感。

　　济南的龙洞山在东郊，是我所看到的北方最绿的山。我第一次看到它时，简直没有发现一寸裸土。到处都是生旺多汁的植物，是藤蔓纠缠。野果多得摘也摘不完，小兽四处乱串，头顶上盘旋着鹰。这里的古迹残址不止一处，虽然让人痛惜，但也令人生出一种追怀的伤感。遗址上总有高大异常的白果树，有精工细凿的石柱。

　　龙洞山，神秘幽深的山。它同样可以作为济南的指代。

　　总之济南的泉和柳、钟楼广场、龙洞山三宗，是一座城市永久的标志，更是她不朽的纪念。我甚至想，当它们有一天消失或破损之时，也就是这座城市衰败的开端。

　　我爱济南，爱她的得天独厚、她的不同凡响的拥有。

二

　　现在的济南是干燥的城市，给人的印象是尘土飞扬。湖还有，泉水不多了。杨柳和其他各种树都活得勉为其难。模仿外国人盖了几座高楼，像中国的许多城市一样。我多么热爱自己的城市，可是泉水和杨柳在退却隐没，湖给整得惨不忍睹：沿岸安了摩天轮、各种塑料物件、玩器。我总是远远地躲开这个湖，因为我害怕触景神伤。

　　记忆中的泉水蹿起足有半尺至一尺高，现在什么也没有了。和泉水一起消逝的还有著名的济南火车站。那个美丽的钟楼，那片广场，曾经是济南的骄傲。可是它们令人难以置信地被拆除了，取代它的新火车站是半截凹在地下的庸俗建筑，灰头土脸，毫无可以让人记忆的风采。

不爱树，也不会有水。没有树和水，也不会有可爱的城市。几乎每一条街道马路都难免开膛破肚的命运，几乎每一个居民区都忍受着噪音的折磨。我相信这里没人能忘记夏天的酷热、冬天笼罩在城市上空的深棕色云气。

再说龙洞山。如今的绿色少得让人难以理解。动物也消失了。它们原来存则并存，失则共失。一座在干燥中等待什么的山，像济南四周所有的山一样。多了几座小楼，游玩之所。那一个个神秘的苍绿峰头哪去了？雄鹰哪去了？

除了缺水少树，我所爱的城市很快还将被汽车拥住。可是尽管这样，有许多人还在不停地为济南的种种进步而欢歌。

当它到了林木荫郁的那一天，我会从中找到自己遗失的城市。

2003年4月24日

古镇随想

在四川与贵州、重庆交界处有一座古老的小镇，叫"二郎镇"。它处于三区交界的边缘，锁在重叠深山中。

踏上这里的街巷，身处有些突兀的静谧，令人忍不住猜想：这里太远了，究竟有哪些多情趣的人到过这样的镇子？这里又为何热闹起来，涌动着不息的人流？

古镇有许多时候隐在浓雾中。雾幔扯不掉，它就长时间挂在山的半腰。峰峦秀丽，一色灰白陡立的石壁，青翠的山顶。一道深水从山间流泻而过，那是声名远播的"赤水河"。镇子建在河边有限的平地和山阶上，随意自由。

我们漫步其间，想象这座镇子生成的种种缘由。它首先是当地山民的祖居地，因为随便一方水土都会诱惑生民，成为他们休养生息的地场。最早那一条条蜿蜒小路是山水冲刷出来的，再由人和兽一天天拓宽。无数生命的痕迹就这样连接起山里山外，沟通了一个越来越大的世界。

在外地人眼里这里偏僻而幽美，也许最适合做隐居之地。现代人的确陷入了新的窘迫，深刻感受着文明的挤压和追逐，说不定会逃到这样的深山僻地里躲藏起来。但是在遥远的农耕时代，是否也会有这样的隐士？他们又为何而来？为避祸，为求悟，为放浪，为修行？

山川大地之上，人就像种子一样撒开，然后顽强地生长。人与山水相依持久，渐渐生出浓烈的情感，好比母子之情。在深壑高岭之间，一代代人开拓雕琢出一方方小小的田园，上面长出一层嫩嫩的葱绿。

这种人与山的相守多么辛苦，多么寂寞，又多么超然安静。这里的劳作和收获，与大山之外当有许多不同。就为了品咂山中岁月，让其变得更有滋味，他们慢慢开始了酿造。这里的河水格外凌冽清新，粮秣最为单纯饱满，思悟愈加内向深沉。三者合一，日日演练，于是好酒出世。

世人都知道赤水河两岸是美酒的滋生地。随便扳着手指数一下，就能吐出一串串名酒的名字。

饮者说：在漫长而又短暂、悲伤却又欢娱的人生之路上，如果没有了美酒陪伴，那还了得。或许果真如此，于是就有了这样的酒香浓烈，代代不绝，赤水河一带已成为海内外神往之地。

二郎镇人造郎酒，技法灵异，如有神授。他们在大山里找到一处奇怪的天然溶洞，它竟然分成上下两层，阔如神仙厅堂；洞内四季常温，正好用来囤放酒瓮。那一排排黑色陶瓮就安歇在大山腹中，不管世外风雨吹打，只默默孕育自己。待度过了几十年上百年，它们才开口吐香，一瞬间醺醉了整个世界。

　　走在二郎镇的古街上，踏着百年前的石阶路，一层层往上登去。两旁是木墙青瓦，是来历深长的建筑。整个一条街巷渍痕斑斑，简直就是一首写在大山深处的七律，或者是李白《蜀道难》那样的长吟。被乳雾浸染成暗红色的木墙，脚下滑腻的石头，都给人神秘幽深的感觉。攀登时人要大口喘息，这时满鼻满腔都是酒香。因为镇上人已经酿造了几百年，天长日久，这里的一切都被醇酒给笼罩了，化成了朦胧一体的美酒世界。

　　外地人在这里一边吃着山菜，一边饮酒思源。

　　喝过酒再来赤水河边，端量着比它的名声小了许多倍的深色水流，自然要问来问去。当地人手指两岸裸出的河道、被流水切割出的道道深痕，言说往昔的争战和大水故事。这里是码头，那里是航路，首尾不断是盐船，欸乃声声帆影远。不远处的自贡为古老的盐都，赤水成为要途，所以才有深山里的繁华和忙碌。盐使山地有了重味，酒令劳民多了品咂。

　　航道，战争，美酒，这三样事物加在一起，就不再是寂寞边地了。人类历史上还少有比这更富戏剧性、更多蕴含了诗意的天然组合。多少篙橹，多少弹痕，多少沉醉，多少爱与恨。时间就这样弹指而过，一闪就是百年，连那些活生生的记忆也变成了飘忽的神话。而今这河道上，只有坚硬的石头还在，上面刻满了细密紊乱的水痕，让后人阅读不尽。

　　当一切故事消失之后，古老的酒瓮还矗在那儿。它是深山溶洞里的珍藏，是秘而不宣的滋味。对于无法度量的时光而言，我们常常觉得也实在只有痛饮一途了。大山幽处有琉璃，云雾层叠生兰花；鞭马难上九重岭，回头一盼是古刹。那就在这里安营扎寨，与默默无闻的日月长相厮守吧。

打开一瓶封存五十年的老酒，从中品尝千古赤水。主人解释着"酱香"二字，令人遥想起东方人情有独钟的"酱"之使用。无酱不炊，颜色深邃，百炼成膏。一个"酱"字绘出了中原，荤素不论，蔚为壮观。一瓶酒即牵出千万条文化的长丝，好比做酱的人挑开了一坨酵豆，低头深嗅无法言说的民间气息。

人偶有长饮和沉醉，以感受美好和虚幻，眼神明亮，心情舒畅，长于忘却短于记忆。人需要这清纯而浓烈的液体，这古怪又辛辣的芬芳。

望遍赤水河畔，全是酒坊；探过无尽街巷，无非醺香。我们踩着湿漉漉的石板路，一直登上古镇最高处。引领者一路指点战争旧痕、盐船泊地、异人事迹。不远处是颜色深沉的芭蕉叶子，它们谦虚地垂着，和我们一起倾听。

我们在二郎镇宿了两夜，然后离开。

同行的人当中没有一个是酒徒。

2012年1月4日

难忘观澜

"观澜"是深圳市内一个村子的名字。这里如今已成为海内外版画家的云集之地，所以人们都叫它为"观澜版画村"。

从深圳的高楼林立之间走出来，忍不住要长长呼吸一口。然后就到了这个村子，它就藏在市区之内，车子三拐两拐就到了。搓搓眼，一个愣怔：这是到了哪里？满眼的黑瓦白墙，一片静谧。下了车，两脚马上踏到了陈年石板路，路两旁全是一层两层的古旧民居，一眼看上去就知道是原貌故态，而不是后人仿盖的。一股浓郁淳朴的气息像老酒一样挥发出来，让人产生了醺醉感。

迎面有一棵大菩提树，它立于村子大街正中，枝叶繁茂。这棵树像有一股巨大的吸力，让所有人都靠前停下步子，行注目礼。它是这个村落的灵魂，已经在此地生长了好几百年。

我的心静下来——不是刚刚从闹市带来的那颗躁心静下来，而是将许久以前的、潜隐的浮躁悉数安抚，变得平平静静。这儿有一种罕见的能量，这能量可能就潜藏在这棵大菩提树上——还有四周，这片安然自如的民居街巷之间。

在这个世界上，我是说那些海内华埠，繁荣都市，都应该保有这样的一片清静温煦才好。现代人以高耸层叠和奇形怪状的建筑为能事，移植沿袭，竞相追逐，气喘吁吁。伴随这类建筑的一定是从西方抄来的各种游乐，是彻夜不息的放肆嚎唱，是大型舞台上扭动蹿跳的花男绿女。

东施效颦的激烈与轰鸣，成为一场热病之源。在阵阵鼓噪声中，劳动和创造的生命一天天被耗尽，收获的却只有一丝肤浅的、转瞬即逝的所谓"幸福"。

就为了建起一座座时尚之都，无数的"观澜"在消失，而且不留一丝痕迹。从南到北，一座座百年村屋被摧毁，连接童年的长巷业已推倒，标志和象征着一座古城的钟楼被炸掉。文明传承正处于危险的时刻。

心怀恻隐的旅者来看看观澜吧，你也许会在这里得到一点启示和安慰。

观澜除了低矮的民居，还有两座高起的建筑，那是矗立了上百年的碉楼。这就使整个小村呈现出另一番情致：既有贴近土地的朴拙生存，又有努力向上的抬头仰望。

刚拐出一条巷子，转身又是一道窄门：入门是一处芭蕉低垂的院落，院里有炽红如火的三角梅在盛开，有石桌，还有一口古井。

一个身着素衣的男子从一间屋里走出，垂着两只粗手，是从版画作坊里出来的师傅。原来这里不少房子虽然外部形制依旧，内里却被版画艺术家们使用起来，作了创作室和印制车间。

多么古朴沉寂的村子，这里的一切简直随处都可入画——艺术家们置身其间，不是有福了吗？他们在此地挥洒灵感，凝思，养气，一切都再好不过了。

就因为有古村落的气质笼罩一统，有那棵大菩提树的安定守护，所以尽管与商都大埠近在咫尺，空气中仍然没有染上什么异味。如果它的明天仍如今日，喧嚣止于白墙黑瓦，那么这里就永远有着诚笃的向往，有着神圣的朝拜。

一个金发碧眼的女子，来自西域，是个版画家，在这里产生了自己的得意作品。看她一手扶腰，一手揽住村里的同行，笑着，留下一幅照片。

鲁迅当年曾为版画在中国的复兴热情呼唤过，据说先生当年鼓励过的一个青年版画家，就出生在这个小村里。

我不由得想象：鲁迅穿着灰布长衫，手持香烟走在观澜的石板路上，仔细地瞧着这里的一切，满眼都是欣慰。

2012年1月6日

西双版纳笔记

西双版纳就像一个梦幻，自小就在脑海里萦绕。已看过她太多的图片和文字，只不知道真的走近会是怎样的情形。在我们的经验中，许多美丽是经不起就近打量的，那只会让人失望和后悔。可是西双版纳，我们不可违拒地走进了你的秘境。

佛　寺

只要是大一点的傣族村寨都有一个佛寺，这是精神与信仰的象征，是身心向往之地。这与西方和中东地区信奉基督教或伊斯兰教的村落是一样的，那里稍大的村镇也必定有一个基督教堂或清真寺。在尖顶指向苍穹的美丽建筑四周，才是围拢一起的世俗生活。有没有这样的一个尖顶指向苍穹，那将是大为不同的生活。

傣族人家，许多男子在七岁左右必要剃度出家几年，住到佛寺里。虽然他们将来大半还是要做世俗营生，但这种少年经历是极端重要的。这是早早开始的心灵洗涤。

傣族人的佛事活动频繁，无一例外是为了心灵的洗涤。一个人和一个民族，时常经历心灵的洗涤，实在远比身体的洗涤更为重要。我们知道，在内地的广大农村和城镇，过去由于生活条件所限，做到每周或每天都能进行身体洗涤也是很难的。现在许多人都有了洗浴的条件，可是心灵的洗涤一年里会有多少次？一次？两次？如果连一次都没有，这种生活就有些危险了。

从这里讲，傣族兄弟真是令人羡慕。

这一天又遇到了盛大的佛事活动。那是在景洪的总佛寺。身着鲜丽服饰的队伍绕寺行进，伴着节奏分明的音乐。队伍最前面是几排僧人，后边是手捧棉帛绵缎的男女老幼，再就是边走边舞的美丽少女：舞姿简洁典雅，只有手和两臂在重复同一种动作。她们身着盛装，右鬓佩戴一串鲜花。

我们久久地站立一旁。我们知道这不是表演，而是传统的延续，是从久远的时代开始的一个仪式。

醉　绿

人如果享受到过多的氧气会发生"醉氧"，而从北方来到西双版纳的人，会有一种"醉绿"。因为这不是一般的绿，而是人间大绿，是置身热带雨林之间。到处都是蓊郁，是浓阴匝地，是让人惶惑的青翠欲滴。百鸟喧腾，异兽长啼，显然来到了另一个世界。这世界对我们有些突兀，得让人好好适应一番才好。

如果长期生活在这里，我们将如何消受这大绿簇拥的日子？有点难以想象。比起这里，北方的干燥，裸露的石土，还有无法告别的阴霾，几乎已经让人习以为常了。而这里的绿色又太多太盛，空气太过洁净。一切都得从头领略，从头开始，面对一场人生的惊喜。

祖辈在西双版纳山林中过活的傣族、哈尼族、基洛族，他们是怎样认识这满眼绿色的？他们常说的话是："没有森林就没有水，没有水就没有粮食，没有粮食就没有生活。"

原来他们将绿色看成了生活的源头。

这是对林木植被最为深刻的一种认识，也是最为朴素的一种认识。其实远在拉美的古印第安人早就知道森林与水的关系：为了享受充沛的雨水，总是小心翼翼地维护着林木，视毁林者为大仇。

雨水量的分布虽受天然地理板块的制约，但人也并非毫无作为，也就是说只要尽了人事，气候条件仍然可以逆转。比如记忆中的山东半岛北部沿海地区，在五六十年代之初就是绿色葱茏的，雨水也大。而在老人们的记忆里，更早的时候林子更密雨水更盛。

人间没有了绿色，苦难也就离我们不远了；没有了大绿，也就失掉了幸福。生活在苍白的土地上，首先是疾病的来袭，进而是人心的焦枯。在尘土飞扬寸草不生的地方过日子，其实只是一种煎熬。

大　象

在西双版纳可以看到大象。在全世界，除了非洲和东南亚某些地区，这种动物都罕得一见。其实大象比人们珍惜的熊猫更需要爱护和保养才好，因为熊猫食量并不大，它们的吃物不过是竹子。大象则不然，一头大象每天不知需要多少植物的茎叶才能填饱肚子。

能够有一群大象自由自在游荡的地方，必有不可想象的密林绿地。所以在云南，在西双版纳这样的大绿之地才能养活得起它们。它们去了北方会是怎样？我们知道，那不过是在动物园里饲喂几头供孩子们看，让他们伸着小手点画："这是大象。"

如果我们北方游动着一群大象，气候是否适合先不说，仅以吃食论，那么不须太久的时间，本来就少得可怜的一点绿色都得被它们打扫得干干净净。我们真的没有供养它们的本钱，我们的绿色太薄。

西双版纳人当然以大象为傲，在城区，街头路口都有大象的雕塑。而我们知道，通常的城市里一般要给英雄人物才塑起雕像的。这里的大象就是活生生的大英雄。

我曾参加了当地的一次泼水活动。虽然不是泼水节，但总有机会让外地人感受水的恩惠和吉祥。同样是盛装的少男少女，他们手持水盆倾水泼洒，呼号祝福，还牵出了一头大象。

大象通人语，能交流，一根长鼻子擅取物，并不时地高举过顶向人致礼。它体大雄健，步伐沉稳，一双眼睛留意四周，憨态可掬。奇怪的是在它的面前，我们这些自以为聪明的"万物的灵长"，常常会有莫名其妙的羞愧感。

我们平时对那些能做大工、拥有大力的人给予赞美，称他们为"大象"。大动物与小动物在姿态上有一个最大的不同，就是拥有一副特别稳重的外表。小动物如黄鼬之类，总是活泼机灵的。

据专家们研究，大象是动物中唯一能够追思亡故的一类：它们行走在野地里，如果遇到先辈的遗骨，一定要停下来整理归拢，久久地伫立悲悼。

大象是最配享有阔大绿色的生命。

老　茶

人们熟知的有云南普洱茶，一度价昂逼人。人们还知道有一条古老的茶马古道，更早的人以牛马驮运茶叶到西部边陲。这条茶马古道今天还在，已成为当今的一条追怀之路，散发着永久不息的茶香。

西双版纳的老茶树王绝不罕见。古老的茶林留下来，在新的时代吐放新芽，供人们品尝时光之味。好大的叶子，好苦好香，经过了特别的工艺更变得醇厚，可以冲泡出琥珀金色。

在丛丛密林间散着一间间普洱茶作坊，游人喜去，寻

香而至。这在外地人看来是多少有些神秘的地方，因为裹在
山内，小鸟敛声，真好比古代道家的丹砂之地，不可轻易示
人。不过好客的现代普洱人会引游客从路口进入，然后坐在
草寮里，聊聊茶事，小口品一下他们的酿制。

我们相信，如果没有原始雨林，没有南国湿气的日夜蒸
润，就不会有这种特异的老茶滋味。龙井属于西湖，那是另
一片水土的精致。普洱出于大山，正得力于苍苍茫茫。杯茗
与浑茫共生，才滋养出一派厚重的气象。这片大林莽中常有
高达八九十米的望天树，还有繁衍成一大片的独木林。大鸟
衔籽，巨鳗化龙，花腰傣歌声袅袅。

真正的普洱茶是深壑万物的综合滋味。我们啜饮品茗，
须得静下心来，让胸怀与远山一统。

有一位蓝布裹头的老婆婆，她毫不费力地攀上一棵古
树，采下一兜乌叶，准备了特别的礼物。她算好了将有一群
年过花甲的男人从远城来，这些人最记得当年滋味。原来他
们是四十年前的支边青年，曾在此地披星戴月干了十年。这
些人后来终得回城，有了儿孙，如今算是旧地重游。

老茶树王，你是深山的见证，雨林的芬芳。

2013年11月17日

台港小记

不陌生

作为一个五十年代出生的人来说，总会对台湾这样的地方有一些特别的想象，比如相逢后起码会有较大的陌生感，或者看到许多想象中的奇形怪状。因为我们不久以前对这个地方还是一无所知。它是另一片土地，阳光可能不太充足。但绿色很盛，是绿色遮住了阳光吧。想象中的宝岛是阴性的。

亲临其境，却觉得这里原是如此的熟悉。仿佛只是来到了大陆南部，那样的气息，那样的韵致。一切都一样，南国之音不绝于耳。

由于面积小，人们又要在这么小的一块地方做一些大事情，所以土地就尽量地被利用起来，所以也就分外地拥挤。城市很多，很密，许多地方真正是"城乡一体化"的。所以说地方虽小，但要尽情地领略，详细地了解，还需要好好地费一番功夫。因为以单位面积而论，这里的巷子要多得多也曲折得多。

首先是建筑。中国文化衍生和决定了一切，学外国，用力地学，还是改变不了血液里的东西。这里的建筑与大陆差不多，尤其是气质相同。与建筑同理的东西还有许多，都可以想象出来。文化是母体，母体繁衍了其他种种，它们可以改变名称，甚至在一定的时期内改变法度，但最终还是要表露出母体的色泽，散发出母体的气味。

绿色，山峦上的亚热带植物，那么茂盛的大竹林。这儿对大陆上的北方人刺激会格外大一些。北方人，若不包括东北林区居民，那就大抵是在光土上过日子，一见了大绿，莫名的感激会呼呼涌出。比如说我第一次去海南岛时就是这个样子。看了海南，还有安徽南部的秀山绿水，再看台湾，心情也就会平静一些了。

说平静也不平静。因为这里毕竟是几十年在另一种"主义"中生活的地方。我们要看看他们弄出了什么，他们有什么法物和宝贝。

看来看去，小处相异，而大处相同。

太忙碌

我们的一些人口密集的大城市，给人的感觉就是太忙碌。人活得真不易，这样忙到老死，一切全都丧失。我们的文化里难道就包含了如此的忙碌？因为不仅是中国城市，也还有儒家文化圈里的日本、韩国、新加坡等等。这些城市里的人整天像工蜂那样奔波，起码是给人这样的感觉。当然，无论在哪里，有闲阶级是不必这样或不一定这样的；我们这里说的是总的感受和印象。

台湾的忙碌图像大概只有日本和香港一类地方才可以比拟。无论是多么秀美之地，这么多人拥挤，乐趣何在。那乐趣他们知道，拥挤的人自己知道。不过拥挤要出汗，要急躁，这都不好。人流车辆，风尘四起，绿色和湿气都压不住。

多少车啊，汽车摩托，交织着，诉说着发达的痛苦。如果更发达了，他们就会想出办法；现在还不行，现在则主要是忍住。看到在大街上，红灯一亮，所有摩托一齐停在一条线上，那儿立刻成了一片机械和钢铁的灌木林。头盔一片，城市的魔怪。

不言而喻，一座城市正在日夜不停地旋转和燃烧。这种大喧嚣大热闹谁能忍受，富人不能忍受，于是大多数时间逃到边缘一点的静谧之地去了。剩下来的是奋斗者，是充填一座城市的平民。富人只偶尔钻到城市的中心来一下，来称颂这儿的繁荣。这儿的繁荣是他们的。

喧闹是耗人的，一直到把人耗死。耗的过程中有富人的利益。

台湾是很有钱的，按照全世界竞争力排名，台湾是很靠前的。外汇储备也排在世界前边。不要忘了这儿只是一个地区，一个小小的岛子。可是巨大的财力并没有让这里变得更加美丽和井井有条。看来美丽来自心路，条理首先也是心路上的条理。这让我想起欧洲，那里的一些国家好像远没有台湾有钱，但是那里规整可人，处处都像个大花园。亚洲的许多城市值得让人好好反思，反思我们的文化。

难道我们的文化只有两个功能：或者使之贫穷到空空如也，或者让其混乱得面目可憎？

还有肮脏。

为什么这么脏？大陆上常常有些物质主义者把一切都归结到"贫穷"二字上，所以他们一直认为，脏乱差，甚至是人的道德水准低下，一概都是因为没有钱的过错。有钱能使鬼推磨的理论到了极致，也不过如此。其实我们面对的这个世界哪有这么简单。

钱在任何地方都不尽是汗水的结晶，所以说钱在许多时候是不干净的。所以我们把洁美的希望放在不干净的钱上，当然是大错而特错了。

求古气

台湾人中的一大部分，我想也主要是中产阶级以上者吧，极愿在衣着或其他方面求一点点古气，比如古声古气地说话，比如说穿一套中式绸棉衣裤之类。

他们没有忘了传统，起码看上去是如此。但多少也偏重了些形式主义。国学在他们那里普遍要好一点，这倒是真的；可是内在的深层的浸染，我也没有把握。

　　我们知道，台湾在几十年里与西方的关系并没有割断，他们的智识阶级比较大陆，英文起码要流畅得多。他们的西装也穿得要早，许多年前就在这些方面讲究了起来。但是这并不妨碍他们追求古气，像古香古色的家具装点的居所，特别是中式高档饭店宾馆又很多。中西结合之间，中的比重正在加大。

　　中产阶级把西化视为帅气和不让世界潮流，而把古气看成富裕的表现和资本。闲适是有钱人的事情，而最能凸显闲适和玩味情调的，当然还是国人这一套。一提起富裕的国人，人们立刻会想起柔软的绸装和水烟袋，想起手串子健身球之类。这些东西也许真的并不坏，但不知为什么总是给人一种腐臭的感觉。

　　时代不同了。在这样一个时代刻意地追求一种古气，会流露出其他东西也说不定。这是一个松弛的时代吗？我们都知道不是。这是一个松弛的小岛吗？我们知道也不是。可这是一个富裕的小岛，这儿的中产阶级多一点。而这儿的智识阶级中，中产阶级的比数起码要比大陆大得多。这样一想，心中也就了然。

　　我们有时候希望看到更朴素更自然的展露和流露。因为人的心情是无法从衣着举止上遮掩的。一个振作和奋斗中的民族，一片生机勃勃的充满了生长力的土地，一般都给人风尘仆仆的干练的感觉。

　　某种形式主义的漂浮感从学术场合也会看得出。一方面我们时时遇到学贯中西恳恳求真的读书种子，另一方面又常常遭逢一些不求甚解自以为是的假斯文。仿佛热衷于此道者多，具有深入领悟力的少而又少。像大陆一样，这儿在学术场合凑热闹的人总是多数。这些人吃惯了这一口，而且往往乐此不疲。这部分人讲起话来引经据典，古香古色，颇像那么一回事，实际上既没有学术也没有艺术。他们只是惯于起哄，在最通俗的层面上打转转。

在这种学术和艺术的引导下，台湾也就出了那么多我们所熟悉的电视剧，言情和剑侠小说，出了那么一大群所谓的青年艺术追求者。他们当中缺少钙质，缺少力量和立场。风花雪月太多，而风花雪月更多的时候是对人生的欺和骗。当然，观众和读者也需要这些；只是这里要指出的是，需要，包括热烈的拥赞，都不能掩盖事物的本质。

还珠后

香港在感觉上离我们近得多了。起码是去去容易。去台湾，直到现在香港还是重要的一站。我们都认为比较理解香港，曾经更近距离地看望过她，说她是东方明珠。她与台湾差不多，也具有强大的世界性竞争力，在世界经济格局中有何等了得的地位。

不仅是从图片上，就是亲临其境，我们更多地注意的，也还是她亮丽非凡的一面，挺拔秀丽的一面。我们忘不了她的幽蓝之水，神话般挺起在绿水蓝山之侧的金属玻璃结构的高楼。西人管了她许久，他们的蓝眼睛把她的许多地方也染得够蓝。这就是另一种文化施补的好处。西人要在这里住上许久，所以他们也需要她的洁净和媚人。他们需要在视野里愉悦自己，以便让自己有个好心情。

另外那儿是寸土寸金，除了填海造地，就是极需要向上开拓空间，这是高楼林立的主要原因。填海更难，想想一寸寸填出来的土地，那要多么珍惜，所以在填海处建出的东西也就分外美丽可观。

如果说她是一颗明珠，那么现在确是还给了我们。还珠之后，我们在感觉上离她更近了，可以更好地观赏她、理解她。一珠在握，灼灼有光。我们把这珠子放在手心里摩挲，贴在脸颊上亲近。于是我们终于发现了她的残缺，她的可怕的污垢。

原来她把最不堪的一面放在了身后，放在了角落。我们不得不去稍稍留意一下她那又窄又脏的巷子，那冒着浊气滴着浊水的无名屋檐。几乎紧挨一起的耸起的塔楼，上面有无数的分割出的小小格子，要知道这每个格子里都要接受和庇护一户香港居民。我们平时在街上所感受的汹涌人流，喧嚣之潮，都要按时收进那一个个小小的格子。这儿真是破败脏腻，干燥拥挤，几乎没有什么绿色，都是清一色的水泥高垒。这里最经常看到的是随手抛下的垃圾，是那些匆匆行走的市民，是在路口上憋着一口粗气的汽车。

我们不难想象闷在这样的小格子里的感受。这很快让人想起了常说的两个字：生存。他们在生存着，生存在这个世界性的都市里。这儿连气流都是滚烫的，所有的气流都是匆匆市民的肺腑把它焐热了的。吸着这样的气流，我们还会想起另两个字：挣扎。

没有众多的人在挣扎，没有他们为了基本的希望，为了温饱，为了一口舒畅的呼吸而去挣扎，也就没有了这个明珠的光泽之源。那时她将暗淡下去，她将熄灭。

这也多少使人明白了为什么世界需要贫穷和饥饿。保留了贫穷和饥饿，并让它们像影子一样紧紧跟在许多人的身后，让他们不顾一切地拼命摆脱。只有这样，财富和华丽，高楼，神秘不解的富豪，超出想象的享受，这一切才能如意地创造出来。

贫与富的差距有多大，创造的张力也就有多大。这儿没有我们所熟悉的公平和人道，这儿只有竞争与发展，有速度，有无所不在的引诱。一个最繁荣的现代城市在许多时候不会是一座伟大的城市，因为要繁荣就要注意留下许多穷人。穷人从来都是最强大最有效，也是最泼辣的劳动力。没有穷人，也就没有所谓的文明，没有宴会上郁金香酒杯里的香槟。

在这个明珠里活动着的一些人，他们西装革履，文质彬彬，尽情地享用和消受。而在另一些角落，在小屋小巷中，许多人要一大早排队来买几根油条和一碗豆汁；偶尔让脸色焦黄的卖主用剪子剪碎一个松花蛋在碟里，就是一次真正的享受了。香港人要晚起，可是起早买油条的人还是那么多，他们才不管什么红灯绿灯，趿拉着鞋子，有的还边走边揉眼睛，呼呼穿过路口。

这可能是世界上最拥挤的地方。同样的道理，只有在这样的地方富人才会格外高兴，因为他们觉得人多好办事。而他们自己呢，住在僻静的水林之畔，只是偶尔才出来看一下繁荣。他们要看看别人怎样日夜冶炼"明珠"。

1999年6月22日

辑三
精神的地平线

人只有在阅读中才能打开精神的地平线。越来越封闭于一个生活的角落，越来越封闭甚至拘禁到一种平凡的见识中去。实际上还有更宽阔的原野，但这需要精神的登高才能看到。

流动的短章

　　也许真有那么一些好的短篇小说，它们一个一个放在那儿，很精致，很美或者很深刻，很隽永。反正它们很好，是好短篇。但它们很独立。有人说好的作品，当然包括好的短篇，都很独立。

　　我却渐渐产生了怀疑。因为后来我明白不能过分独立地去看一篇或一部了。一部非常好的作品，真正好的作品，如果没有连绵性，没有连粘性，它就会是刻制出来的半死之物。好作品应该在生命之河里流动：正在流动，而不是有可能流动。它们有可能是液体，但它们终会结成块状，有时会凝成很大的一块。这时候好作品就产生了。

　　一个短篇出生后仍在生长，一部长篇也是那样。甚至一篇散文也是那样。一首诗也是那样。不会生长的，即是脱离母体的：被时尚的浪头抛出了河床。它会阴干或晒干。

　　短章在小说中有特殊的地位。严格来讲，没有短篇哪有长篇；没有短篇小说哪有小说。没有找到短篇的年代，荒疏了短篇的年代，不会有真正严整的文学状态存在。新时期的文学从短篇开始，这恰是生气勃勃的表现。当代文学乃至于一个人的文学，都往往起自短篇并进而依靠短篇，而且依靠始终。这样的文学生命必是生气勃勃。

短篇的美与博大，它的永恒性，不是站在专业意义之外可以轻易领悟的。它与一个职业人士的耐力、态度，还有向上的韧性和某种"野心"，都暗暗地、紧紧地相扣。

1998年6月9日

我喜欢的小说

　　我喜欢的小说，其他读者会有自己的看法。好小说首先是简洁、朴素、自然。现在作品太多，读不胜读，作者就会受逼迫，急躁。这样的结果是想各种办法，以便让读者注意。办法不多，一是在语言上弄得怪异，二是内容离奇，三是表现主题令人吃惊。

　　三条有一条，就会触眼一些，评论就会夸。可是有了一条，就不是好小说。

　　用词造句，要落到实处，一是一，二是二，在经验上感觉上充分把握了再写。是似而非的，不写。文学允许有夸张，但不是情感的夸张，这种夸张就是矫情。语言应是这个时代的、大众的。要从这个基础上、从这其中凸显个性的力量、语言的力量。

　　如果是制造出的语言，比如仿古、仿外国，都是假的语言。假的语言排斥真实的内容，也排斥接受。这种假的语言是初学文学、艺术经验浅薄的文评者或作者所热衷谈论的。

　　内容的离奇，主要是写更多的奸淫和杀人之类。所谓

"纯文学"，不过是更曲折隐晦地表达这些事物而已。其实可以写，因为生活中有；但不能把兴趣投放太多。它在其间的比重，要同它在生活中的比重差不多。那些看似平常的生活，包含了多少惊心动魄的东西——要把它挖掘出来。挖掘很累，得用心力，所以一般人也就放弃了。

主题还是存在于作品之中，虽然不如议论文清楚。起码是情感和思想倾向有。作者赞同好的东西、厌恶或斥责坏的东西，是最基本的，是个起码的道德基础。可是这一"起码"，有人觉得太一般，太慢，不如胡乱写好。于是就故意明明暗暗赞扬坏的东西，以便让人惊讶、让同类文评者从中找出"哲学"来。对事物的评价当然会因时代发展而变化，但不能快速地颠倒黑白。歌颂丑恶就是犯罪。水平高低是一回事，犯不犯罪又是一回事。

也有的事物在好坏之间，很模糊，很复杂。那就写出这种复杂。但大多"复杂"的并不复杂，是作者没有立场的结果。

文学七聊

进　入

　　文学入门的情形不一样，每个人都会有自己特殊的原因，会有难忘的什么。但总有些方面是相同的。好像有个统计，青年中爱好文学的占很大一个比例。为什么会这样？大概主要有几个原因：青年和中老年人不一样，他们在生活中有很多冲动、感触，急于表达出来，甚至不加咀嚼地表达出来。寻找什么方式？选择了文学。只有文学来得这么痛快，这么直接。文学是表达生活感触的最方便的武器，所以大家就不约而同地拿起了笔。文学作为一门科学，"外壳"是最薄的，不那么坚硬。像哲学、心理学、建筑学、化学等，这些相对独立的学科门类"外壳"很厚，比较坚实。要受长期的专门训练，才能突破一点"外壳"，得入其门。而文学只要识字，受过一般的教育，就可以试着写一点东西，虽然不一定像样子，但"外壳"总算被突破了。青年刚刚接触社会，对人生，对社会，有非常美好的向往，把生活看得比中老年人都完美一点，自觉不自觉地希望再来一点戏剧性，来一点强烈的东西、刺激的东西。生活中当然很少这些，于是就有一点失望、彷徨和惆怅，就会到文学作品中寻找安慰；看文学作品很容易往心里去，很容易和它发生心灵的共鸣，所以渐渐也就模仿起来，试着投入。

当然，抓住了这个爱好和冲动，还要向纵深发展。不是仅仅停留在"爱好"的水平上，而是要不断诱发先天的素质，用各种方式去培植它，使它壮大，成长为参天大树，而不是使它埋没。各种才能的埋没都是一个悲剧。

文学的各种门类都可以尝试一下，写诗、散文、小说、戏剧、报告文学等，不一定哪一种体裁最合适你的表达。很顺利，就一直做下去，感到十分吃力，觉得非要转变一下才好，就试试别的。各种文学形式都有所长，都有所短。诗歌凝练有力，但有些东西不好容纳，不像散文、小说来得淋漓尽致。有长有短，互相弥补，互相渗透。有人最早写诗，觉得没有什么大的发展，又开始写散文——几乎每种样式都尝试过一遍，最后才来写小说。如今的小说实际上已经吞噬了其他一切形式。小说中有诗和散文。可以用散文作桥梁，把诗意"运输"到小说里面去。最重要的是写一下诗，这样的开始总是最自然最可信的。不写诗的人很难懂得文字的节俭，懂得凝练和意境。一切的文学样式，严格讲来内核都是一种诗。不写诗，怎么能捕捉到诗意和富有诗意的表达呢？怎么能把小说写得诗意盎然？

文学是属于善良美好的人们的。

一个人在整个一生的经历中，有好多阶段；很光明磊落、很高大的人，有时也不免有卑微的想法。他的可贵之处在于能及时地把卑微的东西驱赶到一个角落，进而埋葬它，战胜它。诗人就是要注意心中那些最光明、最纯洁的东西，使它发扬光大；寻找它，像爱护眼睛一样保护它，不能亵渎它。任何美好的作品，不可能是在卑下的念头迸发膨胀的时候创作出来的，而一定是在很善良很美好的那些时刻：他认识到优美、崇高和善良，并受这种情感的驱使，进而要讴歌和倾诉。这种情感让他诉诸文字，把一切融进作品之中。

在文学方面，不仅创造者要善良，欣赏者也要善良。欣赏者不善良，文学作品也就无法打动他，他会"刀枪不入"，不可能和作品里的美和善发生共鸣。作家作品无论怎样还是有局限性，它只能在某一段时间里、对一部分人发生强大的作用。

景物描写

景物描写并不容易。为什么要有景物描写？首先是作家本人要表达对自然环境的理解和情感。比如写一个人在河边上走，总不能忽视他脚下宽阔的、汹涌澎湃的一条河流吧？不可能忽略这条奔腾的河流对他情绪的影响，不可能忽略这条河流从哪儿流来、流向哪里，这个人又为什么从这儿走过，等等。这是一幅完整的画面，不能残缺。作者总想使画面完整起来，饱满地表达自己对大自然的感触。人物处于不同的环境中，就会有不同的感受，一个生命对大地的激情，总是难以省略和藏匿。

景物描写不仅表达了作者、还表达了作品中的人物对自然的理解和情感，表达了整个的人与自然的关系。写大自然，也是在直接或曲折地表达出一份人生之恋、对母亲大地的感激之情。

好的文学作品往往都有出色的景物描写。一个优秀的作家将自己的心灵与天地自然融为一体，深深地沉浸其中。他对万物都会感念，都能诉说和回告。景物描写绝不是拼贴，而是连带着作者的血肉。它与整个作品形成的质地当然衡量着、检验着一个作家的心愫。一个不成熟的作家可以写出一部很能吸引人的不错的长篇，却写不出一段感人肺腑的自然场景。类似的描写真正需要功力，需要对自然、对人生的微妙而独到的发现和感觉。离开这些，不可能有好的景物描写。因为大自然中的一切太微妙、太细致，又太常见、太平凡，它往往被人忽略，不去注意。而一旦能抓住它的神采，就会领略无限的奥妙。一些作家，无论情节多么紧张，人物之间冲突多么尖锐，他还是不能放弃和省略人物置身其中的这个背景。像《复活》中聂赫留朵夫和玛丝洛娃爱情生活中的这类片段，给人留下多深的印象。

用作品去阐述人和自然的关系也很重要。我们常常阐发人的主动性、能动性，而很少阐发大自然给人的昭示和启发。人生活在大自然中，永无止境的、永久的探索在等待我们。人和自然的关系是如此复杂。日常生活中常常受到自然的威胁、宽容、恩惠和娇惯；诗人对自然更来得敏感，会去仰视它，分析它，探讨它，极力亲近它。一个人不管走到哪个地方，他的一生都是在大自然这个母亲的怀抱之中。

不妨首先练一下自然景物描写，试一下笔力。这在文学写作上的确有难度。一些杰出作家曾花费了大量篇幅，给人难忘的印象：可以用心读一读契诃夫的《草原》，屠格涅夫的《猎人笔记》等。类似的段落读时移不开眼睛。

对　话

对话是小说中最重要的组成部分。人物对话的重要作用，不仅是叙事、是推动情节，也是显示作品人物个性的一种手段。小说是叙述性的文学样式，不同于话剧，没有那么多人物对话，所以"对话"就更加珍贵，这些部分应是充分加以重视的。每一句话都不能含糊，简单的几句就要把人物个性写出来。好多作品的失败，也在于那些对话太平庸了。要力求人物对话简短而有力，真实，如同生活中的声音。作品太雕琢不好，但对话是要很好打磨之后的淳朴，要闪烁出个性的光泽。

把握语言的分寸感是极难的。这只能多练、多思、多观察。很多作品中，人物的话如说得太多、太满，于是没有了趣味。对话首先应该是有趣味的，其次才有其他。一些枯燥的闲话，长篇大论，说个不休，毫无节制，结果可想而知。

我们读不同的作品，对待对话的态度是不同的。有时对作者写下的每一句话都很重视，有时只是大致翻过。因为我们知道哪些话——人物的话，是值得重视的，而哪些人——作者，很饶舌，说话太随便。不能养成随便说话的毛病，这样，就写不出精湛的作品。任何成功的对话，首先是凝练，给人的想象无穷。如果一览无余就完了。对话必须有简洁凝练的基础，有无穷的意味，说透了反而显得狭窄。一位美学家引用一句舞台对联，说演戏，人物在舞台上活动四五步，万水千山、几万里就出去了。这是指表达的艺术，它多么好地引发了人们的"神游"、想象力。世界上的事物大多都是有限的，只有想象是无限的。我们只能留下想象的空白，就是再创造的空白，不能把什么都说尽、说全。另一方面，有的对话很长很长，竟能抓住读者，也是一种功力。每句话都言之有物，叩着读者的心扉，当然就更不容易。这是简洁之后的繁，也是凝练的结果。

对　比

从广义上讲，取消了对比就取消了艺术。人的激动是相对比较的结果。人的判断，包括艺术判断，离不开对比。一部作品总是隐含着对比和选择，选择是对比的结果。作者无时无刻不在有意无意地作着对比。较明显的例子太多了，像雨果《巴黎圣母院》中的撞钟人，心灵的美好与外形丑陋的对比，产生强烈的反差。实质上，艺术家就是制造反差，以给人深刻的印象。其中有一种不易觉察的对比，像那位吉卜赛女人，她的艺术是很高超的，歌唱是很婉转的，人们都要屈服于她的艺术魅力之下，她多么强大！但她在保护自己方面，力量又是那么弱小，在那种环境下被杀掉了。

　　还有一种对比。如果在一个动乱的社会里，在人与人钩心斗角的时代里，读到一些好的作品：充满了幽静、甜美、崇高的描写，读者立刻就感到心境愉悦和温馨，回头会对冷酷嘈杂的现实生活产生强烈的不满和反感，进而想改造现实、抨击生活，愤怒在膨胀！这也是对比产生的力量。它不是作品内部的反差，而是作品和现实之间的反差。

欣　赏

　　一个人的欣赏往往经过几个阶段。开始是寻找情节的脉络，这是欣赏的初级阶段。第二个阶段就是欣赏人物。第三个阶段，则会更多地注意作品的意境、氛围，领略字里行间没说出的韵致之美。写人物比较难，但不是很难，不是高不可攀。难的是作品有独特的意境，用一种氛围、看不见的东西、难以用语言捕捉的东西去牵制读者、征服读者。看后会被一种气氛、境界所控制，无法摆脱。它传达给人一种说不清的复杂的感受。好的作品都会达到这种高度。一个敏感的作者，他的作品可能没有达到这种境界，但他会明白其中的奥秘，将其当成追求的目标。只要自觉地认识它的存在，就会去体味，去努力。

欣赏者的胸怀很重要。写作可以坚持一种风格，在艺术追求上有相对的稳定性，甚至这样写上·生。但在欣赏上，就不能排斥性太强。那种持久的、深长的欢娱，既来自阅读的欢娱，也是非常宽容的结果。人的苛刻当然是必要的，这主要指对艺术精湛度的要求，指精神生活上的"食不厌精"。但艺术的品格又是不同的，包容各种品格并不那么容易。欣赏的气度和胸襟，是和理解力、深长的生活阅历紧密相关的。

有人喜欢现实主义的作品，看到浪漫主义的东西就嗤之以鼻；喜欢传统的东西，看到现代主义的东西就频频摇头。喜欢现代派的作品，看到传统的写法就觉得土、陈旧。其实一切都未必，也大可不必。这很可能表现了我们自身的偏狭和无知。对不同的道理和长处，研究才能吸收，轻易否定，拒绝一个事物，也许以后会后悔。总是讲广博，宽容，理解时代所给予的，真正做到就难了。首先寻找包含其中的合理性——即便是批判，也要在理解的基础上进行。

整体与局部

所谓整体，就是整个作品大的立意，大的感觉，所谓的总体效果。局部是指一章一节的细微部分。它们的关系有时是奇妙的，互相依存，互相辉映，甚至是互为因果。整体上立意要大要高，有历史感，有哲学背景，不能轻飘飘随便选择一个主题就写，也不要以写出一点情趣为满足。勇于揭示人生的隐秘，挖掘人生的真谛，这是最难的。写人的坎坷，人的遭际、不幸、悲哀、欲望、生存、发展、变革、奋斗，写人的觉醒、写变革的时代，写大主题，这是十九世纪前后的范本。长期学习，就会感到自己的格局太小。如此下来，局部的性质就发生了变化；而局部的性质，又投射于整体之中。人的激情弥漫于全篇，既映照在大的格局框架上，又表现在独特的、使人难忘的细节上。局部的情趣很能吸引读者，但这不是小情趣。它或许传递了难言的沉重。有时好像不经意，像在篆刻周围的方框上凿了几下，有残缺的痕迹，但更自然苍劲，不加修饰，随其自然。局部上是破坏了，整体上却得到了。有的作品的确不在意一章一节的华美，而是追求整体的完整和力量。

不能过分雕琢，但不是要舍弃雕琢的功夫。一个作家不雕琢，并不证明他没有雕琢的本事；他一旦想雕琢，可以打磨得特别光滑。需要细，就拿出细的功夫来。比如写握手，对方的手是沉稳的还是微微颤抖的？是温热的还是冰凉的？是苍老的还是稚嫩的？手上血管凸起很高还是隐伏皮下？手指是否被劳作磨糙？指甲里有无污垢？颜色是什么？握得紧不紧？你感受的压力？手指是否在轻轻抖动，这表示了亲切还是紧张？都交给了一双留意的眼睛。

讲究整体效果，不拘泥于一章一节的得失，但不意味着放弃完整的细节描写。一切都是心灵的性质所决定的，决定着取舍、兴味、方向。有雕琢之功，但不随意雕琢。简略，可几笔概括出一个雄浑的时代，勾勒出一幅人生的画像；细致，则笔下不放弃一个毛孔，一条皱褶。

生　活

·　"生活"多么复杂。它是阅历、经验、体会，这一切相加的总和吗？一个人常常苦于没有什么可写，笔下空空的。不是没什么可写，而是找不到"感动"。无尽的哀怨和困苦欢乐全飞光了。仿佛没有了恨和爱——如果有，怎么会没有可写之物？看来原因很多。若不是人变得冷漠了，就是存有表达的障碍。怎样调动，发掘自己生活（情感）的贮藏？大概总要把自己的经历经过一段沉淀、回味，然后才能琢磨出什么——惊讶于生活中的奇迹……生活需要沉淀，只有沉淀才更结实，更凝练，更富有触动性。平时说的"作品要有时代感"，也不是见了什么立刻就写。有些事情很怪，很可能几年后甚至十几年后，才让我们醒悟。有的生活感受能写下来，有的一生也写不下来，很微妙。这与勇于反映当代生活，时刻关注人的命运，不要回避的道理并不矛盾。把经历过的生活分分层次，哪些有能力表达好，哪些还没有能力，于是就放一下。生活储藏就像矿床，可能需要有计划地开采。

　　总之，我们希望自己保有感动的、激动的能力。一个好的艺术家，一生都会保有这样的生气，都会拥有为艺术激越不安、奔走相告的那样一种热情——这样的人是不会没有倾诉欲的。

　　（1983年4月在济南文讲所的座谈发言，小标题为整理时所加）

文学散谈四题

人　格

对人格决定作品这种提法，不少人表示异议。其实当然没错，只是不能机械和简单地去将人与作品对号而已。人格低下，作品反而走得很远，境界高远，这大概也不可能。

英国作家王尔德到美国去的时候，海关人员问他有哪些需要过关申报的？比如一些贵重物品。他回答说："除了我的才华之外，没有任何东西需要申报。"的确，王尔德不仅自信，也确有过人的才华。但当时他被认为是一个品格低下的人。其实他的人品和作品还是统一的。他的品格不是低下，而是他自己的品格，这种品格并不要求与他人一致。而不与他人一致的品格，却不一定低下。低下的品格与极为个性的行为，甚至是有极大瑕疵的性格仍然不能画等号。

李白在当年，据记载说"世人皆曰可杀"。如果杀了，还有伟大的李白吗？超乎常人的天才总有非同常人的个性，这又不是常人在当时当事所能理解和宽容的。

所以说，人格决定作品的说法，从根本上是不会错的。

所有杰出的作家和作品，在当时一定是居于最高的道德基础之上的。无论是他的创作还是他的言论，必须具有很高的道德标准，这是不容置疑的。但这里不是指一个作家的言行"适度"，在行为规范等方面切合了一个时期的最大公约数。仅仅如此还远远不够。这里的道德高度是不同的，它的要求甚至更高。如果说文学家的最大行为是他的作品，那么一个最重要的指标即要看作品在所处的这个时期、在整个的精神流向里面所占有的位置，要看其对人性洞察的深度，对人类精神向上提升的强度，是这一切。这种表达可以是多个层次、多种方式，它既可以极其曲折地表达，又可以直接地呼告。总之并非那么简单。

文学家有自己的规则，理解文学，就要进入到文学家的规则里面去。今天我们回头看一下，那些伟大的文学家都居于那个时期最高的道德标准之上，他们都不约而同地、以自己的方式充当了那个时期的道德家。但道德家不一定是说教家，尤其不会是那种满口概念化的"道德诠释"。他们的价值，在于为自己所处的时代"拨乱反正"，让思想突破"牢笼"，发现了人性里不约而同、趋向一致的惯性中，所造成的精神上的"盲角"。而这种精神上的"盲角"、思想上的"盲角"，会造成阻碍进步的最大"障碍"。

哲学家弗罗姆讲，人类有两种本能，一种是生的本能，生长的、创造的；另一种是与生本能同样强大的力量，就是死本能。这两种本能纠缠在一起。死本能在人的潜意识里，会不自觉地以毁坏周围的世界为快意。可见任何一个时期居于较高道德水准的艺术家，都是不倦地、不屈不挠地与死本能在作斗争。面对人性的各种弱点，他们是极清晰的洞察者。僵化，可以让它活跃；板结，可以把它打碎；保守，可以让它激进。总之用各种方式来推动人类的精神。

美国的"垮掉派"作品，如《在路上》，读后或许会认为太不道德，写了滥交、流浪、偷盗等内容，可是即便如此也不能完全否定，不能简单否定其道德高度。这要和当时美国人的普遍精神生态相结合去考察。它从另一个维度，提供了一股清新向上的气息。作者以反艺术的方式来表达自己的完美，以反道德的方式来确立自己的道德。所以我们还不能直接地、简单化地去划分和谈论艺术家的道德，更不能简单化地去谈论文学家和艺术家人格的高下，这是一个相当晦涩、曲折复杂的问题。

当然，这一切都构不成作家艺术家诲淫诲盗的理由。

客　观

我们平常谈论文学作品，总是强调它的客观性。比如说一部文学作品，作者只是宣示自己的哲学思想，宣示自己的道德伦理，大谈自己的主义和思想，这样的作品就未免"主观性"太强了，会遭到读者的反感甚至强烈排斥。阅读史上往往有一个规律，就是主观的作品会越来越"小"，他留给他人、留给时间解释的余地和空间会越来越小。因为作家所要表达的思想全都浮在字面上，已经容不下想象。

所以人们一直提倡"客观主义"的作品，即作家尽可能超然，在作品里不轻易表露赞同什么，掩盖自己的倾向。这样的作品可诠释的空间就会很大，不同的读者可以读出不同的思想，不同的形象和意味。如果作家本人或通过人物不停地辩论和争论，并在这其中突出了倾向性，无论多么强烈，也不能使作品变得更"大"。

海明威评论列夫·托尔斯泰的《战争与和平》时，有过对后人影响很大的评语。因为海明威本人参加过战争，他说托尔斯泰是一位了不起的伯爵，因为打过仗，所以战争场面写得太好了，说没有看到一位像托尔斯泰写战争写得如此真实。他甚至说一个人除非疯掉了，才能设想自己去和托尔斯泰比肩，去较量。但即使这样，海明威仍然说，如果我与托尔斯泰是同时代的人，是托尔斯泰的编辑或朋友，那么首先要做的一件事，就是劝他少议论，少议论自己的思想。海明威的理由就是，作家的思想无论多么深刻，无论多么具有先锋的意义，用不了多少年，就会变得陈旧和肤浅。时代变了，你的思想再也不新鲜了，各种独到、深刻的发现也会变得浅显易懂。剩下的就是一个喋喋不休的老头子形象，让人讨厌。

在海明威看来，它违背了文学作品要留出更大的感性空间和想象空间这一普遍规律。人们对这些见解很以为然。因此，很长时间，在后来的一些作家那里，很少有敢于放手议论的，哪怕肚子里憋了很多，也要放弃，也要忍耐。如果不这样做，就违背了杰出的艺术品必须"客观"这一规律，这几乎成了二十世纪之后的文学定律。现在"杰出"的作品，写得可以简单，但不可以不"客观"，不可以不将想象的空间、生长的空间留足。马尔克斯曾说过，理性如果压迫了感性是很糟糕的，说"我是一切纯理论的敌人"。这是现代主义文学运动的一种趋向，就是消灭和掩盖"主观"。这当然有它积极的意义。

　　但同时我们似乎也注意到了，文学问题非常复杂，远没有那么简单。我们会发现，所有的现代主义作家所贬斥警示的那一部分，一再号召大家要抛弃的那一部分，在十九世纪伟大的作家作品那儿却又未必。无论是歌德、托尔斯泰、巴尔扎克还是麦尔维尔，几乎所有的外国文学中崇高的、难以攀登的高峰，几乎无一例外都是主观性非常强的作品。当文学进入二十世纪以后，当作家越来越强调客观，艺术越来越"客观"的同时，作家和作品也在变"小"。

　　大家公认的当代文学原理受到了挑战。那么，到底是强调"客观性"错了，还是我们理解"客观性"有误？后来发现，我们理解文学的客观性与感性空间的时候，只看到了局部，而忘记了整体。那些伟大的作品，其个性化的思想、辩论和理性等等，如果退得远些，即会发现那些道德宣示和激烈的辩论，都将和整个作品一起，化为了客观。作家本人也成为了历史人物，成为了作品的一部分，一个不可分割的整体——这时候一切都浑然地后退，退到了"客观"的幕后。

我们会发现，连那些偏激的个性的宣言和思想，都一块儿化为了客观，这是我们始料不及的。

我们的作家道德感非常沉重，这和接触的文化有关。孔孟文化有强烈的道德感。现在很多作家在那儿扮鬼脸，相比较而言另一些作家好像没什么个性，比较老实和保守，殊不知这才具有更强的个性。当整个的文学潮流和精神潮流都在那儿宣泄，在那儿解构，在那儿写性和暴力的时候，有人在这个地方能够站住，稍微地停下来思考一下，不是个性吗？要有勇气从一个时期占主导流向的部分中独立出来。

质　量

许多人常讲的一句话就是，不要写得多，而要写得好。好像作品写不好的原因，主要是因为写得太多。这是误解。真实的情况正好相反，恰恰是因为写得太少，才写得不好。

文学才能达到一定的高度，会表现为出奇的、难以理解的勤奋。我们统观几乎所的杰出人物，不仅是文学方面的，也包括艺术甚至科技界的，都莫不如此。

现在一个共同的倾向，就是我们的作家写得太少。勤奋的写作者是不能容忍粗糙滥制的，勤奋即包含了精致在内。我们在文学劳动上投入的力量不大，热情和激情也不会大。是性格和精力的问题？是时间不够？这都不是问题的答案。要找一个最主要的答案，可能还是才华。才华的突出表现就是巨大的劳动能力、持续的劳动能力。比如说托尔斯泰，俄国出的文集大约是九十八卷左右。雨果可能也在这个规模。列宁是七八十卷，一个政治家，一辈子都在革命，不断地暴动、流亡，尚且有如此巨大的写作量。

写得少才能写得精写得好，才会有传世之作，这是一个不可信的神话。创作固然不是一个数量问题，而是一个质量问题。但繁复的思索与艺术怎么会不表现为巨大的创作量？几乎所有伟大作家的写作量都特别大，可见他们的质量都是建立在巨大的劳动基础上的。他们的全部生命的复杂性与深邃性，非有数量巨大层次交错的文字而不能表达。他们的劳动也许提醒大家，全力地投入一生挚爱的事业，就会有不可遏制的热情。英国作家毛姆曾说过一句话："所有伟大的作家一定是多产的作家，但多产的作家未必是伟大的作家。"

才华即燃烧的热量和时间。劳动量是表现燃烧时间和燃烧的剧烈程度。如果不将勤奋与才能联系起来考察，就不会真正理解才华的本质到底是什么。

事实上，只有勤奋得不可思议的作家才更有精致的写作。他们勤于做功课，作品中涉及的任何问题，都会有相当深入的研究。比如说写土改的小说，要研究多少关于土改的资料？走访多少事件现场？听多少亲历者的回忆？这个功课不做，想象力又从哪里来？还有，作者的想象力，哪怕是巨大的想象力，就能弥补功课吗？有的写"文革"的小说角度好，人物好，语言也老到，但看上去会发现功课做得不够。光靠想象、推导，个人的聪明，是出不来大作品的。

即便写眼前的生活，也仍然需要做功课。越是眼前的事情，越是要做功课。忽视功课，似乎与我们的文化有关系。比如说西方的画家，他们思维的逻辑性很强，学习绘画，要进解剖室，把骨骼肌肉血管都了解清楚。而我们的画家重写意，求神似。我们遇到任何问题，就靠一种大而化之的感觉，不去追究事物的根本和实际。这种文化有自己的优势，但也容易造成一批过分自信的人，他们不能够把问题落到实处，也就不能把劳动落到实处。没有功课心的写作者，要创造出繁巨的创作实绩，一般来说会是困难的。

精　神

作家究竟有没有个性，需要观察他的写作与整个时代精神流向的关系。说到时代的精神流向，有一个总的把握。比如说"文革"，那很明白，就是"造反"。每个村庄每个车间，无不"造反"。至于现在，也很清楚，就是用消费来带动生产和创造，是一个消费的时代。全世界极少有哪一个国家像中国这样，公开地号召人们全力以赴去赚钱。消费主义、物质主义，成为生活主潮。那么观察一个作家有没有属于自己的精神基调、自己的立场，就要看他与这个总流向的关系。

"文革"时期，一个作家无论怎样在文字上巧妙折腾，如果总是在歌颂造反，他也就算不得一个有独立意识的作家。同样，今天的作家写得再花哨，如果总是与消费主义和物质主义合拍，那也不算有自己的立场和个性。

　　我们现在学习的经济方面、商业方面的游戏规则，仍然是北美。这就伤害了传统和民族性。俄国作家瓦连京·拉斯普京前些年来中国说过一段话，值得我们注意。这段话虽然不长，但谈了极其复杂的、重要的问题。这位作家的经历和我们中国很多作家差不多，经历了社会主义运动，从苏联时期的集体经济和集权主义走过来。但苏联的文学和我们稍有不同，它有着雄厚的俄罗斯文学垫底。拉斯普京是一位了不起的作家。俄罗斯苍凉的大地，深厚的文学土壤，培植了他这样的作家。所以他来中国之后发出的感慨，是需要我们重视的。他首先很感谢我们国家翻译了他的作品，而后话锋一转说道：

　　"两年前，我曾经希望十三亿中国人民与其他东方国家以及尚未失去鉴别力的俄罗斯读者会结成统一堡垒，去抵御道德和精神的堕落。如今我明白，我的这种希望是多么脆弱。中国今天翻译和出版我们的作品，但明天将会如何？我在上海举目仰望那些摩天大楼，我相信住在那里的'天人'将会认为并且如今也认为，那些被大加炒作的俄罗斯文人抛出的消遣娱乐书籍和'肮脏'的产品要比我们的书好。在东方，最先向毫无意义的和'肮脏'的文学投降的是日本，然后是韩国……一些国家随后也会被征服……我不想在这点上责备任何人。这是时代使然，多数人都要屈从。而真理在哪一方？未来会对这场讼争做出判决。"

　　拉斯普京说得太好了，所以我们也就不须再饶舌了。

　　他寄希望于中国和俄罗斯能团结起来，来抵制消费主义和物质主义的潮流，但他到中国各处走了一趟以后，显然是失望了。他发现个人根本没有力量去阻挡这股强大的消费潮流，严格讲是无耻的潮流。国际主义潮流就是如此，即不停地走向下流。

作家与其他人不同，他需要有抵御整个潮流的勇气，无论自己的力量多么弱小。有没有这个勇气，就从根本上决定了他的品质。

（2007年10月19日于万松浦书院座谈，标题为整理时所加）

文学的自我提醒

——在中国海洋大学的演讲

文学需要自我提醒，因为写作者给自己的提醒也许更有意义。现在的文学观念各种各样，个人的一些见解也未必适合他人。学生应该去听教授讲，听他们讲一些几成定论的、普遍的东西。作家讲的大半是个人的东西，教科书之外的东西。

每个作家在平常的写作中都对自己有一些要求，这些要求因人而异，其中的一部分并且还会随时间的改变而改变。他们会不断地对自己提出新的要求、新的提醒。这些可能都算不得深刻的道理，但相互启示一下并没有妨害。文学本来就是充分地尊重个性、尊重创新、尊重独特的思想。

这里有几个小题目，题目虽然多了一点，但似乎都是很基本的问题。写作的人通常认为，最重要的问题往往又会是最基本的问题，所以应该就此经常提醒自己。作家在写作中遇到的问题有时真的不是很大的问题，有时反而是很小的问题。不过创作中的这些小问题解决不了，他们的写作就一步也不能往前推进。

语言要求

我们也可以说，文学的全部问题就是语言问题。因为文学不是表演，不是雕塑，不是绘画，不是音乐，它不能借助于声音、造型和色彩来表达。它的唯一武器就是文字，是语言。于是怎样遣词造句，包含了他的全部成功与失败。为什么用这种语言而不用那种语言，一句话的几种讲法，这里面综合了作家的人生态度，他的个性、素质、才华，总之差不多是他的全部。语言连带出很多东西，它突出和表现的这一切，真是无法掩藏。浅薄，深刻，轻浮，深沉，都在语言之中。从文学上讲，语言不仅是一个作家的指纹，而且还是他全部的历史。

我们如果稍稍注意一下，文学发展到今天，作家的语言已经发生了极大的变化。不要说"五四"前后差异明显，现代作家和当代作家、特别是和新时期以来的作家相比较，其语言也有触目的改变。单是说新中国成立前的语言，白区和红区的作家不一样，每个地区的个体也不一样。

我们这一代写作者的语言正在改变。当然我们的语言只能在汉语允许的范围内，在词序、选用词汇等方面，自觉不自觉地发生着变化。当代文学语言一定要随之进入这个世纪，或者说达到它今天应有的高度。二十世纪末的文学语言是有自己的要求的，正像十九世纪的语言也有自己的要求一样。除了一个时期的总体语言高度要达到之外，还有自己的语言个性问题。

　　一般来说作家对自己语言方面的基本要求，就是简洁、凝练、朴素。看起来这都是起码的要求，但要具备这些指标却很难。这是个性化的要求吗？是也不是。因为十九世纪之后，文学语言在优秀作家那儿都有了这个要求。看来这仅仅是个底线，是语言的个性化也不能突破的底线。我们说的十九世纪二十世纪的语言有要求，有许多时候仅仅是对这些基本条件的强调。

　　有的书也许影响比较大，但在语言上却不一定是十分令人满意的。比如说它还在使用很传统很老旧的一些句式，装饰性的部分特别发达，形容词非常多。整个语言没有灵性，臃肿到了无法调度：几乎任何名词后面都紧跟着夸张的词汇，所有的动词前面都罗列着修饰。在平庸的写作那儿，这差不多已经成了定式，而且非常厉害，只要打开长篇或中篇小说，打开报刊书籍，其语言大致都是这样。

　　这说明现在的许多写作者，包括一些经常发表作品的作家，并没有经过严格的语言训练，甚至没有语言意识。语言进入现代，在好的作家那儿，早已经把过分的修饰部分用碱水洗掉了。于是它变得更干净、更简洁，表达力也空前提高。

　　商品社会让人过分地重视修饰性的东西，所谓的华而不实，就像房子的内装修差不多。这些东西多了不好，它会有很大的副作用，会造成污染。所以语言要快些回到动词和名词上来，回到质朴的基础上来。只有动词和名词才是语言的骨头。

问题一开始就出在我们的基础教育上。从小学到大学，写作课上的语言教学存在误区：老师认为形容词越多越好。在这方面他们用心良苦，为了让学生趁年轻多记一些词汇，就不停地鼓励他们多套用一些。这真是帮了一个小忙，却害了他们一生，因为人的语言惯性一旦养成，一生都很难改掉。现在很多的副刊散文，就使用了很甜、很腻、很没劲的语言。它们无法表达出结实的内容。

写作者的自尊是比什么都宝贵的，而这种自尊首先要从每一个词和字上开始。字和词是文章的细胞，要从每一个细胞开始追求健康。现在报纸副刊、电视和网络上常用的词是什么，要注意。因为通常它们使用的是最没有创造力的文字，最普通最便当、也是最廉价的表达方式，所以文学语言必须远离它们。它们会淹没个性，磨损自尊，把平庸当成有趣。一些时髦而浅薄的语言指代符号，往往就是一个时期传媒上出现频律最高的，像一些滥词，靓、亮丽、关爱、呵护之类。这一类词在文学上是无法使用的，除了滥，再就是它们的出身不好；词是要讲出身的。刚才那一类词是伴随着一个时期的艳俗滋生的，一开始就有了浊气。还有一些词原本是不错的，如"生命的""挥之不去""悄然"之类，但因为它们已经用得太频太过，源头的清新气息已经丧失殆尽，也不太好用了，于是我们不得不常常绕开它们。

文学是用来和庸俗作斗争的。一个词、一种语体，一旦被庸俗了，也就成了文学的对立物。有时候一篇很好的文章，就因为使用了一个或两个不好的词汇，整个局面都给搅了。看来用词和做事差不多，今天首先要弄明白的倒不是要做什么，而是不要做什么。有些事不能做，正像有些词不能用一样。我们不能不注意回避，注意绕开，然后才有可能走入自己的语言。

我们要想一想自己的语言是怎么来的。它的形成有一个多么漫长而艰辛的过程。我们当然要爱护自己的语言。最不爱护自己语言的人，就会最快地将其丧失。其实要丧失也是很容易的，因为我们每个人都不像自己想象的那么坚强和顽固。这一点我们从自己的孩子身上就可以得到一些启示：他们在十几岁时自认为自己倔犟得天下第一，见解独立而新异；其实作为家长是看得清楚的，孩子们所坚持的所有东西几乎都是风中吹拂的大路货，什么足球、音乐，时事见解，都是很流行的一些东西。从一个孩子到一个写作者，道理也是一样的。因为个体是社会母体的孩子，我们觉得自己是在坚持，其实还是自觉不自觉地沾染了一些流行的东西。

语言需要维护和养护。优秀的作家总是首先从语言的层面上坚守立场，他是因为这样才变得优秀的。养护语言的人不能过多地看电视之类，因为它伴着音乐和形象，借助色彩，会像风一样吹掉你自己的语言。电视、网络等现代传媒载体使人丧失创造力，已经是不言自明的事情了。相反的是，写作者要经常贴近一些自然生长的源头，比如山川大地海洋、动植物、质朴的民众，是这些。因为当你与她们进行频繁而具体的接触时，就不得不从局部和细节上去重新命名；因为现成的表达没有或根本不够用，促使你从头开始寻找。长此以往，你就会有独立的、生气勃勃的创造性的文字出现在纸上。

文字的韵律

我们观察下来似乎还可以发现，优秀的作家与平庸的作家之间的一个区别，就是看他们的语言是否有音乐感。所有好作家的语言读来都有一种歌唱般的节奏，起伏错落入耳入心。他们是如此地注重字和词的位置及数量，注重声音的抑扬轻重，研究阅读中的发声和节拍。所谓的一唱三叹，这是中国自古以来写文章的要求。有人可能问，小说写作也需要这样吗？当然。所有的文字都需要，因为所有的文字都是让人阅读的。

我们要求文字要"朗朗上口"，那是因为文字的节奏与人的脉搏、人的呼吸是隐隐吻合的。作品应该有自己的韵律，它们的韵律之不同，取决于作者生命性质之不同。现在的一些作品粗滥到何种程度，哪里还考虑什么节奏，语言没有气口，随便地开始和停顿，读来当然是疙疙瘩瘩的。语言和文字首先在口腔里就拧成了结，它们再也不会有什么美感，也不容易走入心灵。

打开一部作品，可以感到它的文气在字里行间是如何贯穿运行的。我们说的文章的启承转合，主要是借助文气来运作。只要气脉通了，韵律也就产生了。一部好的作品总是被团团文气所包裹，它笼罩阅读，推动阅读，既存在于文字本身，又超出于文字之上。

　　不仅是一句话一篇文章，其实一个作家一生的创作都有一种韵律感，他的所有文字不是随意堆砌起来的，而是一种生命的组合。生命的要求不仅存在于某一篇某一部之中，而且也存在于一个漫长的写作过程之中。总之生命对于写作是有要求的，作家要跟随它的要求而改变而转折。所以一个作家特别不能跟从风气和时尚，因为那种从外部强加的东西必然要破坏生命自身的节奏，它会把创造的欲望熄灭，把自然的表达改变，使写作过程变得凌乱无序，也必然丧失了许多趣味。这样的写作既不会是从容的也不会是美的。众所周知，当我们不得不为完成某种任务而写作时，手中的笔就会变得生硬强直，全无神采飞扬的可能。

　　好的作家是非常以自我为中心的，在自己的文字世界中，他是真正的帝王。自己想写什么就写什么，这才会写得优美。缺乏创作欲望的时候他就不写，就停下来；冲动不已时，他就会一泻千里。这样，同时相处在一个时代，他获得的空间好像比别人大了许多，他获得的自由也大了许多。总之任何一个时代，让作家按自己生命固有的节奏和韵律去波动，去完成他的一生，这正是文明社会的道德。所以我们才能在人类的历史上看到：一些文学大家有戏剧、诗、散文，有政论和其他，林林总总不一而足；他们的作品时而刚烈激愤，时而舒缓宽容，时而豪迈雄壮，时而脉脉含情。他们的创作总体如此复杂，却又多而不滥，张弛有致。他们用创作的一生组成了一部宏大的交响乐，可供无数的人、一代又一代的人去倾听。

怎样进入

怎样开始文学写作，这个问题看似简单，其实是很复杂的。我们通常所看到的一部分文学作品，甚至有很大一部分，实际上并没有进入真正的文学写作。当你提起笔来写一篇散文、一部小说时，并不表明自己在进行文学劳作。什么属于文学，什么不属于文学，它们之间是有区别的，需要在漫长的实践中去悟想。

说到文学，我们马上会想到一些耳熟能详的理论或见解：它是反映生活的，既源于生活又高于生活；它表达的生活要真实，还要让群众喜闻乐见。我们长期以来就是接受了这样的文学教育。这种说法过于简单，而且模糊了一些基本的原则。

真实的情况是，当你努力按照生活的真实去表达和描摹时，实际上已经在背离文学的品质。因为作家在极力追求客观事物的再现中，已经丢失了文学的目标。文学不是客观的复制品，而是一些极为独特的灵魂的捕获之物。它从进入艺术家心灵的那一刻起就在发生改变，变得再也不会被重复，变成一些面目迥异、能够自由穿行于时间的独立个体。这就是文学的基本情形。

文学作品不是客观生活的表述者，甚至也不会直接反映大多数人的情感。普遍的、折中的、通行无阻的思想和趣味，都不是文学接纳的范畴。日常流动的生活要变成文学，变成诗，还需要下一道工艺流程：先进入艺术家的心灵端口；当它再次输送出来的时候，就是文学了。

我以前说过：文学是对于个人的一次又一次的肯定和强调。强调个人与他人的不同，强调内心生活与现实生活的不同，强调独立存在的自然属性，这就是作家的创作。个人的发现和表达是如此的不同，如此深刻地烙上了灵魂的印记。从语言到视角，到一瞬间的感受，都是独一份的，他人无法效仿的。

如果每个人表达的内容和表达的方式都差不多，那就等于一次次地自我取消。大众是由个体组成的，大众或民族的文学也是由独立的写作形成的，它们这时候才能统称为"人的文学"。所以作家会常常提醒自己：进入了创作，就是进入了新一轮生命的诞生，一场完整的孕育已经开始。

从这个意义上讲，一些"文学作品"不是好不好的问题，而直接有一个是不是的问题。一些大众传媒通用的语言，被无数人传递过的见解，无论怎么集中和强化，都不会变成文学。因为它的性质没有改变。它没有让我们惊讶于一种灵魂的生僻性和独特性，没有让我们面对一个全新的生命。只要是可以效仿的、可以被他人重复的，无论在表达中得到了怎样的强化，取得了怎样普遍接受的激烈效果，都不能算是文学。表达的强度改变不了性质。一般的社会性写作既平庸又强烈，但仍然还不是真正意义上的文学写作。这样的写作既不能持久，也不能留给艺术的历史。因为它们从根本上来说还没有区别于大众传媒，它们所给予读者的阅读快感，也将很快被代替或覆盖。而真正的文学艺术什么也不能取代。

写作的对象

"写作对象"即为谁而写，也属于教科书上说得一清二楚的问题。但我们知道，似是而非的东西往往是来自教科书上的。只要是需要极大的思辨性、需要缜密思维的事物，教科书上就要通过折中和妥协而搞得庸俗化，或者直接就要搞错。

这里的写作对象是指文学写作的对象，而非其他。真正意义上的文学写作，其对象是相当晦涩不清的。这不是简单一句"为人民写作"就可以解决的。那种说法并非错误，只是因为过于宽泛和笼统而失去了意义。"人民"这个词汇包含了什么，囊括了哪一个范围，其实是相当费解的。"人民"如果以人数论就等同于"大众"，那么有一百万个读者算不算"大众"？可是我们知道，那些潜在的、并不轻易发言的所谓的"沉默的大多数"，在十三亿人口里是否远远超过了一百万，谁也无法肯定。究竟广大沉默者是"大众"，还是浮出水面的一部分算"大众"，我们不得而知。另一方面还有个统计学的问题：究竟是以极短的时间为界，还是以更长的时间为界？如果认为时间是最好的检验标准和尺度，那么在长久的时间里赢得了最多读者的，算不算赢得了"大众"？从这里看，单纯从数量上看，"为人民写作"的概念也容易造成混淆。

　　一个宽泛无边的界定，等于没有界定。为"大众"、为"人民"，作为一种目标，已经在无限的崇高和远大之中消失了。

　　在作家那里，写作的对象应该是比较具体的。我们必须想一想写作时的真实情形和临场状态，即那时候究竟在心中装下了怎样的读者——自己最理想的读者。这时我们就会发现，只有对自己的读者要求苛刻的作家，才有可能是最好的作家；相反，那些一心要博得"大众"的作家，基本上是平庸的、没有什么要求的，即没有什么写作理想。

　　作家对于读者的想象和要求，决定了他的写作品质。

　　作家心目中的理想读者当然千差万别。一般而言，作家会不断提醒自己：他并没有一个为很多人写作的成见，因为那样只会不断地消减自己的艺术、改变自己的立场，以求得多数人能够接受的表达。于是，别无选择，他只能为自己的同类写作。无论是"浪漫"还是"现实"，他都必会期待这样的读者，与他们发生心底的共鸣。

　　一个作家随着写作历史的延长，心目中的理想读者也许会越来越少。看起来写作的对象变得越来越狭窄、固定和具体，好像是越来越没出息了——但实际上也只有此刻，才算开始迈出自己决定性的艺术步伐。

　　到最后，他甚至觉得只是在为自己写作：不是正在持笔的"我"，而似乎是那个更加遥远的"我"。那是一个充满期待的、高贵的灵魂。那个遥远的"我"始终在注视自己的劳作。

作家的写作对象集中到这样一个点上，这个点接近于虚无和没有，于是也就走向了真正的阔大无边。大概只有这时候他才第一次踏进了"为人民写作"这个空旷遥邈的概念边沿。

守住什么

很多人赞赏一部分作家坚守文学的精神和理念，说他们始终在捍卫什么、如何坚定而决绝，听起来就像在说一些义士。适得其反的是，经过了这些不断的重复和强调，这部分赞誉渐渐就会变成一种消解的方式，使这部分作家被迅速地简单化和标签化——至此，他们作为一个作家所应有和必然拥有的全部复杂性和丰富性，都被省略了抽空了。更为不幸的是，连赞誉者自己也始料不及的是，他人否定这些作家的最好方法，就是将错就错地把他们当成一个个标签使用。

可见没有具体分析，没有进入艺术感悟的全部复杂性、缺乏对于生命深层探究和把握能力的评价，都是不会接近真实的。批评者自己如果没有跳动一颗诗心，不具备一副深邃的目光，那么他的褒扬和贬抑都会走入同一条歧路。

将作家分类以至于量化是很容易的。这种分类在艺术批评工作者那儿有时也确有必要。因为这是学术和研究的特征，尤其可以体现学院式的批评热情和科学精神。但这里需要有人指出它本质上的反艺术和反诗性，并始终提醒这种方法的致命局限。因为艺术创作作为一种生命现象所具有的无测性和拒绝任何规范的特质，以及它所依赖的无言的感悟和心灵的抵达，无论怎样强调都不过分。但实际操作中却恰恰相反，南辕北辙的情形比比皆是。文学批评越来越走向简单化轻率化，正成为这个数字时代的基本方式和显著特征。

文学批评一旦走到这样的境地，就成了多余而有害的东西。

我们谈论"坚守"是对的，但应该进一步厘清问题。坚守的内容和方向以及目的，都需要讨论。任何一个作家要坚守的东西都不可能是既定的、形成范式的和不可改变的僵死概念，而只会是艺术家自己的个性和品质，是这一切与人类共同追求的善和美的统一。在相同的时代，每个人却有自己不同的感受和境遇，有自己的理性选择和表达方式，于是必然会有自己的生活内容和创作内容。这一切只会是一个复杂难言的过程，所谓的"坚守"，即要守住自己的这个过程，而不是随波逐流简单模仿——哪怕是去模仿最好的模样。

看来真正的坚守，其结果只能是越来越像你自己。你在认真追求的生活中会把自己生命里固有的那些东西加以开掘，而不是依从和跟随。所谓的"从善如流"，就是要像他人一样坚守自己的"内美"。

美好是应该学习的，但学习的目的是为了不再丢弃自己的"内美"，并且愈来愈深刻地认识它的存在。可以说"坚守"就是一种生命的进一步自由和开放，是更认真更执着的追求，是愈加深入地走进自己的灵魂内部。

艺术分析

目前流行的文学艺术分析方法存在着极大危机，它已经构成这个时代的诸多病症之一。商业时代的技术主义是无孔不入的，比如对待艺术，通常作为最大禁忌的技术，竟然在近年来畅行无阻。一部作品到了研究者那里就如同推到了堆满各种仪器的实验室，分子显微和激光束、甚至连基因纳米技术都用上了，最后是染色体遗传工程学之类前沿学科的应用。可以想见，与此相应产生出的最时髦又是最怪异的理论界说，怎能不让创作者和读者瞠目结舌。

如果是一些缺少现代尖端科学的研究者，就会使用比较传统的解剖器械，结果不过是刀剪相加，一个完整的艺术肌体会从此完结。常用的方法就是经过肢解分离出主题、手法、象征、结论之类的"器官"。他们这时特别着迷于找出"结论"，尽管找到的"结论"是无比怪异的，已经完全不像从这具艺术肌体上解剖下来的，也还是仍然认可自己的发现。

现在对于作品的批评和研究习惯是，无论多么复杂的作品都要使用既成的方法去面对，既僵死又煞有介事。在分析者那儿，一切方法都从师长和模仿者那儿承袭，早已装在心里，它不必与作品发生真正的关系。由此可见学院式的艺术分析等同于流水作业，拆卸安装的方法都有固定的程序；这又好比是进入手术室之后，里面会有一整套消毒麻醉的方式一样。

　　现在的世界潮流是，在学院里主要是学习各种肢解文学艺术的方法，而不是首先学习如何读懂一部作品。大学最紧迫的事情就是要快速掌握一些批评的套话，一些专门的词汇，一些标新立异的术语，一些从很远的地方学来的方式。他们对待这些批评方法，就像对待先进的科学技术和进口机械仪器的心情一样，专注而又得意，小心翼翼又神神秘秘。这些仪器中如果有一些是国产的，那就会尽快抛弃或者改装。它们必须来自第一世界，来自技术强国，必须是最新发明出来的怪器——有不可思议的强大威力，能够稍稍一触即把一部文学作品变成物理和化学。

　　如果他们这一整套的肢解方式和过程被人破译，那是极没面子的事情。比如一般来说在讲坛、在文章中所进行的文学分析是大致能够听懂的，那么他们就会有一种羞耻感。他们既然要像拆卸机器零部件一样入手，那么在这个过程的开始阶段就会让一部生气灌注的作品死亡。这种工作的性质要求研究者绝对不需要感动，而应该是一个冷面杀手：只有将一切多愁善感之类的特征全部抛弃，才有可能进入这密宗般的学术。

　　一般来说刚刚入门的大学生和研究者还有对于文学艺术的一点理解力，这种理解力是生命一开始就必备的自然属性。于是在开始进入某些批评密宗之前，他们面临的最大阻碍就是怎样彻底剪除自己内心里的那种能力，即面对艺术时的正常理解力和反应力。他们为此痛苦不堪，一度陷入绝望：现代艺术批评为什么就这么难。几年下来，几乎无一例外的是，一些朴素的农家子弟和市民的孩子都渐渐掌握了这些学院的方法，在严格而残酷的训练中忘掉和抛弃了原来那些"最有害"的东西，比如感动的能力，再比如好奇心和同情心；他们学会了在抓摸肢解刀的时候手不抖心不跳，然后开始剖割。他们当中的优秀者最后已经能够像庖丁解牛一样，目无全牛，而只有牛的零件。

关于文学艺术批评的密宗藏在一些学府铁匣里，传内不传外。有一些机灵人设法盗得，但终究不得真传。于是有人远涉重洋去海外，历尽艰辛从它的发源地开始寻求，终能学成归来。这些人当中，真正功力深长的人虽然在谈论艺术，但看上去是不食人间烟火的。他们好像更多在谈外星人的性事之类，只偶尔才让人听到一两个与艺术和现实有关的字眼。物理能指化学所指艺术的熵，还有数学文本建构解构创作主体、决定性变数与状态变数、相容性与高斯曲线、密度减缩与体积商数，提问定位及运作效能，指涉调适功能资讯传达定点。不一而足。

实际上这种最现代的批评呓语还是沿袭原来的老路，比如"文革"时期。只是今天的体系、运用的武器稍有改变。过去是阶级斗争，现在是能指所指。它们的本质都是背离文学和肢解文学。这一切的共同点就是无视艺术的全部规律和特质，自说自话，生搬硬套，急于把作品中最重要的部分简化和省略，以得出自己千奇百怪的所谓"结论"。它在语言艺术面前不是设法进入，而是拒绝进入。

我们知道，一位正常的文学研究者在语言面前是无法做到无动于衷的，因为这差不多等于犯罪。没有感觉，不能感动，就不会开始文学的基本功课。正常的步骤被省略了，却直接进入了夸夸其谈，这不能不说是上个世纪末和这个世纪初的最大怪异。对文字已经失去了敏感性，对语言营造的境界氛围诗意等等已经完全没有了陶醉感，这正是当代文学研究的一大特色，或曰绝症。

我们仍然期望今天出现一些极有勇气的人，即面对一部文学作品可以不想"通过什么、表达什么"，并暂时或永久地忘掉"能指""所指"等西洋魔器，不考虑结论，也不追究主题，只是朴素自然地咀嚼和感受，进入温情的欣赏。中国古时候有一种"以诗论诗"的传统，这就要求论者先要心里有诗。心里无诗的论者都隔在了艺术的另一面，当然不会懂得文学的奥妙。所以他们才要百分之九十地胡说八道，说一些与文学压根就没有多少关联的话，无论是赞誉还是批判都言不及义。

其实从过去到现在，也许还要到永远，面对艺术作品的一个最基本的要求，无非还是首先读懂它，有意会、能悟想、会感动，能够被诗意所笼罩——而后才可能进入艺术分析。

我们现在行走的却是一条相反之路，既复杂又愚蠢，那是纠缠不清的"体系"，是未经好好领会的舶来品，是内部传销和繁殖的某种密宗，也是一个鸡蛋的家当。

文学的宇宙

看来无论怎样玄妙的解说，都难以确立文学的统一标准和固定榜样。我们无法说哪些作品是唯一的方向，而哪些作品又完全背离了方向。因为文学的现象非常复杂，文学的星空无边无际。我们有时候认为是抓住了它的全部真谛，后来却发现仅仅是管窥，是瞎子摸象。一方面我们可以强调某一端，另一方面我们又须提醒自己这不是唯一的：事物还有许多可能和许多方式、许多的变数。奇怪的是那些看似异端的做法非但不是导致了一部作品的完全失败，而是另有斩获。他们有时也会在自己的层面上达到某种成功。

我们强调文学的雅与纯，但有些作家在一个时期内却走向了大俗，甚至呈现出吓人的芜杂。他们这样做的结果也可能另有期待。有些明明是肤浅通俗的作品，读后却透出深邃高雅的艺术才有的某种苍凉。实际上无论雅俗，无论时尚或保守，无论形俗而实雅或形雅而实俗，都会找到成功的例子。文学就像攀登，不同的方法和不同的路线都能到达巅峰。所以从这个角度上讲，文学世界真是一个阔大无边的空间，它大得简直就像一个宇宙：按各种轨道运行的星球和星系还有许多，再亮的星体也不是唯一的。因而不能轻易评判一个作家，不能简单归结一种道路。因为作家是如此之多，方法是如此之多。

事实上，沿着自己的道路能够达到顶峰的作家就是一个好作家。对于当代文坛有很多人十分悲观，认为这是一个真正无聊的泡沫时代。这似有道理。但反过来我们也可以乐观地认为，现在的文坛正处于一个最好的时期：有各种各样的作家，最浮躁和最无聊的，最激进和最保守的；形形色色的选择和表现，无比的沮丧和喧哗，堆积成山的垃圾——这恰恰是产生文学巨人所需要的大背景。文学的大时代需要大背景，这个背景不仅要开阔，而且要有一定的纵深感。现在的局面，仅从背景上看是有这个条件的。当然，面对这种局面需要宽容，因为宽容在这里不仅是一种为人处世的态度，而是对待文学的一种理性。我们有太多的东西需要观察，我们有太多的问题需要讨论。简单化尤其不适用于目前的时代，更不能帮助我们的理解。

我们只有不停地提醒自己注意文学的全部复杂性，警惕自己别把某些标准看成是唯一的标准，才能避免认识的陷阱，才能于包罗万象之中有所领悟。我们必须多听、多看，结合自己生活和写作的阅历，进入对文学的不再片面的理解。

讨　论

童　年

前一阶段有人问：你们总在讲纯文学，那么怎样才叫纯文学？这是很容易被问住的。稍微冷静一下，我们发现纯文学这个概念不管准确与否，但总算能够让我们明白它所指的是什么。它不好界定，但是它仍然有几个显著的特征。其中有一个重要的特征就是它回忆的属性。纯文学作家一生的创作都有一种回忆的语调，即使是写当下现实，也离不开那样一种语调。

仿佛一切都从童年开始。这与通俗作家是不同的。回忆的源头来自童年，那是一片滋生一切的土壤。只要让自己的文学之树从这片土壤上生长起来，就会是一棵纯文学之树。

曲 艺

提到这个题目，很少有人会把它与文学混淆。但实际的情形是，还是有一部分人很容易把文学与曲艺混淆。这种混淆其实是很不好的。曲艺当中有文学的因素，但毕竟不是一种东西。以文学的要求去对待曲艺或者反过来，都是有害的。这样就会有点文不对题。从图书市场上看，演义类、言情类的作品严格来讲就是属于曲艺范畴的。因为它们的本质不是诗，是故事性和娱乐性，而文学的本质是诗。文学作品要求在语言上达到一个时期的水准，并需要极大的个性化。而曲艺作品不必如此，它需要尽可能地采用一个时期的语言平均数，并不排除套话和传媒语，不必努力追求和达到一个时期的最高水准，更不必凸显强烈的生命质感。

这样说并不是否定曲艺作品，好的曲艺作品也会泛出一定的诗意。但追求诗意不是曲艺的要务。曲艺的要务是追求听众和读者的数量，是情节的曲折性和趣味的吸附性。

身　体

近来对所谓的"身体写作"斥责甚厉。这部分作品大都是学西方颓废派的，原也属于文学一种。这种现象在国外既多又早。所以从文学的意义上讲，这种作品是很难判断它的对与错的，因为文学和艺术本来就没有什么对错之别，而只有优劣问题。

身体？不，应该说是生命。没有生命，身体仅是一具皮囊，古人说它是一具"臭皮囊"。用生命写作不等于是用一具臭皮囊写作。美国的惠特曼说：我歌唱带电的肉体。而我们知道，淫乱的肉体是不带电的。有的人实际上是在提倡淫乱的肉体，而不是带电的肉体。

有人痛感长篇小说过多过滥的现状，但我们也可以认为现在是它最好的时期。因为浮躁的作品往往也有敏锐的思维，浅薄快捷，廉价平庸，多声部喧嚣，这一切都为真正的好作家好作品创造了一个条件、一个背景。它正在活跃文学界的思维力和创造力，能够激发一个大局面。有人由于性格、风格离他们太远，所以心里很是厌恶。但这也可能走向偏颇，所以从理性上讲，也不能说大芜杂的结果就必然是坏的。

内　敛

一个非常朴素的作家，学外国不会持久，因为后来他会有所觉悟，再次回到朴素。只要是一个非常优秀的作家，就会使自己干净起来。语言，内容，其他方面，都会敛住。

内敛是一种了不起的品格。好的作家往往是引而不发。仅就语言上看，他们不但不用过多的夸张，不用那么多形容词、装饰词，就连感叹号都不太多。内敛是自信的表现。要将一种内力蓄好，让它在里面膨胀着。这种力量读者一旦感到，必会产生震惊。

变　化

作家总要有些变化。这是一个年龄的问题，而不仅是、基本上不是个策略问题。人到三十五岁之后很难再写纯情的东西了。比如一条狗，十年之后，你会发现它就经常蜷着不动了。生命是很奇怪的，它是一段一段的，三十多岁是一回事，四十多岁又是一回事。人应该对自己有一个预期，就是随着历练的增长，还会有好的作品出现。

可能由于人的思想的复杂化，他会用一种非常单纯、却又不同于二十岁的那种单纯去写作，写一个简单的故事。但故事的背后却极有可能包含着一种复杂的苍凉。而且在文学形式上，上年纪的作家也许将做一些让自己都感到惊讶的探索。

有人说山东作家写得非常老实，其实他们只是看到了表面。最老实的作家往往都是最大胆的，无论在内容上还是形式上。关键要是优秀的作家，而不要强调南方北方。

一般在刚开始写作的时候，作家会有较重的名利心和功利心，但经历一段时间之后，他就会把这些看得非常淡。这样好，这样就能为了自己喜欢的东西而写，而且不再担心失去读者。不担心了，也就不会失去，因为作家越是坚持自己的东西，越是自我，读者越多。所有的人都在写同一类的东西，读者就会产生大厌烦。为自己写作的作家是最不容易让别人厌烦的作家。

尖 音

文化界文学界时有尖音。但声音非常响亮的作家作品也可以不读。人可以不到热闹的地方去，不与热闹的人交往，不看热闹的书。最热闹的处所往往也是很浅薄的，而能够"它在丛中笑"的作家作品，才是一种深度。有时候一个人站在高处声音很尖，别人就会本能地回避。海外有些以尖音取胜的作家，有深度的作家和读者从来不看他们的作品。那不会有太大的意思，因为有了意思就不需要这样。有的尖音很有勇气，但他们也有"软肋"，那就是过于简单化、片面化。有人说了一句非常好的话，叫"沉默的大多数"，为什么沉默？因为他感到了问题的复杂性，没法下嘴。这里面有非常深刻的意义。人在三十岁的时候，会比四十多岁的人能讲，逻辑性也强，因为他们那时候对于问题的看法只有一面两面，很好选择。

人的年纪一大，考虑问题的方面就多了，要顾及事物本来就有的复杂性，以避免片面化。所以他们就慢慢变成了"沉默的大多数"。

翻　译

广泛的阅读只能借助于翻译。有时候我们可以想象，一个中国作家更有权利谈论外国的文学作品。最能够欣赏、进入和陶醉的人不一定是翻译家本人。因为搞外国语言的翻译家，他们的工作是具体的，不可避免地要陷入技术本身，拘泥于语言的局部。翻译家又不能长期生活在国外，其他民族的语言的脉搏、它随时间而生长的活的语言，并不能直接进入翻译家的血液。所以他们也很难快速地、较无障碍地阅读。这种不流畅性和技术的屏蔽性也会扼杀阅读。而流畅的阅读只存在于翻译之后。

的确，当代的文学语言是随着时代的不断变化而变化的，只有生活在那个时空中的人才能意会。所以过于拘泥于语言局部的人，往往会停留在字面上。反过来，通过翻译之手，变为本民族文字之后的阅读，却有可能是超脱的：超越于技术之上。只有具备了这种超越，才会有敏感的艺术触角，才能够捕捉异地他乡的那个艺术灵魂。

写作者是以民族心和文学心去读外国文学的，他们的遥感和把握反而非常准确。

奖　赏

再大的文学奖只是一个奖而已，但是它的奖金比较高，坚持得比较好，也会是不错的事。但这仍然还不是文学的意义。任何一种事物都有好坏两个方面，如果坚持得比较好，标准稳定，就会好一些；说不定也会有艺术的推动力。但无论如何它是非文学的，与创作没有太大关系。它带来的名声和荣誉会让人误解，误解它和艺术创作有关系。这就是奖赏的坏的方面。

说到西方的奖，那就更不好。对东方来说，坏的方面也就更加容易突出。因为它是西方的一个奖，它就不可能充分了解东方的语言奥秘、民族奥秘。这样，奖跟创作就更没有什么关系了。中国是一个十几亿人口的阅读大世界，再加上全球华语阅读，一个作家在民族内部得到理解才是最可信的。不要看多少语种的翻译，这没有多少意义，因为直浅的作品有时候恰是迅速翻译的条件。至于说西方的文学奖赏，道理也是如此。

（2002年11月，小标题为整理时所加）

小说家和散文

——在海南师范大学的演讲

什么是散文

今天谈的是小说家和散文，谈二者之间的关系。让我们试着分析这其中的一些联系、一些历史源渊。这难免要涉及散文这个概念，还有其他有关写作的诸多问题。很多人认为写小说的人之所以比写散文的人少，是因为小说这种文体难以驾驭，写起来要麻烦许多；而散文似乎就要容易得多，大多数人，只要是能作文的人就可以写，可见起手并不难。大致来说，我们平时写的日记、书信，甚至通告和启事等，都可以算作散文。

事实上，散文这种文体对写作者的局限确实是最小的。说到这里就可以问一句：到底什么才是散文？一般的认为除了一些情节性的虚构作品，除了戏剧和诗而外，大半都可以称作散文——广义的散文。一些文论，其实也在散文的范畴里。就因为散文的范围太大太广了，似乎是无边的大，所以有人曾经提出了"艺术散文"这个概念，用来作以限制。他们的意思是，只有十分讲究艺术性文学性的、描绘和抒发性的、结构严谨的记叙文字，才算是"艺术散文"。

我们大致知道如上划分的范围和界限在哪里。我们以前耳熟能详的一些散文篇章，大约也就是这样的"艺术散文"了。于是日记和通讯之类的就被排除在外了。这种划分有一定道理，似乎可以看作狭义散文的定义。

但是凡事有利就有弊。这样的划分有时也会使散文在理解方面，多少偏离了它的本质。因为谋篇之用心、法度之严谨、词藻之讲究，又会在一定程度上背离散文艺术的要旨。我们都知道，散文的自然天成、朴素和真实才是它的最高境界。历史上留下来的一些散文名篇并不是计划周密的文章，也没有写作"艺术散文"这样的意念，结果却成就了最高的散文艺术。这样的散文名篇难道还少吗？

到底什么才是散文？散文的定义中有必要划分广义和狭义两种吗？这些我们都可以重新讨论。如果不加以划分是不是更科学更好？如果只有好的和不那么好的、拙劣的和优异的散文，这样的区别不是更合理更方便吗？从散文史上可以看到，有些构思周密的短章美文成为了范本，而另一些似乎不太经意的或者直接就是为了实用才形成的文字，也成了公认的名作。由此可见，"艺术散文"这样的界定虽然用心良好，却实在是有些多余了。

我们还记得古人的一封辩白申诉信件、一篇自白书、一纸叮嘱后代的言论，都成了代代传诵的美文。它们谈不上是构思精密文法周备的技术主义范本，它们的优异是因为写作者的心胸气度本来就高，文化素养本来就非同一般。一句话，它的好是从生命本源中流淌出来的。

从这方面看来，"散文"是什么可能就好谈一些了。它大可以是生活中的一些实用文字，也就是说，之所以要写它们，那大半是为了使用的。如果不是为了使用，只为了作文，那么要出现一篇好的文章反而更困难了。有人会反对如上的说法，认为那些"艺术散文"就是为了作文才形成的，它们其中就有许多好散文。当然，我们同意这样的判断；但是我们前面说的，是出现好文章的概率问题，并非是排除"使用"这个目的之外形成的所有文字。

说到使用，日记书信讲演之类好理解，那么抒情的、记叙山川风景的文章呢？后者在我们看来也可以是"使用"的。因为作者的情感积累到了一定程度，不倾吐是不行的，不能让它郁积在心里。所以这种抒发也是一种"使用"，而且是一种关乎生活和生存的大使用。记叙山河风景的文章也是这个道理，作者被美景打动了，以至于不得不记下来供以后回想或与他人交流，这难道不也是"使用"吗？

所以说从实际使用的目的出发形成的一些文字，往往会收获最好的散文。而我们以往对散文的理解正好相反，认为刻意构思出来的散文才是更艺术的、才是散文的正宗。这是对文学本质意义的曲解。

比较一些高境界的散文，应该是或大多是业余写作形成的。将散文写作当成一种专门的职业是不太好的，因为这在具有较高文化素质者那儿，应当是人人必备的一种能力。当然，这也并不是说人人都可以成为散文家，因为他们当中必然有文章高手，有更长于表达的人。

所以小说家、诗人、戏剧家，因为这些人是文字工作的专门家，他们也更有可能写出好散文来。好的散文大半是他们工作中形成的另一些文字，是自然天成的。其他的好散文则来自另一些人：他们平时在忙一些本职工作，而在工作中形成的、有感而发的所有的文字中，有一部分就极可能成为优异的散文篇章。

非虚构的文字、工作中形成的文字，这就是散文。

写作的基础

可以说，散文写作是整个文学写作的基础。它既是基础，又是最难的。小说家要虚构人物和情节，这需要技巧；但是他更需要相应的文字能力作为基础。这个基础应该在散文写作中巩固起来，因为我们学习写散文是最早的。诗人也是一样，连基本的文字能力都没有，别致惊人的诗句就很难出现在笔下了。

回顾一下，我们在初中时就学习造句、写记叙文了，记叙文就是散文。如果一开始就练习写小说和诗，那会更加不得要领，也是不可能的。一切要从基础学起，散文写作就是这样的基础训练。先要用文字把事情说明白、把句子写通顺，也就是所谓的"文从字顺"。这可以说是基本的，也可以说是困难的，这从我们学习的漫长就可以看出来了。可见我们从初中就一直在写散文，可是直到几十年后，要写出一篇好文章还是那么难。平时说的"文章"，就是指散文。

就小说家而言，他所倚仗的最基本的能力，还是从小时候学习的散文写作的能力。因为小说中的大多数篇幅都在讲叙事情，这就需要一种生动简约的表述功夫。小说家有两大功夫：一是记录实际事物的，二是想象和发挥的。前者直接需要散文笔法，后者则需要将想象的事物绘制出来。小说家许多时候要有新闻记者那样的素质，即能够直接记录社会现实生活场景，这有点像通讯报道差不多。这种特质再加上想象变幻的艺术手法，二者叠加在一块儿，交错使用，也就形成了通常的小说作品。

当然，即便是直接记录的文字，也仍然要有独特的个性，这与写散文也是一样的。质朴的文字不一定就是僵化无趣、没有个人特点的。质朴首先就是个人的本色，而不是重复别人说过的套话。再说小说中想象和记录的部分也并不是截然分开的，而是无时无刻不在交织的状态。准确地状物叙事，把事物以简洁生动的句子表达明白，这是最起码的，也是需要花费长时期的磨炼才能做到的。

散文往往是在生活和工作的使用中形成的，看起来有多么简单，实际上却不然。小说诗歌等文体具有的表面上的花样百出，其内部倚仗的仍然是散文的功夫。散文的文字调度手法宽阔如海洋，应有尽有，并不是单调平直的。它在小说的局部会根据需要改变面目，但无论怎么改变，也还是散文的文字调度技巧。小说家和诗人要有一些特别的词性和词序的安排，它似乎是不同于一般的散文写作，但这种安排一定是建立在对词性的深刻理解的基础上的。这方面，与一般的日常生活中的使用有着本质的区别吗？没有，只是不同的使用环境有着不同的要求而已。

我们常常可以发现，一个糟糕的小说作者不太可能会是一个高明的散文家；反过来也是一样。他可以在某一个表达领域见长，但却不会反差巨大。一般来说，好的小说家一定会是好的散文家，而写不出好散文的人，也不可能具备创作好小说的能力，同样也写不出好的诗歌和戏剧。这是因为抽掉了文学写作所需要的基础——基本的和正常的表达能力。

再极而言之，连散文写作都不能完成的人，有可能是其他领域的杰出人物吗？我们也大可怀疑。

现在的流行看法是，如果一个学生的数学物理功课不好，那么就该选择文科。或者说，一个文科特别好的人，往往数学等方面是不太行的。这真是极大的误解。其实文字的使用需要的逻辑能力比一般的数学换算还要更强，它简直是无处不在。一个好的小说家要有很强的逻辑能力，搞文科的人，只要能够走得远的，他的数学和物理也必然会是很好的，如果他的逻辑能力一团糟，那么他一定不能成为一名好的写作者。这个道理很简单：哪怕极短的一篇文章，从头至尾写下来，都需要经历无数次极端缜密的判断。

作文贵在质朴

作文贵在质朴、求真，有的人写文章喜欢用华丽的语言，这大半都是稚气的表现。现在报刊上的文字，有相当大的一部分是很初级的写作，但由于传播的频率和范围很广，很多人耳濡目染，不知不觉中受到了损害。这样时间长了，阅历短浅一点的人就会失去对语言的基本判断力，不知道什么语言是好的、什么是不好的。

每个时期都有一些套话，这是应该尽力回避的东西，是学习写作的原则。现在的趋势正好相反，有人写文章一定要寻找和使用这样的套话，并且将此作为一种能力来炫耀。再就是过多地、不适当地使用一些书面语，对语境不管不顾。有些漂浮的书面语读了只是在眼前轻轻掠过，没有具体的分量，沉不到读者的心里去。表面华丽的词语是廉价的，因为它们不需要寻找，就搁在那儿。从心底流淌出来的文字才感人，因为它们是经过了心灵过滤的。最常见最普通最不时髦的词汇不见得就不好，反之也一样；词没有不好的，就看我们用得好不好。

汉语中最有力量的词是名词和动词，它们是语言的骨骼。语言的虚浮臃肿，主要原因是形容词之类的用多了。句子像人一样，要减肥，要干练，这才出线条，才帅气。追求美，不从根本上解决问题，只是没完没了地搽化妆品，只会适得其反。

　　有人误认为散文与小说不同，是需要搞词藻比赛的，这非常错误。什么文体都是简洁而后生动、朴素而后华丽。有的素质不高的企业家发了财，想请文章大家给他写点歌颂的文字，于是就有这一类写手去吃他们的豆腐——办法就是从字典上找一些词儿堆积起来。企业家一看这么多词，而且闻所未闻，一下就折服了，以为遇到了真正的"文章大家"，就慷慨地付给很多钱，以为物有所值。其实这都是骗人的伎俩。

　　散文的一个不好的传统，或者说恶劣的影响，是来自汉代的赋。那时的华丽炫目大致是用来装饰统治阶级的，为了满足他们的低级趣味。文章大事不属于权柄者，所以艺术这一类事物要糊弄他们这一类人，如官家和商人之类总是容易的，因为他们不可能从根本上搞通深奥的艺术精神。汉赋就是这种情况下产生的一种文体，它虽然不能说一无是处，但基本上是一块艺术的"鸡肋"，没有特别大的价值，只是在文学史上作为一个品种记录下来。这其中品质较高的，也可以欣赏玩味，但有志向和气量的写作者一般不会去效法它。

　　在文章中，使用一个触目的偏僻的成词，往往是十分困难的事情。这就好比一个硬块来到了语言的水流里，需要更多的浸泡才能融化一样。所以最好的办法就是回避它，除非万不得已不要使用。

　　我们有一些不好的习惯是小时候带来的。因为从开始学习作文时，老师就千方百计让我们用词——用上一个成语、一个词，老师就给我们画一个红圈以示表彰。为了得到更多的鼓励，我们也就绞尽脑汁往上堆词。可见这是小学生的行为，却会保持到成人时代。

如果我们更早地遇到一个老师，他告诉我们自然朴素的重要、告诉这样才能走到文章的高境界，那会多好啊。这样我们就不会以辞害文了。

真正的文章高手都是蛮倔的人，他们心气高，平时不会采用被人频频使用的时尚套话，也包括语汇。人在作文这种事上，有自己的语言方式是最起码的，也是最难做的。只要展开报刊或文件之类，我们就会发现都在说一些大致差不多的话，这让我们觉得扫兴和窝囊。来到了一个什么地方啊，到处都是鹦鹉和八哥。少数人学多数人，弱势学强势，穷人学富人。其实仔细想一想，我们都一穷二白了，两手空空，只有说自己的话这一件本钱、一个权利了，凭什么还要学他们？我们做人的自主和自由，就得从说自己的话开始。

从大处着眼，人生其实不过是一篇文章而已，有启承转合，有段落，有主题思想，也有开头和结尾。

散文与我们的个人生活也许贴得最近了，因为它大致是一种应用文体。改变语言方式，可能从写散文入手是最合适的。广义的散文遍布在我们的四周，到处都充斥着这种文字。这无一不是写作，可见写作是怎样的，生活就是怎样的。我们每个人把自己的文字修理得干净了，生活一定会发生改变的。当假话和套话、时尚话时髦话堆满世界的时候，这个世界肯定是不会让人幸福的，是骗人的。欺骗总是从语言开始，以受骗者在现实生活中的痛苦告终。

小说家的继承

我们中国的小说当然要继承自己的文学传统。可是这里遇到一个难题，就是中国文学史上最发达的还是散文和诗歌。我们说的"诗书之国"，就指了诗词和诸子百家。那么现代中国小说的继承就有了难题。翻开以往，更早的时候几乎没有可以称为小说的东西，再晚一点的只是一些传奇，一些通俗故事。志怪小说似乎不能作为当代雅文学的源流。

由于文学的核心不过是一种诗，于是从这个意义上说，当代小说仍然有最丰富的文学遗产，这就是古代的散文和诗歌。从外部形式上看，好像可以从古代借鉴得不多，如果从精神内容上看，就应该古今一线贯穿下来了。古诗的精神是当代小说的核心，古代散文的笔法气质更是当代小说的基本构成。古代还有一种介于小说与散文之间的"笔记小说"，更是让今天小说家直接领受的一笔遗产。有些古代叙事散文，描写的功夫绝对一流，写意性强，这和西方又有不同。这与中国古画古诗的气韵是一样的。

《史记》开辟了中国史笔的先河，是记叙的典范。它议论精当，叙事简约深刻，特别生动。它兼有散文和小说的主要元素，既是今天散文的源头，又是今天小说的源头。后来中国的历史典籍受它影响太深了，形成了议论概括以及生动描叙的传统。这也是中国情节虚构作品最好的范本。

由此看来，中国的小说和散文结合紧密，二者离得非常近。实际上当代雅文学小说的世界潮流，并不是越来越离开了散文，而是进一步趋近求同了。像国外的一些著名小说作品如米兰·昆德拉、索尔·贝娄、穆齐尔、库切……他们的小说散文气质浓烈，是最娴熟地使用着这两种文体的。

而一些通俗小说，倒是离开散文比较远的。通俗小说作者抓得最紧的是外部情节的曲折惊奇，以便吸引读者。雅文学小说的写作则一直是靠近散文的，这一点可能中外都是一样的。散文的"散"，一般来说主要是情节意义上的"散"，而雅文学小说并不以外部情节的紧迫取胜——或者不仅仅是以此取胜。就这一点来看，当代雅文学小说与散文有极大的一致性。

我们由此可以明白为什么好的小说家必然是一个好的散文家的道理了。看一个小说家的素质，最直接的办法就是看其散文随笔（文论）的写作水准，这是都知道的道理。逻辑思维的强大并不意味着淹没其感性空间，因为淹没的原因，仍然是逻辑把握力的欠缺，是艺术账码算得不对，出了问题。小说家在感性空间里放纵自己时，就像饮了过量的酒一样，心里应该还是有数的——这个"有数"，就是指逻辑的把握能力。再多的酒还应该"喝在人的肚子里"，这是人们对酒后无德者的讽刺，这里用在小说写作上，也不失为一个贴切的比喻。

谈到纯文学的小说源头，常常要提到中国的四大名著。但其中文学价值最高的还是要首推《红楼梦》，其他的，特别是《三国演义》和《水浒传》，无论是精神还是技法，要继承的东西大概并不会很多。《西游记》好一些，取经战魔的坚韧，还有慈悲和怜悯，更有它的天真烂漫性格，都是十分纯粹的东西。苛刻一点讲，雅文学才是真正意义上的文学，因为里面有精神力量、深邃的思想与浓烈的诗意。它的娱乐性比较淡。娱乐应该主要由曲艺负责，而将诗和哲学联系一体并做出超越的，主要应该由雅文学中的小说来做。

比较起散文，从语言上看小说的虚构性要强得多。但这并不是说散文的语言就一定是直接从生活中搬来的，这也不可能。所谓语言的虚构性，是指作家的语言进入创作之后，已经是他自己的、个人的了，这种说话方式不会与任何人相同。如果他的语言像大众、像现实中的人物说话，那也只是一种貌似而已。我们常常说的作家的"语言风格"，就是写作中的语言虚构，它是一回事。

那么散文呢？它又留给我们多少虚构的空间？前面说过，散文是人人都可以运用娴熟的一种文体，那么人人都具有虚构的能力吗？当然是这样。因为写作的进入程度、深度不同，这种虚构的能力也不同。这样说，等于说作家要有自己的语言方式，而这种方式是逐步形成的。与小说的虚构不同的一点，就是散文在事件（情节）人物方面的虚构余地是不会太大的。因为散文要真实，而不能是杜撰和编造。但使用自己的语言来记述，这和小说家又是一样的。

讨　论

有关大自然的文章／关在屋里享受或痛苦

关于大自然，现在的小说作品中写到的越来越少了，而散文中倒是越来越多，这就是那种田园风光类的散文。报刊上有很多，写异地风情什么的，写风景区之类。比如"旅游散文"，专门就是写这个的。大自然是整个生命的背景，如果不写，我们的文学就缺少一种深度。

不过小说中常常离开大自然的描述，这倒令人深思。过去不是这样，过去中外作家都是描述大自然的高手。现在的作品灯红酒绿红男绿女比较多了，却没有任何自然景物的衬托，都关在屋里享受或者痛苦——这样最后只会更痛苦。遗忘了自然，遗忘了生命之本，还能谈些什么？敏感如作家的，应当对生命、对自然怀有一分天生的敬畏。

散文虚构的局限／原型人物／文体区别

虚构是要以现实生活为材料的，好比拿粮食和酒作比喻：粮食是原料，经过发酵酿造，再倒出来便是酒了。小说的虚构需要作家在心里把材料进行酿造，产生不再等同于生活的艺术。

许多作家的创作谈中提到了"人物原型"，其实这也是在说"粮食"。生活中的真人启发了作家，作家在心里不停地酿造，然后创造出一个小说人物。虚构的过程等同于酿造的过程。

散文写作最好不要这样。真实的记叙就是要尽力保真，只是叙述语言难免要属于作者个人，这已经是他最后的权利了。他记下的人物的话语，也不能虚构。这是文体之间的区别。

书卷气 / 写作的深入 / 文字把握力

报纸上的散文一般被叫成"副刊散文"，有人概括出一些特点，比如娱乐性、语言的时尚性等等。其实也不尽相同。那还要看谁写谁编。当然由于报纸的用稿量大，作者量也大，难以求得整齐。不过大量的发表会带来写作的兴趣，扩大训练，有产生更多好作品的机会。

散文写作到底还是文学写作，这就决定了不能跟电视之类学习，还是要从书上学习，从杰作中学习。影像屏幕的传达有自己的特点和规律，它和文字的特质是不同的。有人把书籍的气息概括为"书卷气"，就是指书籍文字中所具有的内向性、想象力、思想和学问的记载传达方式等等这一切。

现在一些刚刚学习写作的人，难免要从日常的影视娱乐中寻找方法，接受影响，这并不可怕。随着写作的深入，会慢慢回到书卷上来，增强文字的把握力。

写日记 / 文学训练 / 质朴的品格

写日记是个好习惯，许多大学问家大作家都写。有人开始写，后来一忙就停止了，苦于无法坚持。托尔斯泰和鲁迅都写日记。这样做的好处太多了，可惜我们没有毅力。现代生活这么匆忙，几天以后的事情就记不清了，如果翻翻日记也就一清二楚了。

许多事情都贵在坚持，写作也是如此。这样说说容易，做到就难了。

有人用写日记的方法锻炼文学表达力，这肯定是好的。现在看到一些老作家的文集，其中的日记部分不仅有宝贵的史料价值，而且文字也极其漂亮。写的时候并没想到要出版，只是实用、使用，这反而增加了它的质朴品格。这往往就是最好的散文，因为它朴实无华。

（2010年10月19日，小标题为整理时所加）

谈谈语言

——在华中科技大学的座谈

　　这是我们每天都要遇到的问题，就找一个最表层最切近的题目：谈谈语言。无论是有志于文学写作，还是一般的应用，语文表达遇到的第一个问题就是语言。语言有书面语、平常生活中的口语，这二者是有区别的。如果把生活中的口语全部照搬到书面上，读起来就会有问题，比如不严谨，生动有余严谨不足，不简练等。而书面语来自生活中的口语，是经过了提炼和规范的，把规律性的东西进行归纳，形成了自己的规则。那书面语是不是回头还要影响生活中的语言？当然如此。读书多了以后，特别是读书不能好好消化的人，说话往往很像书面语、越来越像书面语。可见它们是互相影响的，书面语来自生活中的口头表述，口头表述在文明社会里，在一个知识社会里，在充斥着书籍的社会里，又会被书面语影响和规范。这二者就是这么一个互有来往、互相促进、互相改变的演化过程。

　　古汉语，我们在高中初中就学了一点，到大学里学得更多——难道古代的人和我们一样，就说古汉语吗？或者说古汉语就是从古代口语中提炼的吗？我们会怀疑。古典文学的语言是何等简洁和晦涩，它跟当时口语的差别一定是非常大的。但无论怎么，它一定是来源于那个时代的口语，那是书面语的基础和源头。但这里还有一个问题，即由于时代的不同，写作工具记录工具的改变，它也会影响书面语和口语的距离，这距离在不同的时代是不对等的。现在我们生活当中怎么说话，书面语和它有区别，但区别不是特别大。读小说，读公文，它的表达和我们生活当中的确有区别；生活中的语言有时候走近路，有时候走远路，但和书面语的差别不是特别大，基本上可以说差不太多。但是古代差别就大了，之乎者也，我们今天看起来那么简约晦涩，没有相当的古汉语知识，没有相当的学养，就会像读外语差不多。读一下诸子散文，屈原的一些东西，就有这样的感觉。到汉以后好一点，再往前，先秦的书面语几乎无法读，没有几个当代人可以顺溜地读下来。这时我们会想，古人的语言方式会那么简练？大概不可能。

　　当年的书面语和日常生活用语，它的距离比现在一定大得多。这到底是什么原因造成的？可能主要是记录语言的工具变化了，它的材质变化了。很早以前记录语言文字的是什么？是龟板，瓦片，再后来是木板和树皮，直到一点点有了纸。笔是刻划的尖锐硬物，然后才是毛笔。用来记录的材质是如此简陋，不方便，局限性当然很大。即便满地都是龟，又能搞来多少龟板？所以在写字的时候一定要简洁。杀一只龟，把肉吃了，剩下了龟板，再在那上面刻字，多不容易，大概不是一般的人可以拥有那么多龟板。而且一个龟板上也刻不了多少字。所以每句话都要提炼到非常洁简，然后再刻下来。有了竹简木片瓦片陶片，这总算好了一些，但仍旧极不方便。可见记录文字的工具、材质的变化，随着越来越简易，一定会拉近书面语和生活口语的距离。我们的语言大致是沿着这个方向演进的。如果是古代的人，像他们所留下来的书面语那样说话，那怎么得了，那就太文雅了，那个时代简直就太伟大了，深奥得不得了。但这是不可能的。我们相信古代的人和今天的人说话语调有变化，语速却不会有太大的变化，语言的繁简度也不会有太大的变化，只是书面语变化得会越来越大。

今天我们有了钢笔，有了录音机和电脑，随着记录语言的工具不断地便捷化，书面语和口头语也就越来越接近了，书面语变得膨胀了。今天在电脑上不停地发表一些文字的那些人，写起来是非常口语化的，几乎与口语没有什么距离了，因为记录工具方便到极点，可以非常随便和放松，渐渐不受现代语法的制约，也不再那么讲究文辞了。龟板时代已经过去，再也不用到处去捕捉那个龟和鳖，不用在它的后背上刻字了，当然连木简树皮也不用——它们写上了字还要用麻绳编起来，当年的秦始皇每天要读好几车这样的文件，虽然体量很大，哗啦哗啦展开读，容量仍然有限。那么今天就带来一个问题，事物都是物极必反，就因为我们的记录工具和材质发生了变化，变得便宜易得，也就不再可惜；也由于记录的速度大大提高，甚至可以原样不动地记录下一些极啰嗦的话，所以就和口语没有什么距离了。这样也就在一定程度上毁坏了书面语的质感。而书面语是在文明的长河里经过长期演化、规范了几千年的时间，那就不仅仅是一个说话的方式了，它还凝聚着大量的文化内容，是一种语言艺术，是一个族群文明的重要组成部分，是文化的核心之一。那么今天完全不假思索不加规范，和口头语达成完全一致的书面语，一定是做出了巨大的牺牲和退步。于是我们面临了特殊的语言表述的困境：在学习和运用语言的时候，要跟上去思考这些问题，想一想怎样与生活口语保持距离——保持适当的距离，这成为语言艺术的一个奥秘。这个分寸感的把握，几乎是整个语言艺术的核心问题。

大家可能经常看影视剧，如果是一个敏感的观众，就会发现有些作品，其中比较糟糕的，在语言上就把握不好这个分寸。顺着情节往下看，看进去了就浑然不觉，对它言说的拙劣和愚蠢没有察觉，但是冷静下来就会发问：生活中的人是这样说话吗？只要这样一想就没法看了。可见它在掌握运用语言时，书面语和生活口语的距离没有掌握好，所以也就谈不到语言艺术了。大量影视剧，它的人物对话都是不对的，因为生活中没有那么说话的。人物一开口那么有棱有角，那么多转折词，"难道""而且""我愤怒地""然而"——生活当中谁这样说话，就有毛病。文学作品的叙述语言可以这样，这时候是作者来叙述故事，可以有大量的转折词，是书面语，这是不一样的。影视剧和舞台剧就不行，那是生活中的人在说话，它和口语是没有距离的，假如有一点距离，也被巧妙地处理过了。经过艺术家对语言的调度，把这个距离给掩盖掉了，变得又凝练又生动，却一定是保持了活泼鲜明的口语特质。所以我们一般来说不提倡文学写作者过多地看影视，担心会受这种语言方式的影响。包括看报纸副刊，大众应用文，公文，都是需要警惕的，因为这些语言套路中没什么个人化的东西。这也是一个恶性循环，大众中普及的娱乐品来自低劣的写作，反过来它们又会同化那些刚刚涉足语言表达的人。低劣的文字制品和文艺制品是有毒素的，它有传染力，没有很强的抵抗力就很容易被感染。这是不知不觉间发生的。那些平庸的语言也许很流畅，很花哨，一旦被感染，也就很难在语言上脱颖而出了。

　　一部文学作品，一篇小说，道理都差不多。那里面的人物应该讲生活中的话；那么叙述语言，没有打引号的作者的话，大致又该是另一番面貌了。比如写一个不识字的农民，打引号的是他的话，这个老汉如果说一番很文雅的话，一看就觉得不对，读者心里会排斥，因为它不像生活中的语言。所以说要符合人物的身份，这是最基本的要求。而作者自己是有很高语言修养的人，他的文字是不是应该深奥一点文雅一点？大致是的。可见叙述语言和人物语言是有区别的。问题是很多文学作品分不清这二者，作者有怎样的水准和语言习惯，那么里面的人物也大致要有。这说明作者掌控和调度文字的能力不足。这只是一般来说，更高一点要求，仅是这样还不行——仅仅做到人物说话像口语，那还是非常初步的要求。因为书面语和生活用语的分寸把握，这应该是语言艺术的核心奥秘之一，所以怎样运用和调度，也就决定了高下。比如写一个老农说话，虽然听来也像他的口气，但仔细想一想琢磨一下，会发现跟生活中的老农还不太一样——这个老农总是渗透着作者身上的什么，总之是被虚构过的。

我们都知道小说是虚构的，那么我们要问一句：虚构从哪里开始？有人回答从故事和人物等等。其实它是从语言开始的。也就是说，作者要虚构出独一无二的人物语言：既要符合他的身份，又要是独特的、不可重复的。这个人物的语言很像生活中的语言，但实际上不是，而是作者个人的杜撰，是他在书面语和口语之间的一种撑控和调度、一种创造。作者凭着他的生活经验、阅历和艺术水准、想象的才华，杜撰了一种新的语言。可见文学语言是多么困难。虚构文学如此，那么通讯报道、报告文学，这一类的语言是不是如此？道理是一样的。这同样需要写作者个人的生命体验，需要经过他的酿造和把握而后产生——一种语言。文学写作，只有从语言的虚构进入，才能成为真正意义上的创作。目前杂志上刊登的大量作品，大部分是留不下来的，因为它们不能从语言的层面进入自己的虚构，采用的都是语言的平均数，而不是个人化的、只属于他自己的独特言说。

讨　论

屏幕上的东西停不下来

　　就是人在接受信息的时候越来越追求快捷方便，所以看电视剧和网络视频的人多。因为不需要动脑或只动很少的脑，没那么多时间去思考。屏幕上的东西停不下来，观众要跟着它的图像声音走，它走过去了，观众也要跟上去，很多信息在一瞬间也就过去了，只能获取一个大致的印象。它不能让受众随意停留。不能停留就不能充分思索。电脑下载软件还要等待，做任何事情总需要相应的时间。可见脑子思考问题需要时间，时间缺乏就不能获得觉悟。人脑还没有那么快。长期以来不动脑就会养成习惯，那么遇到问题判断力就不行了。不再有深度，很容易就在浅表的信息面前停留下来，去服从和跟从，这成为习惯。因为没有思考，没有个人见解。我们整个社会的危险就来自这种没有动脑的能力，没有思想的能力。没有思考能力是一个人失去力量的根本原因。所以为什么我们总是讲要营造一个书香社会。书香社会在网上电脑上是建不起来的。还是要阅读纸质书，因为文字是一个代码一个符号，需要人脑去还原，还原的过程就是思考。比如说"茂密的树林"，如果引入一个视频的话，就是出现一片茂密的林子，不再需要想象和还原，不用思考。它无法把人导入思考的轨道。字符上"茂密的树林"这五个字，脑子里将要出现一片很茂密的树木，而且想象与个人经验肯定是联系在一起的。视频这种直接性把事物变得简单了。它照出的茂密的树林，无论怎么茂密也就是这个样子了，边缘界面是很清楚的，完全没有想象的余数了。文字的表达则不同，每个人的想象都不同，怎么想象都可以，没有边界和规定限制。这和我们小时候路过的那片树林有什么差别？里面有鸟，有野猫，有一碰就洒下来的冰凉的露水吗？它一瞬间引起的个人的生命经验，经验上的很多东西全都一块儿带出来了。所以文字阅读不仅导入思考，而且引人多方想象，完全是根据个人生命的质量和阅历的深厚，增加和变化出无限风光。有人讲，无论我们的视听艺术数字技术发展到如何地步，一定不能够丧失文字表述和文字写作的能力，谁掌控了文字，谁就掌控了未来。我们不能在大量制作的视频、图像这些通俗的技术含量很高的信息传播工具面前，只是简单跟从，省心省力地跟住这个潮流往前走，它对我们的损害会非常大，我们会失去很多。那些对世界话语有巨大掌控权力的组织和个人，他们始终要保持一种文字能力，他们在阅读，有自己独立的阅读空间，花在阅读上的时间很长。越是边缘人，看电视的时间就越多，上网的时间就越多。这好比有的人把一种方便食品送给大众，他们个人却吃那种最有营养的土产食物。

人物的语言变化了

　　小说中的人物说话，既符合他的身份，又不同于生活中的言说。比如说写一个老农说话，高明的作者会选择最生动最凝练最能传达作者意图的语言，那么这个选择的过程当中，主动权就在作者手中了。人物可以说很多，但有些可以舍掉，有些可以改装，这个过程就重塑了一个老农的语言、选择了语言的方式。老农说了很多，但作者只取了几句，这几句可能还不是连续说的——他说了二十句，只在前面选一句，中间选一句，语序或许还要颠倒一下。但是这一来就变得生动了，让人难忘了。所以这既是生活中的人物说的话，又不完全是。通过写作者高超的语言能力的调控，人物的语言变化了。这个过程是提炼的过程，选择的过程，即是一个虚构的过程，这就是语言艺术家的工作。

强烈的生命反应

今天回头看《古船》，有些技术层面的简单化。名字和主题、和作者的意图扣得太紧不是很高明的做法。但是如果其他方面做得好也可以弥补一下。现在看那些人物名字也没有觉得不好，但今天回头去写，就不会取那么明显的寓意，而要采用更自然的名字，那样会更真实。这和刚刚讲的口语和书面语有些关系，这里把人物的名字取得那么书面化，多少显得不太自然。当然生活中也有人这样取名字，但比较少。有人说："你现在技法更好了，作品并没有超过《古船》更多。"或许真是这样。这个原因很复杂，没有比谈文学艺术更复杂的了，它不像体育竞技那么简单。体育成绩可以准确地检测和量化，而艺术完全是依靠感觉，完全是心灵的把握和对应，所以它是一个非常微妙的问题，再也没有比艺术的评价更困难的了。一个人在特殊生命时段里的表达，是另一个时段无法取代的。一个人可能并不是越写越好，他在进步的同时也一定在退步，在获得也在丢失。年轻人对一些东西比较敏感，比如爱情，一个二十多岁的人在恋爱中那种激烈和敏感，那种强烈的生命反应，不可能是一个五六十岁的人可能具备的。这种强烈的表达如果写在文字里面，由一个老年人写出来，在浓烈的情感方面就会是另一种颜色。五六十岁的人更超脱，对爱情有更深入的认识，表达也会特别——但是爱情并不因为年轻幼稚而变得廉价，也不因为阅历的丰富而变得更有价值，那都不一定。艺术表达有时候是相当晦涩的，完全靠感觉去把握。有人一生写了将近千万字，但最好的恰恰是年轻的时候写出来的。文字的老到，艺术的经验都属于老年，但是青春的纯洁锐气稚嫩冲动、拥抱客观世界的巨大热情，却是老年人无法具备的。人年纪大了就变得苍凉了，变得深沉了。

语言贿赂的代价最大

谈到书面语和生活口语之间的距离和差别，有人可能问怎样的书面语才是好的？因为每个人趣味不同，标准也不同。但一般来说基本标准还是存在的。比如随便取几份报纸刊物比较一下，会觉得它们的语言方式都差不多，都是时下流行的、我们十分熟悉的那些语调和词汇。很通顺，甚至很生动也很有色彩。但就是留不下很深刻的印象，因为大同小异。这就不是好的书面语言。语言的魅力来自不可复制的个人化，要有写作者自己的个性，就说话方式本身来说，它要值得记忆，有感染力。一本杂志的文字，属于个人的东西太少，属于大家共同都有的、最基本的东西又太多，这就是语言的熟练和平庸，是凭惯性写出来的。语言是有尊严的，说话方式即表现了个人的尊严，人的自尊从哪里开始？从语言开始。比如别人反复使用的一个词汇，这个词汇再好，不到万不得已还是不能用。哪一个成熟的、杰出的作家会使用一个被反复提起的词汇？这是不可能的。什么"给力""秀"之类，是不能用的。还有就是语言要直接和简练，状语部分不要特别发达。现在的流行语言非常臃肿，脂肪层太厚了。语言要减肥，要从小养成一种好的语言习惯。举个例子，今天到这里讲课，这样写："我怀着激动的忐忑不安的心情走进了教室"，状语部分就太发达了。"忐忑不安""激动"，完全可以去掉，只写"我走进了教室"。下面写："同学们扬起了一张张热情洋溢的、青春活泼的脸庞望着我"，状语部分也太发达，也要去掉，只写"同学们望着我"就可以了。如果把这么长的两个分句压缩到这么短，有人会觉得干瘪无趣、没有色彩。但少就是多，简就是繁。为什么？因为"我走进教室，同学们望着我"里面留下了很多想象的空间，读者可以自由诠释——一个人怎么走进教室？是慢腾腾地走进来，还是急匆匆地走进来、很笨拙地走进来？还是像一个学者那样走进来、像一个自由写作者那么散漫地走进来？任由他人想象。写得太具体反而界定了，限制了别人的想象。"同学望着我"，那会是不同的眼神：惊讶的、好奇的、不以为然的、稚嫩年轻的，还有一些故作成熟的、瞥一下低头看书的——千姿百态。有人可能以为那是一种简陋的语言，让别人去想象，如果别人根本不动脑，这些空间和效果也就都没有了。这种担心是不必要的，因为不动脑的人、迟钝的人，状语再多也没用，还不如简单直接一些更好。简练的、瘦削的、紧凑的、个人的，这样的语言才有力量。如此看来好的语言是这么容易做到，只是一个简单就行了。其实简单才是最难做的，简单而丰富，朴素而华丽，这更难。就像装修房子一样，低层次的总要东雕西画，非常花哨；而最讲究的一定是注意选材，简单，初一看就像没有装修一样。语言也是这样，把表面的花哨去掉之后，留下的就是最重要的了。要重视发挥名词和动词的功用，它们才是语言的骨骼。把名词和动词用到了极致，语言才会有力量。中国的白话文运动发展到今天，跟西方的一些语言表述、语言的现代性，一个个阶段都是对接的。可能那种啰啰嗦嗦的表达从小学生时期就开始了，老师为了让学生掌握更多的词汇，就要他们造句，再就是写记叙文。怎么写？就是尽可能地让学生往里边套词，用了一个词就在下边打一个红圈，以示鼓励。就为了博得老师的这么一个表扬，词就用得越来越多了。这种倾向保留下来，到了社会上写文章，也就不再质朴了，学会了夸大其词。在"文革"的时候，各地成立革命委员会都要给党中央毛主席写一封报喜信，最初成立的开头写"最敬爱的伟大领袖"，后面再有省份就得写"最最敬爱的"，那么全国一共有几十个省市自治区，结果事情十分麻烦，越是到了后面就越是要增加"最"字，结果弄成一长串"最最最最最……"。这看起来是笑话，但经历过那段历史的人都知道是真实发生过的。所以文字的力量还是来自简朴，形容词还是要慎用，这关系到人的诚实和品格。激动就是激动，不要说"非常激动"——如果真的"非常激动"了再用也不晚。如果连用三两个"非常"，这句子就不行了。所以使用词汇，也有个保存实力的问题。好的文章有一种内在的力量，要把这个力量收住。有人说那种夸张的语言习惯是从小养成的，同时也是受社会风气影响形成的，一时改不了。那也不要紧，可以先按习惯写，写完了以后放在桌上，见了状语就割，不妨采用这个机械的办法。这样做过之后，再读一遍看看，是不是变得更干净更有力量了？一开始写作往往是这样的，语言非常臃肿，唯恐不鲜明、唯恐不夸张、唯恐不热情、唯恐没有色彩——自己觉得得意，其实是非常初级和幼稚的。割除的办法不难做，简便易行，但这只是第一步。当好的语言习惯养成了之后，状语之类形容词到了非用不可的时候，那就可以一用——那就不同了，那就是金属一般落地有声了，是很有杀伤力的。个性化的写作是自然而然的流露，是饱满的表达。看起来语言的问题这么简单，其实倒也未必。做下去就会发现，这或许是以个人的单薄之躯跟整个的社会潮流对抗，是需要勇气、耐心和顽强的。有些看起来简单的东西，做下去却需要很大的力量。这就像减肥，一个女孩立志做一个"骨感美人"，要瘦削，这个愿好发，却必须长期地节制饮食，克服嘴馋，一年一年坚持下来，付出很大代价。语言表述也是如此，不要小看它，因为文明社会里人是语言动物，语言搞坏了，整个社会风气也就搞坏了，社会的腐败就是从语言开始的，语言的贿赂也是最容易发生的。那些不停地说领导"重要、英明、伟大"的人，往往是最不可靠的人。一个村子里歌颂村长，一个乡里歌颂乡长，一层一层不负责任地使用语言去贿赂，会没有代价？语言不用花钱买，语言贿赂就是最廉价的？错了，语言贿赂的代价最大，因为作为个人再也不能诚实了，作为社会也就走向了互相欺骗，说大话说假话、用好话去互相对付，人和人之间再也没有真感情，整个社会不就腐败了？我们每个人都常常责怪社会腐败，可是想过平常是怎么说话的没有？把语言干净下来，质朴下来，真实下来，这可能是最紧要去做的事情。从我做起，从个人做起，把语言问题解决了，那解决的将是人生的根本问题。上升到这个高度和必要去理解语言，就会发现语言是一场人生的战役，我们非要打胜不可。如果打胜了这一场战役，就会发现跟整个社会的潮流和习惯已经格格不入。我们会从语言开始挑剔整个社会，走向个人，走向自己，做任何事情就会变得更认真、更实在，有一是一，有二是二。

中国人讲"差不多"

《古船》那里面写了好多吃的东西，后来就写得比较少了。一个写作者要写几十年，写到生活当中各类知识，不可能去一一实践。写吃的东西，这个阶段要用，那就要研究它，充分地研究。比如说《你在高原》是四五百万字的长篇，它写了一个地质工作者。写地质工作者的生活，那就必然要有一些地质方面的学问，所以就要去学习。许多作家最初是学考古的、学医的、学科学的，他们成了很好的作家。直接学中文的倒不一定，因为中文通过阅读可以入门，一门自然科学要自学就困难了。地质学教科书啃下来，当然是速成，没有实践应用很快就会忘掉。植物学、土壤学、考古学、海洋动力学、葡萄酿造学、养蜂学，这些全要自修，那要花多少工夫。可以想见，如果是一个地质人写这本书的话，会在专业方面得心应手，而只放手去学别的东西。这里是说，写到生活中的哪一个方面，一定要舍得投入，这在行当里有一句话，叫"做功课"。我们做功课的能力也许比较差，所以就出现了那么多在专业方面似乎懂但实际上并不懂、十分隔膜的一些作品。这也与我们的文化有关，中国人讲"差不多"，不求真章，靠感觉去把握和判断事物——这是高明和高超的方面，有时靠直觉、靠感性的确能够非常准确地抓住事物的本质，但有时候却不如西方的逻辑思维。那边是讲解剖理性的，比如画人体，他一定遵照骨骼肌肉解剖原理，一点点画到外表。刚才说语言，说名词和动词是语言的骨骼——外表跟着骨骼走，肌肉覆在骨骼上，外边再有脂肪和皮肤，人的大轮廓才出来。中国画是瞥一眼人物，抓住最生动的部分画个神似。这是两种不同的文化，一种是写意的、感性的，一种是理性的、解剖的。所以西方作家往往功课做得好，比如说写到地质，他一定会把地质这门学问做得非常扎实；写到造酒，一定会把葡萄酒的酿造搞得很透。比如说一个土耳其作家叫帕慕克，在中国出版了一本《我的名字叫红》，里面研究了土耳其的宫廷细密画，写了细密画家的一些奥秘。帕慕克自己不是这样一个画家，可他研究细密画很用心，觉得就是这方面的一个专家。他功课做得好，舍得花时间。中国人凭感觉凭聪明，所以功课心往往不如西方作家。另一个德国作家，外号叫"语言的魔术师"，就是写《魔山》的托马斯·曼。《魔山》是他的代表作之一，要了解欧洲文明，就看《魔山》。书中写治疗肺结核，写瑞士山下的疗养院。他对医学，特别是胸科疾病钻研得透彻，读了小说就觉得作者是一个了不起的胸科专家。

时间之河要不停地冲刷

随着写作工具的方便，发表园地的增多，语言艺术受到了伤害。有人悲观地说："以后语言艺术就不存在了，网络大量地覆盖，写作不难了，文学也变得容易了，普遍了，大家都可以做了。"这种说法是不对的。因为这样的写作，阅读受到伤害是一方面，另一方面也会感到极大的不满足，会对这种大量涌现的文字产生一种厌恶。于是一种反拨力就会出现，这当中会出现一些杰出者。从这个意义上讲也不必悲观，以后人们对语言艺术的要求会更强、更高，会走入这个趋向。这也是一般意义上的公民写作和专业写作的区别，它们二者会分得越来越细。所以有人说现在每年发表上万部长篇，创作是多么繁荣！这种说法是表面化的理解，因为数量不能说明什么，劳动的含量不一样，艺术的含量也不一样。文明社会里写作和出版是公民的权利，宪法里写了的。一个基本权利的表达，完全不等同于文学艺术的收获。这与语言艺术的追求还不是一个层面。实际上无论有多少人写作，在一个世纪里面都不会有成群结队的杰出作家。历史将层层淘汰，时间之河要不停地冲刷，事物的发展是有规律的。特殊的人、特殊的天才，时间只馈赠给我们这么多。尽可能地不要上网，少看一些流行读物，要锤炼自己的语言，就去读中外经典，它会调动、发掘、引诱人的创造能力。一定要克制自己，像戒烟一样戒掉网上浏览的习惯。网络是一个工具，要会用，要掌握它而不是被它所掌握。

（2012年3月26日，小标题为整理时所加）

精神的地平线

深入生活

最近讨论最多的就是"深入生活"，这又一次成了一个热门话题。一些人从专业的角度、从个人的文学经历，提出了很多疑虑。他们担心过分的提倡和号召，会走向表面化和形式主义。其实这些忧虑是不必要的。

文学组织不会鼓励把作家关在斗室里。一般不会这样。事实是，经历了几十年的文学历练，突破形式上的局限和负面，是每一个作家起码的能力。个人的文学思悟、文学理想总不至于被某种广泛的形式所局限。同样是"深入生活"，同样是到一个地方，不同的作家结出的文学之果完全不同。所以最终还是要看一个人的生命质地。

一般意义上的"采风""深入生活"都是好事。问题要看谁去做，怎么做，怎么对待。实际上即便不去"深入生活"，也存在怎么消化现实生活和个人心灵世界对接这个问题。它是一个复杂的转化过程，横亘在每一个写作者面前。如果不是一个文学中人，就很容易简单地认同和追逐现实。如果是一个真正的作家诗人，就会不停地在心里酿造个人和个性，进行这样的一种艺术和思想。

这个过程，人和人都不一样。它是由先天的因素、后天的学识、群体的影响、时代的蕴化等等复杂的综合，在一个文学人的内心起到的不可预测、难以感知的作用，是相当晦涩的一个过程。

一些具体的操作会采取一个平均数、一些相当通俗的做法，作家可以将其纳入自己全部创造的良性循环当中去。

但是这种"深入"如果不能跟个人的阅读结合起来，那也会是很糟糕的。这种外部的热闹，必要和安静的阅读结合一体，要把那种激烈的动感和室内的闲静搭配起来。两方面的比重一旦发生变化就会出麻烦。说到室内的安静，一个人，特别是一个作家，独处的能力很重要。看一个人，一个群体，要看他能不能很好的独处。一个人在一个地方能不能待得住，能不能享受一个人的沉静，这往往是判断和衡量其价值的一个方法。平庸总是从喧闹开始的。

在发达文明的地区，很多地方大街上的人很少，除非在商业街、在非常热闹的场所。在落后粗陋的地方，哪怕是一个小镇子，街上的人都乌泱乌泱的。文化素质比较低的群体，人的独处能力一般是比较差的。人文素质较高的地区，大量的人业余时间在做什么？在自己的空间里享受个人的时间、个人的思悟、个人的寂寞以及他喜欢的艺术。他们做的最多的一件事就是阅读。

发达地区普通国民能够做到的事情，有的"作家"却做不到。人缺乏一颗这样的安静心、独处力，怎么能奢望写出独到的、令人耳目一新的、不重复别人语调的杰出的文学作品？现在打开一个文学刊物，不要仔细看，不要看它的故事和人物、主题和思想，就是简单地看它的语言层面，就会感到语调都是相似的。连自己的说话方式都没有，个人的语言气质都没有，怎么会是像样的文学作品？无非是从众、盲目、简单的沿袭。他们忙着追逐一个时期的说话方式，连这个层面都打不破。

每个时期都有自己的语言方式，语言的气息。比如说"文革"时期，到图书馆把那时的文集刊物翻开，那种语言的气息扑面而来。八十年代是一种语调，九十年代、现在，不同时代都各有自己的主语调，还有副语调。一个作家要写出较好的作品，起码要摆脱一个时期的主语调，继而再摆脱一个时期的副语调。主副语调，都与这个时代的文化气质、精神气质合榫配套。这与文学创作极度个人化的要求是背道而驰的。

我们每天忙忙碌碌，有多少时间被浪费掉？有多少时间完全可以用来阅读、听音乐，用来感受这个世界上曾经发生过的伟大思想和艺术？没有，时间很少。我们每天匆匆忙忙，不过是做一些看起来很必要，实际上不做也完全可以的事情。看手机、电视、网络、微信、小报，是这些琐琐碎碎的东西。把时间都浪费在这些方面，非常可惜。

有人谈深入生活的经验，讲自己跟那个地方的人是多么熟悉，自己已经多么平民化，化到了当地人的生活细节里。谈多了就了无新意，好像这是一个太空人一样，第一次接触乡村和某个地方。实际上哪有这么复杂，大家都是半城半乡，生活环境中都是差不多的文化构成。过分强调对生活的熟悉，对现实生活的投入，没有多少意义。相反的却没有谈在这个相对局限的当下生活中，他对迥然不同的奇特之物的感悟和见地。因为他的"深入"是局部的，没有同时展开广泛的阅读和个人极度寂寞的平衡。

人只有在阅读中才能打开精神的地平线。越来越封闭于一个生活的角落，越来越封闭甚至拘禁到一种平凡的见识中去。实际上还有更宽阔的原野，但这需要精神的登高才能看到。所以"深入"和阅读，独处，都是为了站在高处，能够极目远望，为了获得开阔的、辽远的气象。

康德著名的一句话包含了全部的文学奥秘：我这一生有两个敬畏，一是天上的星空，二是心中的道德律。天上的星空是什么意思？是他似乎感到的宇宙间的秩序和规律，那个无所不在的规定的力量。这个力量有强大的创造性和不可预测性。人天生就有一种良知良能，这就是心中的道德律，实际上也是星空的一部分。所以这两句话实际上在讲同一个问题，一是抬头仰望，二是低头自省，在俯仰间感知伟大的规律和法则。

如果现实生活把人导向一个更表面、更狭窄、更简单、更苍白的所谓文学层面，脱离个性的、生命思悟的层面，还有什么意义？

也说价值观

谈到作品的价值观，不仅是老生常谈，还会让人蹙眉。因为我们从记事的时候就常说"改造世界观"了。不过这真的是个大任务，是一辈子的事情。听多了以后，就把这句话的内涵、它的深刻性、它对人构成的警醒的深度给忽略了。实际上一个人真是面临着改造世界观的繁重任务。一个人天生具有良知良能，另外还掺杂着很多人性的杂质，有贪欲，有"丛林"思想，有很多极坏的东西。

一些历史人物对人性有重要论述。一个是孟子，他说"人之初性本善"，鉴定人性的原初是善的。荀子讲人性是恶的。他们各自举出了很多例子。孔子那句著名的话是这样说的：性相近，习相远。他说人性都是接近的，无论是今天的人还是古代的人，无论是外地的人还是本地的人；不过后来形成的那些习气是相距很远的。孔子没有简单地鉴定人性的善恶，他只说"相近"。他之深刻，在于超越了善恶，因为人性太复杂了，太难以言说了。

人的价值观、世界观，除了先天注定的那一部分不同，另一部分就是通过学习，通过生活，通过不同的阅历来养成。一个人如果从事文学创作，价值观当然要决定作品的意义。

很多文学作品，艺术品，不要讲艺术层面技术层面了，单就价值观来看也有许多问题。作者歌颂的东西，努力表达的意愿，其价值指向有些是有悖于人类生存的基本规则的，缺乏基本的善意。有些被众人推崇的作品，价值观是卑俗低下的，可见阅读群体的水准并不高。国民如果丧失了起码的教育，对精神的创造物就会失去起码的鉴别力。

比如写个人奋斗，古今中外太多了。人在苦难生活里挣扎，求得一个更好的未来和明天，无可非议。这是一个生命现象，通过描写这个现象解释人性的复杂，展现生活的苦难、光明和温暖。一个作品的价值和高度，最终那种打动人心的力量、强大的不可抗拒的、传之久远的那种力量来自哪里？当然要依赖作家心灵的品质，要有更好更高的价值取向。

常常不自觉地把个人奋斗写成了强者为王，能拼才能赢，得胜就是一切，可以不择手段。哪怕稍稍流露出一点如上的倾向，都是可鄙的。跟这样强烈的欲望者、个人奋斗的"英雄"生活在一起是多么可怕。人人都做这样的奋斗者，世间一定是冷酷可怖的。人在奋斗中、做"强者"的过程中，叙述者的自我批判与敬畏之心，不该埋没，读者当会感受的。

我们可以思索一下读过的中外经典名著，会发现它除了艺术、技术层面的高超之外，作家在价值观方面绝不是一个平庸之徒，他作为生活的参与者和认识者，记录与创造的一堆文字，实在来自一颗常人难以企及的崇高的灵魂。

说到"崇高"，有的词汇也需要解释，比如"理想主义"。"理想"是好的，这是对完美和至善的一种向往，有了这种向往，一个人才能严格要求自己，形成自我牵引和矫正的力量。但是"理想主义"就不同了，认为"理想"可以解决一切问题，成为所有事物的依赖，它一旦凝固成几条标准或一个概念，也会相当简单或粗暴的。它和物质主义一样，有时也会成为极端化的破坏力量。所以对"理想主义"是值得警醒的。"理想"和"理想主义"是两个不同的概念。人若没有"理想"是非常可惜的，但是认同了"理想主义"，则会是可怕的。道德也是如此，一个人当然要讲道德，因为这是维系文明的基础，但一旦形成了"道德主义"，却将是非常刻板与冥顽不化的，那样就会丧失自我批判的能力，并天真地相信"道德"是一切的标准，它可以评判一切裁决一切，将复杂的问题简单化了。

有的作家在很年轻时候写出的作品，有一部分价值观今天令其不能认同，但大部分还是认同。一些淳朴的向善和觉悟，是人天生就有的。因为生命是从虚无和混沌中产生的，人的才华、感悟力、敏感度、善与恶、语言表达力等先天的元素，是各不相同的。所以我们在生活中看到人与人差别那么大。人和人之间的差异虽然并不完全是后天的经历造成的，但后天的修养和改造却是非常重要的。学习和现实阅历所得，可以与先天形成对接，没有这种对接就不能具备强大的创造力。

后天的培育跟先天的良性对接，前后打通一致，力量就会焕发出来。相反的是，如果后天的经历和训练跟先天的良性部分断裂了，人就没有了创造力。学习为了弥补，为了千方百计地让后天所得的一切，对接生命诞生之初的良知良能。这两种力量一旦对接，无论做什么，都会是极有力量的。

人在价值观的形成方面，就尤其如此。

审美和创造力

思想与艺术的巨人不是指生理层面的，而是指精神和思想，指创造力的层面。巴尔扎克个子较矮，却写出了浩荡的著作。巴尔扎克的雕塑者罗丹没有见过对方，有人就跟他讲，说巴尔扎克就跟街角那个屠夫长得差不多，照着他做雕塑就可以了。罗丹就按那个人的脸和体魄塑出了巴尔扎克。后来人人都说既像又传神。这是法国的传说，但据说是真实的。巴尔扎克精神上的强悍难道有点像屠夫？不知道。

巨人之所以具有不可思议的力量，就来自先天和后天形成的全部综合。这种综合使这个生命形貌的内部，包裹起一股不可预测的、莫名其妙的能力。精神的巨人不可以用常人的尺度去度量。

精神和艺术的标高难以度量，因为它不像体育指标那样容易确定。艺术完全依赖于个体的感悟力和认知力，即审美能力。所以艺术上的指鹿为马是最容易发生的，因为人间缺乏那种一是一二是二的清晰明确的刻度。而审美力的缺失，无论多少后天的知识都不可弥补。所以人不能津津乐道于自己的学历，不可由此替代审美能力。博士，博士后，留洋，都不能说明和预示审美的水平。

一个刚刚初中毕业的小孩子很可能对文学艺术的感悟力超过一个博士后，超过一个名牌大学出来的人。教育传授的是通识、知识，是基础和治学的步骤，解决不了审美力。有的人说它解决不了，但总能够稍微弥补一下。也不可能。它或许可以弥补一个人审美过程的表述力，有助于这个说明的环节，却增加不了对美的知悟力。

所以出现了一些所谓的评论家，他们把文学知识当成了审美能力，将二者画了等号。真正杰出的评论家一定是具有特别感悟力的人，这些人如果经过了后天的良好教育，将使用知识做出更条理、更概括、更清晰的表述。但如果只会组织词汇，这种批评也就没有了价值，甚至还会起到相反的混淆作用。

我们当代的写作者往往受制于一些能够组织词汇、擅长使用词汇的一部分文章，这是很大的干扰。要透过现象看本质，看其对一部作品看得准不准、对不对，能不能揭示作品好之为好的敏感与关键之所在。这绝不在于看其能否组织出一串漂亮的段落，新鲜的词汇，巧妙的结构，这些是不中用的。

海明威当年极其惋惜一位作家朋友，认为他的半生都被那些蹩脚的评论所误。有的评论家文章好像口吃，并不漂亮，却能把作品好之为好说透。比起真正的见解和感悟之言，仅仅擅长组织词汇是廉价的。用词汇组合文章，认识几千个汉字就可以了，外国的方法也容易学，几年大学即解决问题，但是审美力的丧失却实在不好办。

前几天看到一个消息，说国内要出版歌德的全集。歌德写了多少？一个贵族后裔，后来当了宫廷高官，一辈子生活得相当复杂。他坐下来专业写作的时间好像不多，没有当一天专业作家。看他生活的细节，他的传记，会发现是一个生活不太安定，充满了波折与繁琐的人，被各种恩怨与冲动所纠缠折磨的一个人。这样的人怎么有时间写很多的东西？但歌德写了多少字？折合汉字大概接近三千万字。

巨人是不可思议的。看一个人的创造力、想象力和发现力，不要为外在的形貌所惶惑。后天的全部学习，阅读与生活历练，和先天的良性能力形成了对接，就会很了不起。这就像核物质积累到一定的当量会发生裂变，产生不可思议的力量一个道理。生命本也如此。

写作者应该学习陶渊明，更早地面对真实，面对淳朴的泥土。这需要勇气。如果有了这样的勇气，即觉得表演的名利的种种纠缠和琐屑都变得非常肤浅了。一个写作者尤其要早早回到真实的土地上，走向质朴。离开了这个基础，就没法谈深刻了。

（2015年3月于河北文学院，根据记录订正，题目后加）

写作者的源路

儿童文学与阅读

阅读生活应该成为人的日常生活，而不只是一种需要刻意培养的习惯。正像人每时每刻都离不开呼吸一样，思想与精神的呼吸也是一样。如果不呼吸会怎样？这样一问，阅读的重要性也就清楚了。如果再做一个比喻，把书看成空气的话，那么它们的确有清新与否的问题。所以我们强调最多的就是"多读经典"。时下新出版的书要读，但不能代替经典。因为经典中的精神含氧量是最高的。

中外儿童经典很多。如果中国的儿童经典有太多语言障碍的话，那就需要家长和孩子一起读。国外的译作不存在语言障碍，这是直接可以送给孩子的。现在的国外儿童经典出版了很多，出版业空前繁荣，这真是孩子的幸福。

素质高的国民有写作的欲望和实践，这是再正常不过的事。用一支笔记录自己的心情，抒发自己的感情，是人生最有意义的事情之一。写作生活可以记录生命的细节，将一己生命的运行轨迹交给永恒的时间大坐标，可见对自己和他人都是极有意义的。写作不一定是为了出版和发表，它的主要意义还不在于公开出示。人人写作，这可能是最美好的理想社会图景之一，算是一种至高的期望和想象。

　　一篇公开发表的文字，对世界和他人应该充满善意，应该有益于世道人心，这是最起码的。有些不好的文字，哪怕找出再曲折晦涩的理由，也不会是好的文字。美善与爱意是否存在，无论怎样读者都会感受到的。

　　《少年与海》写了我的胶东生活，其中的故事基本上是自己的亲历。我们写的是脚下，可是离我们很远的那些外地读者也能够理解，并且饶有兴趣，这说明我们这个半岛上的物事风情还是有独特魅力的。人人渴望远闻，就是这样。我们可以一直写自己身边的故事，写写这里的大自然，这对于外地人来说就是"远闻"。我的童年生活是创作的源头，它会一直支持我写下去。

　　我现在还没有出版过绘本书，因为它很难写。但好的绘本书总是让我非常入迷。现在我读到的好的绘本书大多是国外翻译过来的，有的已经可以称之为经典了。这样的书文字内容不多，但包含的思想却是极深刻极隽永的，让人百读不厌。好的儿童文学一定会对大人构成吸引，这几乎是没有例外的。

　　一个人总是离不开手机阅读，就像离不开烟酒一样，有可能损害健康。戒掉一些习惯是不容易的。但我们不能说烟酒对人一点益处都没有。还是要鼓励纸质书和经典书的阅读，因为这才是一个民族精神成长的大路，它实在关系到一个民族的未来。纸质书中的垃圾当然也很多，所以才强调多读经典。一个人的文明水准及文化素质是不同的，最终是这些决定了他对书的选择。

一些家长自己并不通晓音乐，甚至也不喜欢音乐，但总是花很多钱把孩子送到钢琴或小提琴老师那里去。一个家长也许根本就不读书，但还是希望孩子能够有美好的阅读生活并且将来能够写作，也是同样的心情。对文明的敬畏之心人皆有之，这就是人类和社会的希望。学习写作，最好的途径就是阅读。教写作的老师也许很重要，但远远不如阅读更重要。

童年有许多与鱼打交道的机会，因为我生在海边河边。那些年经常发大水，水落后会有大量的水湾和沟汊留下来，里面总是有很多鱼。捉鱼成为最有趣的事情，鱼是朋友，它们在我们眼里有一种奇怪的神秘感。后来我又到大山里生活，山里的人要捉到一条鱼却极困难，这和海边的生活与见闻形成了两极化的对比。

我写的都是自己的经历，是自己看到的或亲自试过的。前几年我又遇到了一位大河边上的鱼王，这个老人的传奇经历又勾起了我童年的回忆。他的传奇加上我的经历，就写成了这本书。

少年读者和成年读者在我眼里大致是一样的，比如他们读了一本书都要觉得有趣，都要在故事中语言中感到满足才好。文字的魅力是无可抵挡的，如果能够抵挡那就不是文学了。写出无可抵挡的文字，无可代替的文字，这是作家的梦想和光荣所在。往昔的生活与今天差距多么大，可是我们好像刚刚离开了昨天。鱼的故事把今天和昨天拉近了，把老人和少年拉近了。

我没有转向，我一直写着儿童文学，从十几岁开始，到现在一共写了一百多万字。我不是一个专门为某个读者阶层去写作的人，而是写一切能够感动我、让我心中产生写作冲动的人和故事。儿童喜欢的文字是很难写的，因为这需要直指文学的核心。

我如果写出了更多让儿童喜欢的作品，就意味着自己更加靠近了文学的核心。

有人以为儿童文学是"小儿科"，是玩玩而已，那是大错特错了。写一下就知道其难度了。纯洁的心灵会在这里找到真正的知音，而纯洁是人多么可贵的品质。儿童文学其实是一切文学源头的部分，所有好的儿童文学一定是成人喜欢阅读的，反过来说，只要是成人读了了无趣味的东西，就一定不是什么好的儿童文学，甚至不是什么文学。

我会继续写下去，这对我是从来没有终止的一项工作。我并不把文学过分地分成儿童或者成人，尽管有时候也要注意一下二者的区别，但它们首先要是文学，要是好的语言艺术才行。各种所谓的"文学"都没有什么豁免权，都是一样的权衡标准，比如都要是绝妙的语言艺术。网络时代的写作，十分需要自我苛刻、再苛刻。

　　写出让儿童少年们倾心的文字，对作家来说可能是一种艰苦的磨炼。没有难度的写作，只会产生廉价的文字。

　　作家一般来说都应该为孩子写作。大作家托尔斯泰为孩子写了很多，马克·吐温写得更多。不过儿童文学并不能等同于一般的儿童读物，现在许多时候却会将这二者混淆。这种区分在市场上、在读者那里应该是清楚的。借用文学手法写出的儿童读物，也不能算是儿童文学，这一点仍然要清楚。只要是文学作品，就需要基本的诗性支撑，需要是较高难度的语言艺术，并且必须具备作家本身的强烈个性。目前非文学的文字读物多了一些，当然只要是好的，这也是有意义的。

　　我目前仍然在写儿童少年们可以看的作品。这对我来说是很有难度的，丝毫都说不上轻松。比起仅仅是成年人才可以看的文字，这样的写作会是更难。但我不会去写一般的儿童读物。三月份左右将有几本童话出版。

　　我希望有许多儿童喜欢的本土文学作品，能比得上或在一定程度上超过进口的儿童文学作品。做到这个并不容易，因为国外实在有一些将自己的全部生命投入到了这个事业中去的人，他们功利心很淡，极认真，有诗心，有信仰，有好的价值观。这方面，中国的儿童文学创作实在有不少差距。一个时期儿童文学写作的水准，能够最准确地反映出整个时代的本土文学水准，这里指所有的文学，甚至包括文学剧本的创作。

　　无论是成人还是儿童，读纸质好书都是一种幸福，读真正优秀的儿童文学则是更大的幸福。

我从1973年就写所谓的"儿童文学"，至今已写了一百多万字。我过去的这类作品影响比现在小，可能是写得还不够好。从写作方法上，我没觉得有什么改变，只是一直写下去。另外我认为不需要将儿童及少年文学与成人文学做太大的区隔，它们都是文学，都需要起码的诗与思的含量。如果考虑到儿童接受上的某些特点，特别是需要注意的方面，那么我们只能说，"儿童文学"更难写。

人在童年的时候与动物的关系总是密切得很，与它们之间的平等心也更多一些。后来渐渐强化了社会意识，就会与动物疏远，漠视它们甚至越来越多地役使和掠取它们。究竟是人在最初还是后来更拥有人性的丰富、更本质，这需要我们去回答和追溯。

人的社会性一定伴随了对人性的扭曲，与大自然失去了最真实的联系，割断了母子之间的脐带并完全忘记了这种关系。而动物就不是这样。人对动物的疏远敌视和隔膜，正表现出他们与大自然的关系发生了蜕变。

我不能忍受这种蜕变的现实。我与动物的亲密不是意识上的努力，而是自然而然的，只能是本性的流露和恢复。

动物就是最真实的自然世界，而不仅是这个世界的一部分。现在人和人的关系有许多时候是令人厌恶的，全是机心和利益，是过分狭隘的个人欲望。动物们则自然流畅了许多，人向动物学习，从中获得感悟的道路还很漫长，而且这个过程也是必须的。

描述和记录动物们的生活、它们与人之间怎样相处，决不仅仅是自然主义的文学倾向和趣味，而是一种生命的热情和深度。忽略了这些，将是人性中致命的残缺，是难以修复的部分。

儿童文学比起现在的所谓成人文学，一般来说更纯粹清澈一些。凡纯粹清澈的文学，就一定别有深度。知识分子在文学上的责任感以及精神立场，与这种追求或者要相互连接。从文学和少年两个方面看，写作者都有许多事情要做，并且会尽心尽力。

其实我一直在写类似的故事，从1973年算起，大约写了有一二百万字，由于少年故事格外难写，所以自己已有的写作并没有达到自己的理想，很平庸，没有引起读者的多大兴趣。我创作之初写这些少年故事也是自然而然的，因为这是个人的文学之源。

以前读海明威谈美国文学的一段话，大意是美国当代文学的源头是马克·吐温的《哈克贝利·费恩历险记》。由于他个人喜爱的缘故，这样说可能显得夸张了一点，但内在的意思也能会意。他大概在说源于民间的淳朴、少年的纯洁，那种不可仿造的原生力，对整个美国文学的生长是至关重要的。

所以我的认识中，真正的儿童文学是文学的核心，是最有可能成为当代文学源头的部分。我一直想让自己的写作从源头出发，并且永远不离这个源头。

我本人的大部分时间生活在这种林野的环境中。我后来虽然也要不时地上京下县，甚至到国外去，但总的来说生活范围并不是很大，是平常说的那种"小地方的人"，眼界也不够开阔。我的注意力主要在自己生活的这块地方，情感也主要源于这块地方。我不上网，阅读面也不是很广，见闻极有限。从过去到现在，我一直比较注意鱼事，爱读的书中就有缪哲先生翻译的英国古典作品《钓客清话》。这本写鱼的书我不知读了多少遍，对其格调和内容甚是喜欢。

我书中故事发生的地方，就是生活周边这不大的一块。当然这里也在急剧变化，不过我能够记住变化之前的许多事情。总之这里是我最熟悉的自然环境，所以就常常写它。

少年的性格与精神面貌也是生活环境给他们的。自然环境对人的教导是强大的，朴素自然的天地和现代都市对少年、对所有人的培育结果都大为不同。

我理想的少年形象，应该是健康朴素的。现代数字化纤维化的生活环境，会使孩子畸形，从形貌到思想都变得很怪。然而这怪一旦普遍化，我们又会视为正常甚至引为骄傲，比如认为当今陷在电游中的孩子多么聪明、将来必然堪当大任等等。我们的未来并非没有希望，但最大的希望可能并不在那些少年身上，而是在健康朴素的少年身上。

成长就是经历了许多知识之后，最终回到既简单又永恒的认识上来，并且能够在生活实践中具体地贯彻这些认识。被花哨的知识领得越来越远，再也回不到地面的人，往往是有害于生活的。

比如正义、仁善、宽容、谦逊、勇敢、自律、整洁、诚实，这一类品质，不能随着博学和经多见广而丢弃，相反是要一生信守的。不然就是学坏。

让人在知识的现实的诸多经历中，进一步回到简单而永恒的认识上来，就是一个健康人的成长轨迹。其实这也是一个健康社会的成长轨迹。有时社会败坏了，观察一下，无非是让各种时髦的理念、本能的欲望说辞领向了遥远的邪路，以至于再也不能回返了。

成长和败坏，无论对于一个人还是一个社会，都是一样的道理。把败坏当成了成长，这种事情随时都会发生。

那是一些原生的自然世界中产生的东西，它们和大自然结成了一体。即便是最为传奇的故事，只要真正源于民间和自然，往往都是健康的，它们是大自然这个母体上的一部分。

凭空编造的故事会给人多余感，是肌体上的赘疣。现代人类生活受到化学合成物的污染太多，往往生满了累赘。这需要用最淳朴的自然之水去洗掉它。

更多地回顾和描述山川大地，既是一种必须，也是健康生活的一部分。

某些现代奇技淫巧，总是搅得人心乱。我所说的《钓客清话》一类，是至美之书，它使人安静，能使人回到未受污染的过去。这种阅读会启发我们，让我们产生出一个理想：怎样保护自己生存的这个世界。

从少年时代开始树立这样一个理想，是十分重要的。

它们之所以显得有"传奇"性，就因为那一切已经离我们的现实有些遥远了。如果能再近一些，就不会觉得它有多么"传奇"了。比如人生活在有许多大象的地方，见了大象就不觉得是"传奇"，而如果在现代城市或郊区出现了一只散步的大象，就一定会觉得"传奇"来了。

要听到真实的、以平常心讲出的所谓"传奇"，就需要找到和大象经常生活在一起的人，他们见的大象多了，也就不会以耸人听闻的口吻讲叙大象的故事，所以就更可靠一些。这就是我重视那些"老实本分的人"的原因了。

我不想听那些没见过大象的人编造大象的故事，而是要听和大象生活在一起的人讲讲大象。

比如写《寻找鱼王》，我自己少年时期就是这方面的"渔人"，也就是说，我就等于是一个和大象生活在一起的人了。仅有这些还不够，我还有许多渔人朋友，特别是有一个真正的"鱼王"朋友。他逮到了特别好的鱼竟不舍得自己吃，三番五次捎信让我去一起吃。

我写《少年与海》和《半岛哈里哈气》，是因为我自己也曾是那些少年中的一个。

我觉得写出来的话要好懂，要简单一些。儿童文学和其他各种文学一样，不能有太多的"习气"。"习气"总是不好的东西，也总是有害于我们这些专业人士。一方面干一种专业久了，专业技能会强大起来，知道很多业内智慧和诀窍，另一方面也会自觉不自觉地带出一些"习气"。

各种"习气"都是有害的，都会伤害专业品质，使自己走向反面。

最好的儿童文学作家都是"习气"最少的，起码是没有故意放大的天真。我有一次看儿童戏的排演，见到一位导演让一个小孩子伸出两根食指，顶着太阳穴左右晃动，就很不舒服。导演本想让孩子更天真一些，可是他忘了，这孩子本来就很天真了，再这样不停地晃动就显得多此一举了。

我不想让孩子伸出那根食指顶住太阳穴晃动，就是这样的想法。

我发现当代一些成功的儿童文学作品，都是很自然的。

让本来就很天真的孩子装得更天真，以博得大人的好感，调动他们的猎奇心，其实是拙劣的。

不仅是语言，还有结构，都要自然天成。所谓"现代主义"的文学写作中，其中某些高妙自然的还算好一点，另有一些奇怪的结构、奇怪的讲故事的方法，其实是很别扭的，不过是一种"习气"，是壮夫不为的东西。儿童文学大概最忌讳的就是这些。

儿童文学的深意，可能即在于它更靠近诗意，更贴近生命的原色。童心无限深邃，这里就指生命深处的质地。被后天改变了许多的生命，虽然也发生在这个生命中，但毕竟不是原来了。

写出原来的生命，写出本质，这当然是最有深意的。

一些最爱儿童的人，一些儿童文学作家，儿童工作者，往往很是可爱，就因为他们长期被童心带领，走到了最好的生命之境中。如果一个儿童文学作家不是这样，那就是不正常的了。

　　我遇到过一个"鱼王"，一直想写写他神奇的事迹，他的一生。后来又觉得这样写太实了，有许多更有趣的事情写不进去。有些事情是我经历的或听说的。所以我就将这部本来是报告文学的文字写成了小说，这样也就自由了。

　　因为我遇到的就是一个鱼王，本来就想写一本他的传奇。他的一生是与鱼连在一起的。这样的人特别有意思，与我们平时遇到的故事和人都不一样。专门捉鱼为生而又不上船、不用网具和钓具的人很少，这种人让人难忘。

　　因为真实发生的故事就是很远的，这个故事需要从头讲才能让人明白。那个鱼王年纪本来就很大了，这种事难以虚构。写作的时候要虚构是很累的，如果照实写反倒容易了。

　　鱼王的真事再加上我的经历、我的"听说"，这样写就随意了方便了。我可以说书中写的一切都是真实的，但又不局限于那个老人（鱼王）自己的事情。

　　书中写的情形就是那样，它们在当年就是那样，没有什么夸张。一个地方一种风情物事，照实写就好了。我们知道的当代事物不够多，知道的其他地方、过去的事物就更少了，所以用文字传达那些事情总是有意义的，因为这样可以扩大我们的见闻。

　　我没有觉得这本书有什么深奥的哲理，从头看都是一些大实话而已。在采访中，在记忆中，这些话这些意思本来就有，我只是记下来而已。有些话、有些场景，我在回忆时采访时也需要好好想一下。但我总是认真地记下来，因为不这样记下来，故事和人物就走了形、走了神。

　　我只是觉得这是一个朴素的、感动了自己的故事。里面的人和事非常吸引我，让我难忘。我没有想到这是在写一部儿童文学作品，只是把我遇到的那个鱼王的一生写出来。这个老人前不久还请我到他家去吃鱼，那是他捉到的一条好鱼，老人舍不得吃，已经在冰箱里藏了很久。

　　做什么事，让自己觉得有意义也很重要。不写出这个老人，不写进我的经历和见闻，那是很不痛快的。我已经写了许多的人和事，如果还觉得一种事有意义、还值得认真从头写下来，那也需要很大的兴趣，也不容易。

　　借用美国大作家海明威的例子，他写完《老人与海》之后，给出版人写信说："这是我逮到的最大的一条鱼。"我不敢说自己的这条鱼最大，但我想这可不是一条可有可无的鱼。这条大鱼更应该归于我的好朋友，那个老人，他就是我遇到的真实的鱼王。他今年快九十岁了，不借助工具还能捉到一米多长的大鱼。他真是了不起的人。

　　我不太会写专门的儿童作品，所以说不清楚。我想适合儿童读的文学作品如果写得好，大概就是优秀的吧。老人喜欢的书，又适合儿童读，可能就是优秀的。

　　我一直写以少年为主人公的作品，从初中就开始了，这一类作品的创作总量约为三百多万字。但它们不一定全都适合儿童阅读。这其中大约有二百多万字是适合儿童阅读的。我心中没有太强的"儿童文学"概念，只是自然而然地去写各种作品。

　　适合儿童阅读的文字，最好不要有暴力和性，也不能过于晦涩。但一般来说作家在写作中，不必太将"儿童文学"独立出来，因为他的全部文字必然要具备起码的丰富性，这其中总会有适合儿童阅读的部分。

这部新的作品更简约更朴素了，力求写得收敛。形容词，夸张的文字，尽可能不用。省略号和感叹号也不用，一切都力求自然质朴。

我会一直自然而然地写下去，不会专门写儿童文学作品，但一定会写出一些适合儿童阅读的作品。一个作家的作品如果全都不适合儿童读，或者全都不适合成人读，可能都有不少的缺憾。

《你在高原》及其他

它得过几个有影响的奖，但无论是什么奖，国内的还是国外的，作者和读者都不能太看重。因为评奖只是几个人或一些人的意见和决定，往往有极大的审美偶然性和社会功利性，而一部作品却要接受更长远更复杂的检验。虽然这也是功利的说法，更本质一些的认识，应该说这种劳动是对心灵的回应，哪里是什么奖不奖的问题。写作这种心灵之业又不是竞选，更不是商业广告活动。获奖不能看成什么胜利，而只是一种行内娱乐行为、一种出于某些原因的张扬鼓励，得奖了，就感谢那些给你鼓励的人，然后继续写下去，写好。如此而已。

我觉得自己的任何一部长篇都可以获得这样的奖，反过来说，自己的任何长篇都可能获不了这样的奖。获不获都是十分自然的事，没有什么更重要的理由。

《你在高原》已经有十一个版本，这里指不同的装帧本，没有包括一般的重印。可见发行还是比预想的要好许多。而今的读者已不同于上个世纪八十年代了，那时候的作家写出一部有影响的作品，会收到许多"读者来信"，而现在这种情况已经不复存在。但是《你在高原》的阅读反响一直持续下去，直到现在，几乎每月都能收到一些关于它的来信。另外关于它的评论也比较多。读着这些文字，作者自己会觉得进入了一场深入的交谈和讨论，不由得要品味人生与劳作的意义。

去年和今年仍有出版社要再版它的新版本，但因为版权的限制，没有实现这个计划。这当然是读者的需求所决定的。目前这十部已经变成了一套常销书。

有人只看到了它的"长"，其实它在出版时还压掉了60万字，今天看，如果将其中的30万字加上，全书会更好。我说过，这样的书最好不要有太多的专业"习气"，更有一些不修边幅的气质将会更好。个别人只看到了它的"长"，而不太去想一个人花上22年意味着什么。这种劳动是自己经历的，当然会珍惜这种劳动。总之这是包含了最多内容的一部"大河小说"（《你在高原》），就我来说，是不可重复的巨量工作。要了解更复杂的现实和精神以及人性诸多方面，关于它们的深入大胆的记录，就同一个作者来说，当然还是要读《你在高原》才行。

对于任何奖项，作者都应该看作一次鼓励。世界上还没有什么文学奖，能够对写作者的生命品质和作品的实有质地给予改变。如果把得奖当成了某种可信赖的文学标准，那就有点傻和有点蒙了。有影响的奖项可能具有大一些的广告效应，但作品质量则是原本的、不会改变的客观存在。

作者自己或读者，因为某个人或某个作品的获奖，而慌到失去了面对文本的能力，那是可笑的，也是极浅薄的。影响再大的奖项，对于文学劳动的性质而言都不是什么大事情。心灵之业既是激越的，又是自足和安静的。

作者的作品是不同的，它们的长处也不会是一样的。我从不觉得自己的某一部作品会被另一部取代。作品的影响大小，这要看具体的文运和机缘，而基本上不会由作品的价值所决定。就长篇来说，我的《刺猬歌》或《外省书》《丑行或浪漫》等，可能是发挥我生命能量最好的。但它们却远没有《古船》《九月寓言》在读者中和文评界影响大。《你在高原》所用时间太长，篇幅也太大，不能用我的其他作品去简单类比。我只能说这是耗时最长、花费劳动最多的作品，作为一个写作者，我已经为它耗去了极多的心血。

我还是会写一些小说，也会写点文论和散文。我一直是这样的。我不是一个单纯的"小说家"，不完全把时间用在讲故事上。记录事情，探讨道理，仍然是我的所爱。被什么事物感动了，觉得有话要说，并且找到一个合适的方式，就可以写下去。小说并不高于其他文学体裁，许多时候还是比较低的。专注于某个体裁是好的，但不一定是最好。牢牢地做一个专门家是好的，但就一生的生命表达来说，并不算是自然而然的。朴素而诚恳的生命在生活中可能会有多种表达，这些表达的冲动和机缘都应该是自然而然的，没有太浓的匠人气和专业气才好。

我不过是忙些日常杂事，也教教书。有许多时间用来阅读，写得不多。随着年纪的增长，写作的数量减少了，也很难满足于这种形式的劳动了。倒是对阅读变得更加依赖了，对好书的要求也苛刻了，正好像对茶一样。真正有写作欲望的时候，就会极认真地写出一些更好的文字。

眼下是个文字泛滥的时期，所以对文字的敬重和珍惜不仅应该成为一种恪守和习惯，还应该视为一个人的品德。

写作对于我既是心灵之事，也是质朴的劳动，没有什么仪式感，那太形式主义了。追随生命要求甚至是趣味在纸上留言，其实也是人生最难得的幸福。人要惜福，就要珍视种种写作的机会，这是绝对不能潦草应付的事情。

那部很长的所谓"大河小说"写完后，到大学教了一段时间的学，写了一些散文和少儿小说，特别是六本童话书《兔子作家》。我写了四十多年，似乎应该更成熟一些才好。但是作家成熟了，更懂得怎么写的时候，身体往往也就大不如从前了，上帝总是与人开这样的玩笑。

这部"大河小说"对我是最重要的，因为它凝聚了我最大的劳动。我的所有作品特别是长篇小说，都是全力以赴的结果。我的生命力在作品中得到了尽力挥发，从未草率从事。每部作品的创作，其实仅仅是人生唯一的一次机会，这个认识的底色是严峻的。放松和游戏的文字对有些人、对自己的某些时刻尽管也是成立的，但那只是外部看上去如此，其内在的底色仍然不会改变。

《你在高原》是我花费了22年写成的，这期间我也创作了其他作品。但这22年，我的主要精力都在创作这部"大河小说"。"大河小说"和系列小说不一样，它是多部、多卷的、巨量创作的同一部作品。创作《你在高原》时，我刚好30岁。30岁是一个人有野心、意志、体力等诸种元素汇聚在一起的阶段。在这种状态下，我才有了创作"大河小说"的工作计划。工作计划是巨大的，需要消耗大量的体力、智力和时间。刚开始，我准备花10年时间。但10年过去了，我发现根本不可能完成，又拿出10年，结果发现还要很好地打磨，又花费了2年才完成。整整22年，这对我来说是非常辛苦的文学马拉松。《你在高原》是我一个字一个字地填在格子里，经历了无数的不眠之夜，跑了无数地方，流了很多眼泪和汗水完成的作品。我投入了大量热情和工作积累，我永远不相信，这450万字的作品会抵不上我个人的一部单行本。当然，每一部书都有自己的生命和意义。

我不会继续写这样的"大河小说"。这样的长卷只有特殊的原因、特殊的理由才会去做。《你在高原》原书有610多万字，是出版者出于多方考虑，在我同意后才删成时下这样。它是我创作40多年来最重要的作品。可以说，直到生命的结束，我再也没有机会和力量投入这么巨量的劳动了。当我把作品写完后，长长地松了一口气，觉得我对得起自己的青春和文学生命。我如果不写出这部所谓的"大河小说"，也许一生都不会安宁。但我以后大约只会写篇幅不太长的作品了，因为对于写作者来说，能写成短篇的，绝不要写成中篇；能写成中篇的，也绝不要写成长篇。这是所有好作家的守则。我几十年来一直坚持这样的守则。

作品的精神力量应该来自活着的信心和意义。这信心和意义丧失的一天，其余也就全都没有了。荒芜的人生是值得怜惜的，但我们每个人都不希望走到被他人怜惜的这一步。人的写作和其他工作，无不具有这样的意义。

我出生在齐鲁大地，这里的大自然蕴化的一切不可能不影响和决定我的一部分精神内容。但外边的人通常分不清齐文化和鲁文化，这两种文化既有互补性，也有对抗性。

我不是一个基督徒，所以如果说我写作是为了荣耀上帝，那可能是牵强的。但让自己的劳动有光荣感，有归宿的意义，却是必须的。

任何时代都有新技术的发生，这看起来仿佛是大事，其实是很小的事。我是指比起一些更根本的事物，它们往往是很小的东西。人的眼界放远之后，对技术上的"飞速"发展，就会觉得很自然很平淡。这没有什么。人类可能永远都要面对"天上的星空，心中的道德律"，就此来说，新技术对只顾眼前得失的"物质人"干扰很大，对"心灵人"来说，它们大多数时候是可以忽略不计的。

关于《陶渊明的遗产》

陶渊明是家喻户晓的中国古代诗人，他今天的诗名当在最著名的几位大诗人之间，如李白、杜甫、苏东坡等。很少有人不知道他，也大都能随口吟诵他的一些名句。我们平常用的词语，有许多还是源自他的诗。可见其影响之大。

陶渊明已经是中国文化的一个标志性符号，是中国文化基因中永远磨洗不掉的印记。他参与塑造了中华性格，而拥有这种地位和能力的，在中国历史上并不太多。

一个人，不仅是一个文化人，可能自小就读陶渊明，有或多或少的记忆。至于印象中的诗人是怎样的，却值得自己以后去研究。因为对一位著名人物的理解是相当不容易的，这往往有一个曲折的过程。每个人在自己生命历程中的某个阶段，都可能重新鉴定自己以往的认识。重读陶渊明给了我很大的触动，因为我觉得自己以前对他的理解太简单了。

以前年轻，对复杂的人和事只会记取简单的印象，这是可惜的。这种错误是犯不得的。我想把自己的错误纠正过来，于是就更加深入地阅读陶渊明，只为了找到一个起码的真实。寻找的过程以及结果，也就有了这本书。

陶渊明有过美好的田园生活，这样说并不错。我们印象中那个怡然自得的诗人，田园的主人，自然是真实存在过的。然而这只是一个阶段，一些时候，一些片段，并不是诗人的生活常态，更不是全部。

为什么那种闲适与怡然就成了他的标志？就因为这种生活太迷人了，太求之不得了，这种生活几乎可以安慰所有的人，吸引所有的人。有谁会拒绝这样的生活？大概很少。

人之不如意十之八九，不如意，即会寻找如意的寄托，而陶渊明的生活样态就是最好的寄托。

于是一代代有话语权的人就按照自己的心愿塑造了一个心中的如意形象。这种塑造陈陈相因，影响了许多人，感染了许多人。大家都从这种塑造中得到了或大或小的满足。

人生没有蓝本是不好的，那就更没有希望了。我们从历史中找到一个可资效仿的人，以便接近他学习他，乃至于做一个他，该是多么好的事情。

可惜这种不如意的"十之八九"中就包括了陶渊明。他何止是不如意，而是一生大部分时间在苦难中挣扎，最后差不多是在饥饿中死去的。他有过明媚的阳光，但那不是一生，也不是最后。他的凄凉与痛苦超过了我们的想象。

如果陶渊明一生只作了一些和和气气的田园之歌，那就简单了。问题是不仅如此。他的喜悦和痛楚都来自深刻的人生体味，是辛苦劳作之余，历尽坎坷之后。他的心声之动人，就在于这是生命底层的回响。

他的热情、执拗、专注，他的幻想力，他的自卑与骄傲，他的忍韧，他的自尊，都在实际生存过程中一一刻画下来，这些痕迹就包含在他的诗赋中。忽略了其中的某些痕迹，就不能算是真实的，这就是生命标本的意义；也不能算是全部的诗人，这就是文学标本的意义。

诗人生活的年代与现在相去好像很远了，原始农耕与网络时代差距何等大。然而就人性来说，二者相差又很小。我们会发现人性之本质变化微乎其微，喜怒哀乐，爱与恨，恐惧与追逐，其形式与趋向本就相差无几。人的贪婪和敬畏的品质，也没有改变多少。

就此来说，魏晋离我们很近，陶渊明离我们很近。他生活之艰辛，他之屈辱与叹息，我们听来一点都不会陌生。

所以，我们可以从诗人身上看到自己，或获得力量，或得到启迪。

每个时代都有自己的痛苦，造成这些痛苦的具体因由不同，但感受和结果却差不多。怎么对待贫穷，怎么忍受折磨，怎么面对权贵，怎么处理最难以处理的"自尊"，这在陶渊明那里都经历过了。我们一生必得从头再经历一番，因为只要活在世上就无一幸免。于是我们得好好看一下诗人是怎么做的，他的得与失，他忍受的结果，看看能否为我们接受。

人生的窍门，还有所谓的命运，是极其复杂的，但也并非无限玄妙晦涩。我们从诗人身上看到：只要一个人还能够睁大自尊自爱的眼睛，也就大半不会左右逢源地幸运。在丛林法则依旧的时世，人需要足够地机警和乖巧。但是那个不能泯灭的"自尊"又怎么打发呢？

这就是今天，也是明天需要回答的一个问题，是人人都不可回避的。

陶渊明真够倔强，这就是他饿死的原因。

我们谁还敢倔强？过去的"犟"字是有"牛"撑着的，人生一直有一股牛劲，这可是要好好想一想的。

陶渊明之伟大，在于直到最后，他都一直有这股牛劲。

这就是我们为什么要好好读陶渊明的原因，也是陶渊明的意义所在。

我在书中说过，陶渊明与人交流好像是有障碍的，也就是我们今天说的不善于沟通。可是巧嘴滑舌的人从古至今都不是少了而是多了。聪明人和傻子和奴才，鲁迅先生早就说过他们了，他们在现实生活中其实人人都不陌生。还有现代的孤独问题，这并不比古代更容易解决。数字时代人与人的深刻隔膜，不能沟通，已经进入了更可怕的阶段。现代人是孤独的，而且这孤独已经没有了陶渊明时代伟大永恒的抚慰：大自然。

我们需要待在水泥丛林中，在人造纤维的包裹中喘息。我们生活得更加可怜。还有我们的食物，比起诗人的时代已经危险十倍。与古人比生存，我们未必具有多大的幸运和优势。

陶渊明在至为苦闷之中找到了伟大的自然和田园的劳动，这是给人最大启发的。人与自然之手足情一旦失却，悲剧也就来临了。我们今天的悲剧之源，有许多正是起于此。

诗人在自然中找到的至乐与幸福，竟不惜用生命去换取，这就是他的过人的勇气。我们读陶渊明，读出了这个，真是怦然心动。

这种心动，人人心动，就能汇成时代雷鸣般的节拍，它将指引和规定人的步伐。

　　陶渊明之难学并不意味着不可学。像他那样一条路走下去，固然极难。想得明白易，做下去难，这是人人都明白的道理。我们常说要放下，这是好的，但真要放下就不易了。

　　学陶渊明之难，即在于看上去容易，因为他无非是回到土地上弄弄稼禾，这和今天的一些城里人回归田园的生活多么相似。果真如此吗？当然不是。在他那儿是孤注一掷，是永不回头，是从头开始，是誓不回返，是再也不取"五斗米"。

　　还有这真爱，爱星星与泥土，爱菊，爱柳，爱一壶浊酒。

　　他的朴素性与彻底性都做到了一个极致，尽管也有犹豫痛苦，但毕竟最终还是挺住了。奥地利诗人里尔克说过："哪有什么胜利可言，挺住就意味着一切。"陶渊明挺住了，如此而已。

　　我们学他，是要学他挺住，而不是追求胜利。因为说到底人生没有什么胜利可言。念念不忘追求胜利的，极有可能半道即垮下来，因为人生原本是没有那东西的，得不到，也就最后颓丧了。

　　只用胜利二字鼓励他人，是极不完整的，可能也不够诚实。人要在悲剧里挺住，如此而已。里尔克的话是有深意在的，读这句话，让人不再那么浅薄得意。

我的文学小史

　　我的文学创作是从读初中开始的。当时我们的校长很喜欢文学。他倡办了一份叫《山花》的油印刊物，制作非常精美。我和其他几名同学在他的鼓励下积极写稿。这种热气腾腾的文学生活幼稚而纯洁，令我一生难忘。后来我们当中有三个同学没有接着读高中，就带着一种怀才不遇的想法，凑在一起更起劲儿地"创作"了，主要是写诗歌。我们模仿了被禁读的诗歌，包括徐志摩的爱情诗等，还试着写过小说。

我的第一篇小说《木头车》就是在没有上高中的这一年写的。后来这篇小说收在我的短篇小说集《他的琴》中。1974年，我考上高中之后，又继续狂热写作，不知深浅，戏剧、诗歌、小说、曲艺，简直什么都写。1975年我发表了一首诗歌，收在一个合集中。初中和高中的文学气氛极浓，我是参与最多的几个人之一。

1978年考入大学，最值得回忆的事情是组织了一个文学社，并且办起了《贝壳》杂志。第一期发了我和另一个同学合写的一首秋天苹果园的长诗。回想起边读书边进行文学创作的日子，让人百感交集，那是值得铭记的岁月。

写作也是体力劳动，没有好的身体，很难跑好这场马拉松。不仅如此，身体状况也会直接影响文字的气息。亲近山水会使人得益。不过这方面我们常常差得多。李白、杜甫这辈子除了在大地上奔波，很辛苦，却也磨炼了身体，保证了他们作品的价值，有了"李杜文章在，光焰万丈长"。

当创作进入艰难状态，不必强迫自己写，要自然，要动感情。不要把自己当成一个专业作家，而是一个业余作者，这种心态极重要。尤其不要在创作上过多地谋划、计划，要信任自己认真的生活态度，以及由这种态度而产生的意愿。

从钢笔到键盘，简简单单的写作工具的变化，实则蕴含着整代写作人的心境的迁移。看先秦文学，写作工具原始而质朴，记录过程磕磕碰碰，但语言凝练，想象空间最大也最完美。由毛笔、钢笔、圆珠笔、键盘一路走来，写作速度获得了极大提升，记录是越来越便捷了，作品也越写越长。电脑打字效率是很高的，但是这像在催促人们赶路一样，在细微的、很难察觉的地方，会留下什么，影响到文稿质量。手写可以留出充分的时间去思考接下来的内容。所以习惯上，最重要的作品一定要用钢笔来写，一笔一画，雕刻文字，体会汉字的美。

写作《你在高原》，一度把自己关在舜耕山背后一个废弃的三线工程的小院内，几乎断绝了与外界的任何往来。断断续续住了好几年之后，450万字的书稿终于一个字一个字地写完了初稿。那么大体量的一部作品，如果不把自己与外界隔离，找一个安静的地方，很难想象得用多久才能完成。回想起这一段艰苦的创作过程，更多的是快乐。

在记忆里，16岁之前的生活环境是一片未经雕琢的大自然。茫茫无际的丛林、荒滩，人工痕迹很少，它对生命的塑造、世界观的形成、审美力的培养和未来的文学道路都有决定性的影响。一般人在说到山东文化的时候，都会想到齐鲁文化，很容易把齐文化和鲁文化混作一团。其实这是两种不同的文化，在很大程度上它们还是对立互补的。一个人文学品格的养成离不开狭义的文化母体。齐文化充满放浪、自由、幻想的精神气质，在我看来它更接近于文学本质。

作为一个生活在胶东半岛的人，想不受齐文化的影响都不可能。我的很多作品都源于齐文化这个流脉。很多人问，作品为什么表现那么多奇遇。我不是为了表现传奇而写传奇，而是过去的生活经历所决定，提起笔来一定要写到这些内容。无边的树林、无际的大海、很多的岛屿在飘摇的海雾里浮动，这里从古至今都流传着神奇的传说，这些传说如实地记录下来，肯定就有了传奇色彩。另一方面，并非一切的"荒诞不经"就一定是虚假的、一定没有现实意义的。

如实地记录传奇生活，对今天的数字时代是很重要的。我们生活在物质化的社会，需要想象、需要回忆昨天，这种回忆能起到反哺作用。能让非常现实的当代人，在对大自然的无限留恋和回忆中去重新塑造自己、乃至我们的生活。这是文学创作的意义之一。

一个好的作家首先要有感动，有与大自然交流的能力。大自然是生命的大背景，一个写作者不可能脱离这个大背景去面对人生的、社会的问题，它在生命和文学里是一个无处不在的元素。不能很狭隘地理解"大自然"这个概念。一个好的作者可能就是能够与一棵树、一棵小草甚至一块石头进行交流的人。当人的感觉与之接通的时刻，才和文学艺术的发条连在了一起。

技术不是用来谈的，而是工作中自觉不自觉的流露。好的作家大概会厌恶谈论技术，因为技术一直伴随着作家的创作。我在中学时代读过托尔斯泰的作品，上世纪八十年代初，把所有能找到的关于托尔斯泰的作品全读了一遍。俄罗斯作家的作品，只要是翻译过来的几乎全读了。此外还阅读过不少法国、美国作家的文学作品。托尔斯泰和雨果是对我影响最大的两位欧洲作家。但我从不刻意模仿他们的写作方式。受他人影响的情况是存在的，但作为一个作者，一生都在写一部"长篇小说"，那是很长的一部书。

《古船》是我的第一部长篇小说，动笔时27岁。回想当年，依然清晰地记得那种绷紧的生命状态。在28岁的时候，它就基本完稿，应出版社的要求又多次修改，终于在30岁的时候出版。在我所有的作品中，《古船》的出版量最大。后来写了18部长篇小说，但这18部作品的再版次数都没有《古船》多。从技术上来讲，《九月寓言》也许是更好更成熟的。这部书也是再版次数较多的。

在17岁到27岁期间，写了大量的短篇和中篇小说，积累了一定的文学经验，可以进行长篇创作了。但创作长篇小说不仅仅是技术层面的问题，而是作者用文字来表述个人生命的那一分感动。《古船》是在个人情感力量非常饱满的状态下投入创作的，这力量是无形的，却是决定一个作家能走多远的最重要因素。经过了43年的创作，技术越来越成熟，见闻越来越广博，交流越来越充分，经历了当代文学一次又一次的递进和变革，但是后来的作品却不一定超越以前。因为一部作品可以把自己的全部情感力量，对生活的判断、焦虑、不安、压力都融入其中，这在后来一直保持下去是有相当大的难度的。如果能一直保持那样的一种意志力、那样清醒，文学道路还能往前延伸很远。如果仅仅陶醉于技术层面的经营，陶醉于荣誉、评奖、广告，一个人的文学生命就会很快终结。

（文学采谈辑录，2015年11月—2016年2月）

辑四
山凹之月

不知多少次，夜晚，当我抬头看到这个山凹……山凹上方正升起一轮晶莹的明月，它的四周、它的上方，就是那清澈湛蓝的夜空，宝石一样的星星；一丝风也没有，清清的，冷冷的。

同一类声音

　　很显然，音乐能够告诉我一些什么。这种特殊的语言是任何其他语言所无法代替的。我在特别兴奋特别懊恼，以至于没有任何办法来打发自己的时候，总得求助于音乐。

　　我在它的诉说中安静下来或振作起来，情绪上恢复到一种健康。我越来越离不开它了。我深知我通过音乐所理解的那些灵魂，往往都是一些最纯净、最多情的灵魂。

　　我有时自问：我懂得这种声音吗？我想了想，我回答自己，我在这种声音中很感动，是真正的感动。我也遇到过几个专门家，很懂，但他们并不感动——职业的或其他方面的消蚀已经使其失去了感动的能力。

　　我总试图在一切的艺术形式之中寻找着某种很纯粹的东西。我有时找到了，并能够始终将其按住。一切美好的探索感知以及爱，都应该具有共同的性质。对一只猫、一朵玫瑰、一个人、一首诗、一个完美……的理解都应该在本质上取得一致。

　　要很感动。然后是感激。我常常在那种纯粹的东西面前涌过一阵深深的感激。这个时刻我变得比往常好，好得吸引了自己。

　　一本好书与一部音乐作品在我眼里差不多是完全一样的：都复杂深邃得无边无底，都让人险些双眼溢满了泪水……我几乎没怎么在那个时刻哭过，我是忍住了。我从很年轻的时候起，从小，就被饱受苦痛的人们叮嘱过——不要哭，不要哭……

　　很难说不是因为向往那种特殊的诉说，我从很早就迷于制作一些简单的乐器。我甚至蒙过好几面鼓——在海边上与同伴一起敲击，那种如在眼前的紊乱狂急的鼓点啊，为了敲给我的父亲听，他听到了吗？当时他刚刚五十多岁，从最不能忍受的地方出来了，又给打发到了拉网的队伍中。长长的网绠上伏了一溜儿人影，那其中就有父亲……

　　我太需要欢乐的曲子了，可是它慢慢变成了喧闹。我需要它再告诉我一些东西，它是更真实的，是生活之河厚厚的苔腻之下的激流本身。那些真挚的声音，那些一见如故的倾诉，只有它们才能打动我。

　　当年敲响的鼓是用一种鱼皮蒙的。我们不停地敲，一直把鼓面敲破，再重新蒙一次。我们的鼓点混合在拉渔号子里，甚至想压过它。那个高大凶猛的海上老大手持一根棍子，不停地在那一溜儿人影旁边巡视。他炸雷般的吆喝啊，号子与鼓声都压不住。

　　被我敲破的鼓都葬在了海滩上。

　　我长大了，离开了父亲和海。我是踏在自己的节拍上。

不知怎么，一晃就是这么久了，青春真是好东西啊，可是它离开我了——它将离开我了。这样的时刻我更不喜欢各种喧闹，受不了轻浮的声音。我寻找着更淳朴更真挚的倾诉。有一位盲人歌唱着，消失在暮色中。他使一个世界有了声音，而这个世界才是我们的。

让我忍住了什么的是，一个盲人，心气高远，他流浪在街头，一个人咀嚼着人生的崇高与卑微。他真的绝望了，早就绝望了，原来"绝望"可不是现代主义艺术家们所独有的；关键是决绝之后的选择——谁来援助一位盲人呢？中国人都"瞎子瞎子"地叫着，谁能给他一个有效的援助呢？他又是一位半隐半显的天才，有着第一流的艺术家才有的敏感。他在精神的高原上独自徘徊，咽下了一个不幸者和一个天才的所有悲凉。他的决绝、忍受、善良，成全了一份知识分子的顽强。

我明白，最好不要去打听这位盲人的身世、一生挫折。一曲《二泉映月》告诉了我一切。这支曲子只能属于穷人。它是富人的外语，而且无从翻译。人哪，在悲愁无告的时候，听听它的倾诉吧——好一场大悲大恸大悟大歌，好一场情感的倾泻。

它是永恒一曲。它真沉哪。

它留下来，风浪淘不走，留给了今天的人：守着真理的人，守着艺术的人、不怕贫困的人，一切又纯洁又善良的人、有志气的人……它成了一代又一代好人的干粮。

正因为这样，我走得太近了又怕灼伤。但我不能离开，我一个人悄悄地体味着那个人的自尊、宽容，琢磨着怎样才能永不自卑。今天有一种艺术又大又好，它们多半都是图解了这首曲子的。它无边无际……

　　我不会拉二胡，可那曲子是二胡奏出来的。我慢慢学起来，跑到很远的地方去拜师，乐器方面的进步当然很慢，但我在喧嚣的当代城市中怀抱一把二胡，就是怀抱了一个慰藉和依靠。它让人想起蹒跚的脚步、凉风中抖动的破旧长衫。

　　初春时家里来了一位女歌手。家徒四壁，没有什么好招待的，我就给她拉了一段二胡。我说拉得不好，她惊讶地说：挺好的呀！……称赞使我满意。后来才知道，她回家对家里人说了真话：他拉得可太差了……

　　如果我敲起当年的鱼皮鼓就会好多了。

　　但我深知：什么乐器在我手中都一样。它们只会发出同一类声音。

未知的命运

少男少女——两个贫瘠地区的儿童，放学归来的路上，倚在粗粝的石垒上谈笑。

女孩一手抱着板凳，一手捂着嘴巴，看着男孩。男孩笑得同样甜美，他把手压在身后，也像女孩一样，背着黄帆布破旧书包。他小小的年纪，笑容里却有了那么多的慈祥。

大约是半下午时分，放学很早；可能是一个周末，他们还有时间享受很好的阳光。所有的农村孩子，特别是那些贫穷地区的孩子，他们的食物极其简单，差不多都处于营养不良的状态；可是对他们最大也是最重要的馈赠却是阳光。是丰足而温暖的阳光使他们长得那么茁壮、健康。

两个孩子的头发都有点稀疏和发黄，就像他们脚踏这块土地上的禾苗和草一样。他们的服装让人想起久远的年代和最艰苦的岁月。这些衣服都不太合体，女孩的显得太小，男孩的则又显得过大。很可能这些衣服都在别人身上穿过。他敞着衣怀，露着胸脯和肚皮。女孩看着他，像注视生活中的一个主心骨似的，目光甜甜，微笑甜甜，稍稍的羞涩；她的手不仅掩住了嘴巴，还掩住了鼻子。她的诉说我们不得而知，但我们可以从男孩略带腼腆的温顺驯良、彻底愉快的笑容之中，体味一点什么。

我们可以想象他们的学校是多么贫寒，就像他们的山村和家庭一样。他们上学还要自带板凳，那可能只是一个空旷的大石屋子，墙上只有一块涂黑了的石板；或者干脆就是在场院上办起的一所野外小学——在辽阔的山区和平原，在一片广袤的土地上，不知有多少难以想象的艰难和困苦在等待着人们。他们与整个前进中的现代生活既丝缕相连，又似乎隔绝。他们仿佛只有自己独特的苦难、独特的生活，还有独特的未来。他们时时刻刻被人关注，被人提起，却又时时刻刻都在遭受遗弃。

乡村学校，关于它的记录，可以反映出一部辛酸痛苦的历史。形形色色的办学方式，形形色色的学校，简直令人眼花缭乱；有时甚至是让人惊心动魄、心惊肉跳。你如果看过了马背小学、船上小学、帐篷小学，并为这些顺应特异的地理环境和独特的生计而设计的办学方式表示赞同和认可的话，那么你对那些更为奇特的"学校"，也只有洒下一掬同情的泪水了。

在一片平原上，一片贫穷得不可思议、贫穷得毫无来由的土地上，我却见到了一生都不会忘记的"学校"。那是一片平坦的原野，土质很好，灌溉条件也很好。但这里的人一律住泥屋、草房，整个屋子里没有一件像样的木器家具，到处破破烂烂。这里的孩子大半失学。如果听到一句"孩子上学去了"，会让人感到多么高兴——你不由自主要去看看他们的学校。你去了，这才发现所谓的"学校"原来是一个破得不能再破的草棚，地上挖了一个个土坑，孩子们坐在里边，像一群小鸟一样露出圆圆的头颅。土坑的边缘就是他们的"桌面"。孩子们听见生人的脚步声，一齐回头，然后把手插进嘴里。这时候你会看到那一片带着惊喜和恐慌的明亮而纯稚的眸子，像星星一样闪亮。童年的眼睛看着你；也由于这一个个圆圆的脑壳是从土坑里探出的，所以你会想到屋檐下的泥窝里伸头伸脑的雏燕，它们张开的柔嫩嘴巴……它们嗷嗷待哺，它们饥渴难忍。

可是你能够给他们的是什么？两手空空，没有食物，甚至无法表达心里的苦楚。你只得怀着一片悲凉走开，怀着永远的同情和怜悯。这种心情缠绕着你，你走开了，它随着你。

而到了另一个地区，那里是丘陵，最不缺少的就是石块。在用石块堆成的空荡透风的大屋子里，所有的桌凳都是石板搭成的。很难想象在寒冷的冬天，这些冰凉石板会怎样损伤那些稚弱的躯体。而在有些地方，泥屋里的所有桌椅，都是用土坯垒成的，泥桌泥椅连成一体。那些巧手泥瓦匠们塑成了这奇怪而又巧妙的连体桌椅，只留一个小小空隙让孩子们钻进钻出。

可以想象眼前的这一对孩子。他们就是从类似的场所走出来的。可他们脸上是那么温煦的笑容，没有一丝哀愁。是的，他们还处在朦胧的年纪，没有更多的牵挂，也不知道未来。他们不知道总有一个未知的命运捉弄着所有的人，包括他们俩。在可以预见的那·截人生之路上，他们会走得非常艰难，坎坷在所难免。而在这道路上，别人也只能为他们祝福，并没有多少能力帮助这许许多多的、可爱而贫苦的孩子。

从笑容上看，他们互相爱慕。是的，不过他们还不到如此敏感的年龄。这就是青梅竹马，两小无猜了。这两个在未来会是依恋一起的生命吗？他们将来当然有权利爱，有权利追求更多的幸福；也许还要摆脱这片沉重的土地——他们有这样的权利吗？难以回答。这是父辈的土地，他们只是继承者，他们将自觉不自觉地继承这里的一切。他们的荣辱差不多也和这片土地连在一起。

神灵和土地会给他们勇气，他们将永远感激着她。

在风中

　　肉眼难以将风识别，因为它无形无色无味。但它可测可感可知。我们注视它，常常只是注视被它所摇撼、冲动、击打了的那个对象。因为它是风，是气流，是无限柔细可人又异常猛烈粗暴的一种奇怪物体。它创造了无数惊天动地的故事，它可谓平凡而又神奇。它可以轻轻地抚摸土地、植物和动物，让它们感到无比舒适，让其焕发青春，从昏迷中渐渐苏醒。有了它，生命才不至于窒息。可是它的一场暴怒，又足以毁坏一切希望，抛下一片狼藉，惨不忍睹。它造成的毁坏难以修复，不可挽回。

　　可是我常常感到最猛烈最可怕的风，不是那摧毁一切的狂飙，而是缓缓流动的、无所不在的、充斥一切空间的那种和缓悠长的吹拂。这种吹拂可以使许多东西锈蚀，可以让坚固的外壳腐败、剥落、褪脱。我们简直无从阻止，也没有办法阻止。它即便在使我们青春焕发的时候，也常常使我们付出了最宝贵最真实、用以维持生命的某种珍贵，把它们携到远方，交给那些我们从来都不曾知晓的角落。而另一些生命，则被它们全部携走，从此远离我们，沉到了另一个世界。

每一个生命都在风—— 无坚不摧的风、每时每刻都在左右我们的风——之中。这风并不总在使我们旋转和抵御，而大多数时间是在舒服地抚摸和撩动，从而使我们改变。这改变是慢慢完成的。

风，对于美丽的事物，对于顽强生长的事物，有时是颇有韧性的。它极有耐力地抚弄你，吹动你，撩拨你，让你在阵阵陶醉的欢娱中，告别自己的原来。它将把你缓缓地引诱或推动到一个新的场景中，让你成为这个场景里的一个点缀。

你的乌发飞扬起来，像火炬。这黑色的火焰，只有风才能使它燎成这样，不受拘束，狂放不羁。整个的你化为一首热情浪漫、妩媚动听的歌谣；你本身就构成一首绵绵无尽的、可以无限诠释和延长的故事。

你把自己最美好的东西交给了风，你在风中行走，你对于它是尽可能地坦露真情；你那么欢娱，上帝给了你值得骄傲的一切。你所向无敌，无坚不摧，就像风一样。风成全了你，你也化进了风。风对于你不可须臾离开，而你对于风又是最好的猎物。

你被风所猎取，而且永远不再交还。从你脱离了母体的那一天，你的母亲就在盘算怎样把你交给风。她愿意看到你在风中翱翔、飘飞、升向高空；她为你的升华、浮起而感到自豪。这个盲目而慈祥的母亲并不知道她这样做的后果是什么。后来，你在飞翔中沾上了越来越多的尘埃，风只能部分地抹掉它们，有许多被你吸进了肺腑；你越来越沉，越来越沉，终于，风再也没有力量把你托举得更高了。在完全始料不及的那个时刻里，你就不得不下降、下降，最后跌落到泥土上。

那时候你的母亲已经看不到了，你早已飞出了她的视野。

你在泥土上匍匐，化解和享用自己的痛苦。这些痛苦对于你，来得太突然太生僻；直到最后，你还不懂得去诅咒这无所不在的风，这成全了你又毁坏了你、最后彻底改变了你的风。

你试图寻找它，寻找它的力量，它的源头。你抬起头，用力地四下寻找。你什么也没有发现，它无形、无味、无色，无所不在又不可捕捉。

很费力地，你看到了一棵摇动的树——原来它在树上，它在树的四周。它为什么那么狂热地摇动一棵树？它想把它折断、拔起，像对待你一样对待它吗？把它抛到空中，把它举起，沿着地表飞行，又在某一个突兀的时刻将其抛于泥地？要知道到了那时候什么都晚了。因为树木已经在这飞行中被风干，被弄得没有汁水了。当树重新落到泥地上，就再也发不出根须和叶芽了。它将变成另一种物质，它不会是现在的这棵树了。

同时，她也发现这棵小树在阵阵摇动中发出了欢笑，枝叶抖动，那哗哗的笑声也就散发出来。它笑啊笑啊，享受着被摇动被吹拂的全部快乐。她还听见了在这欢快的笑声中，有那个隐秘的风的声音。它在忘情地对小树发出赞誉，说你多么优美多么娇憨，身姿婀娜，有不可抵御的神采；这微笑呵，这神情呵，这动人的一切呵——既然如此超凡脱俗，又怎么能把根须扎在这样闭塞的角落，一动不动？再说你又怎么有权利独自享受这美、这亭亭玉立？你怎么可以在这儿沉默，怎么可以待在这个贫瘠的空无一人的寒酸之地？走啊，我与你一起，让你去认识这个世界，惊动这个世界，震撼这个世界。我将带你走遍五洲四海，用越来越多的时间陪伴你，让无数的人为你疯癫，让他们为你去死亡，去长旅，去狂欢。总之那时候人人都愿意为你付出一切。那时候你就会感到自己对这个世界多么重要——你是多么重要，你是生命中的金子、时间的金子，你本身就是太阳最好的儿女。你这油绿乌黑的叶片啊，只有我的无形的手掌去抚摸，才能狂舞，才能变得像黑色的火焰一样，燃烧在空中和大地。

小树听着风的迷人絮语，流下了眼泪……

她此刻无比同情的，就是那棵小树。

自守与注视

　　在荒原的这一端，流沙覆盖了一切，每年冬春都是这样。那一层茸茸绿草、灌木，全部被埋在了下边。只有稍稍高大一些的植物，才能够逃过这场劫难。

　　当夏秋的雨水一场连一场浇洒下来，风湿了，湿润的风吹拂着，这一层干燥的流沙才会慢慢变绿。眼下，尽管初夏的太阳已经升起，可还是这么白茫茫一片。

　　这儿只有三棵树木，都是柳树。有两棵柳树几乎是连体而生，像同一个根脉长出来的；大约在三四百米远的地方，还长了孤零零一棵柳树，更远更远的地方、看不清的远方，影影绰绰好像还有什么树，但谁也说不准。这儿没有其他的生物，甚至连一只动物都没有。

　　入夜，只有满天的繁星——那儿大概是一个热闹的世界。它们遥视这满天闪烁的亮点，感受着空阔的宇宙。但是它与它们不可能对话，它们相距太过遥远了；而它与不远处那棵柳树之间也很少能够交谈，因为只有在秋风吹起的时候，它们才能借着风力把只言片语送达对方的耳畔；而平常，在这三四百米的距离内，它们要对话也仍然困难。

只有它们之间知道，这所谓的连体柳原来是一对夫妇。那细小一点的是妻子，那粗壮一点的是她结实而茁壮的丈夫。无论多么寒冷的冬天，多么狂暴的风沙，他们都互相依偎、互相抚摸、互相爱护。她弱小的身躯无数次地感受着丈夫那种体贴的柔情和保卫的力量。

夜晚，雨露洒到了连体柳上，他们就微微活动手指，抚摸对方的脸庞。往往是秋天刚刚过去，妻子就从丈夫脸上发现了很多皱纹，从他乌油油的浓发中发现一丝丝白发。她背过身去，拭去眼角的泪水。午夜，四野静寂，远处的那棵柳树也在安睡。他们紧紧地簇拥，亲吻着，小声诉说自己的心事：他的昨天、昨天的故事，他在广漠的原野上流浪的故事。这些故事都讲了一千遍了，可是丈夫永远需要这倾听、这微笑。

这棵粗壮的柳树，在许久以前是个猎人。有一次打猎迷了路，怎么也走不出这片荒原了。他焦渴极了，没有一滴水，没有一粒粮食；但他走啊走啊，永不屈服。他试图从焦干的沙子下面寻找水源，想挖出粗一点的根茎充当食物，后来全失败了。最后的时刻，他向苍天祈祷："让我变成一棵树吧。那样我就能在这片荒原上扎下根来，继续活着。"他的祈祷刚刚过去，就听到了一片唰唰抖动的声音。他愣住了。后来他发觉自己的双腿变成了树干，上肢变成了树冠，而头发，变为碧绿的叶子，那唰唰的声音就是自己的头发在风中抖动的声响。

　　他旁边那个身材纤巧的柳树，是在许久以前，一支强悍的骆驼队从这儿走过时，一个被劫持来的少女。她在午夜里逃出——跑啊跑啊，想趁这片夜色走向更加遥远的地方。到了黎明时分，弱小的女子停住了脚步，这才发现自己到了更加荒凉的一片沙原上，没有人烟，没有草木，连鸟雀也没有。她看着自己的回路：茫茫一片，一直到天地相连的远方，什么也没有。她吓得哭起来。正在这时候，她转过身，一眼看到了遥远处有一棵柳树——心中泛起的惊喜简直无法表述。她的泪水止住了，怀着一丝希望，向着那株孤柳跑去。她一头扑在树干上，紧紧地抱住了它。也许是她的体温让这棵柳树感到了什么，她觉得柳树在怀中微微颤抖。后来她朦朦胧胧觉得，是自己柔软隆起的胸部在使这棵柳树颤抖；还有，她灼热娇嫩的脸庞也使这棵柳树颤抖。

　　她伸出手指抚摸它，再也离不开了。

　　太阳升起，越来越热，白沙烤人。只有这棵柳树的绿荫能够保护她。她一步也没有挪开。一直等到了天黑，星星出现了，风安息了，一个长夜来临了。她独自一人，还有这棵柳树；就像白天一样，她紧紧地搂住它，抵挡这空寂与恐惧。她对它悄声细语，诉说着不幸的遭遇：那个骆驼商队的头人、可怕的凶残、不怀好意的狞笑，还有其他……泪水哗哗流下，打湿了树干。她不知不觉将这棵柳树搂得更紧。

　　大约到了午夜，她的诉说还没有停止。最后，她好像觉得有一只粗糙的大手在抚摸她的头发，她跳了一下——她发现是柳树的一个枝条碰着了头发。她长长地吐了一口气，重新把额头贴在了树干上。再后来，她就这样睡过去了。

　　不知是睡梦还是真实的情景，反正她听到柳树在向她发出询问，在安慰她；那有些粗糙的男性的喉咙让她一阵害羞。但她马上感到这是一个极为善良的人，正对她嘘寒问暖。一只大手抚摸她的后背，告诉她：我们都不可能走出这片荒漠，唯一的办法就是变成一棵树，像我这样，你愿意吗？

　　梦中她抬头看着他，点了点头。"你真的愿意吗，你不会后悔吗？"她点点头，说永远不会后悔……

　　太阳升起，新的一天开始了。崭新的太阳照耀着这两棵树。她在回答他的问话、立下誓言时，也就不知不觉间变成了另一棵纤细美丽的柳树。

　　他们从此永远相拥在一起，生活在一起。

　　也就在这·年的春天，在离他们不太遥远的那个地方，一夜之间又出现了另一棵树。只有他们知道，那也是一个常年奔波的旅人变成的。

　　在这片荒原上，每天，都是他们俩一块儿向他发出第一声问候。

　　他们互相注视着，直到永远。

如火如荼

　　一片茶花在风中抖动。夕阳下，它们真的如同火焰，在起伏的沙岭上燃烧，蔓延，呼啸而去；这时它犹如飞起的箭镞，如同星夜里连成一片的火炬。

　　夕阳下沉，更暗的光色下，那些低洼草地的茶花变得暗淡起来；唯有高耸之地的花丛才变得格外凸出，甚至有些耀目。西风搅动，它们像一片大湖掀起的浪涌波涛——这旋转汹涌的水流很快将冲决一切，继续涤荡。对于它们而言，土地上无所遮拦无所阻障，它们将汹汹滔滔，汇向海洋。

　　它们是荒原的激情，是最弱小者汇成的巨流，是哀号泣哭中的一次放声歌唱，是世界某个角落一次不为人知的冲动和释放。它真的不可扼制了……

　　只是许久之后，它才慢慢和缓下来，平静了；它开始抚摸天色，轻轻歌唱。它这会儿竟如此的抒情——徘徊低回的心情，悠远的思念……这片旷野上的茶花啊，竟有如此细腻动人的表述。

　　这个时刻，谁听到了它的絮语呢？谁听到了它充满诗意的呢喃之音呢？

它终将被遗忘，除非它在什么时刻唤醒了人的注意。不，它们是如此地独立、自我、完美；它们只是扎根在一片泥土上，不断地更新自己的生命，不断地焕发出崭新的笑容。每当太阳升起，把它们照亮一片，昂扬的歌声就充斥了宇宙的每个角落。百灵停下啼叫，雄鹰在高空凝止，野鸡蹲在树杈上静静注视——原野上绽放的浪花，银色的海，惊世骇俗的美……一切都献给了太阳。

月色下它们则像一处梦境，掩藏的，是一个又一个神妙的故事。这清纯的夜晚，它们把美交给了月亮。荒野在光色下洗涮，水流溅起的噗噗声中似乎真有鱼跃。

这是激动之后，狂涛波澜之后，迎来的安宁和叙说；这是引吭高歌的前夕，又一次涛涌的前夕。它就在这宁静中蕴含起更多的激情，变得更加细致，更加真切；它的情感世界永远不会浮泛，不会中空。

在雄鹰看来，这是大地催放的焰火，是生命的庆祝——这里看不到一丝人迹，所以这仅仅是大自然自己的庆贺，是来自她的伟大礼赞，是循环往复的冲动。

排遣之地

在这片雾雨蒙蒙的树林里，一排又一排长椅，还有那些护树栅栏，都空空地等待。一盏又一盏竖灯已经熄灭。

这是一个晚秋或初冬，万木凋零，大树变得严肃而沉默。这儿在等待游客，等待喧哗，也在等待第一场雪。季节来到了终结时刻，一切都在等待，等待接下来的另一种时光。四野安静到了极点，没有风，只有雨雾。

一个人从这儿走过，看看四周，又很快消失了。接着连一只鸟都没有飞过，没有任何东西打扰这个地方。

在荒芜萧索中，一个人可以扔下所有的伤痛和感慨。这是一处老年人才喜欢的去所，青春不会在这里流连。

那么好吧，迎着雨雾，迎着令人不快的脚下的水声和污泥浊水的迸溅，走过去。那脏脏的桌椅，看也不看，擦也不擦，且坐下来。稀疏的林子，灰蒙蒙的天空，微弱的光亮，一切都告诉他：寒冷将至。

他没有遗失什么，所以今天来这儿也并非寻找。他只想坐一会儿。

这片深色田园，一只鸟儿都不愿光顾的地方，真是特异。他一闭上眼就可以想到一个人：青春焕发的样子；她的额头，她的笑脸，她的繁花似锦；淙淙的泉水丰茂的水草，一切的一切；儿童、母亲，满足的父亲；还有咕咕叫的鸽子，飞旋的鸟——奢华时光留下的一切，都涌上心头。

它们来得太多太快，他不得不让它们溢流出来，与雨水掺和一起，铺上这片静寂。一次又一次的道别、分手、相逢……人们就在类似的场景里游走，徘徊，往复不息，没有完结。

咀嚼这些、回味这些时，想到了你。灰黑色的眼睛——这是神灵才有的眼睛啊。你的眼睛怎么映出这样一片风景！听沙沙雨声，它们打在干透的树叶上，把它们润湿，又把它们混入泥泞……

谁也不能摆脱，不能遗忘，因此只有排遣；而排遣则需要寻找一块排遣之地。

这个世界上，谁留给我们这样一个空间？如此亲切、荒凉、安宁；这里既看不到情人也看不到猎人，他们都走远了，走向自己的远方去了。他们去寻找湖泊、海洋、河川。于是这儿留下了一片空地。它在这里等待。

接近黄昏时分，从一个角落透出一个背影。她穿着风雨衣，身影很小，蜷在那儿，可能是抱着自己的膝盖。只是看着这个背影，心中一动。那可能是一个有着类似心境的人。他想走过去，他走过去了；可是在离对方十几步远的地方，他又阻止了自己。站着，唯恐打扰了那人。不知为什么，可能是因为他的背影吧，他这时把她看作一个女孩。他甚至在猜测她的睫毛怎样垂下，嘴角怎样闭合；鼻翼在翕动，她正看着自己溅满泥水的两脚、一双很旧的鞋子……

他重新闭上眼睛坐下了。这当然不会是一种巧合，不会是他烂熟于心的某一个人。可这实在是太巧合了。无论如何不能不说，这太巧合了。

可是他愿意这样，他觉得是这样。那件斗篷，深灰色的，抚摸过无数次的柔软，怎么会忘记呢。可是他这会儿又清楚地知道，她在一片大水的另一边，而今，这个时刻，绝不可能飞回这个地方——他也不记得他们在此地相会……不，完全不是，这个地方他只是偶尔踏来。

这儿太荒凉、太寒冷，像记忆的坟墓。

……那清脆的声音，那无法复制的、世界上最柔软的声音，如南方的水。

一个五十多岁的人才有的心情，一个二十多岁的人才有的回忆，一块儿加在了他的身上。

年过半百，心中悚怵。他注视过自己的眼睛，它才是真实写照。无论戴上一顶多么时髦的帽子，或者是系上一条多么鲜艳的围巾，都无法消除两眼之中沉淀的重量。这是半生飘泊、五十多年的时光赠予的礼物。眼睛刻下了全部印痕，它们已没法消除，没法隐藏了。

他站起，弓着腰往前。雨雾在他的眉毛、花白两鬓上，都留下了细细的水珠。多么好啊，细小的雨，不急不缓的雨，轻轻洗刷的雨，把他整个润湿了，也给一点生机和希望。他寻找着，发现什么都可以抛弃，唯独不能的，就是那儿声简简单单的问候——对生命的问候。他把它收下，不放，紧紧地拥有；是的，他直到来生都会品咂它的甘味，他在来世还将挽住它的双手。就是这样，嗯，是这样。

雨水顺着额上的皱纹流下，天哪，时光可没有忘记在自己的面部刻下这些小渠。流动啊，流动啊，多么细小的水流，那就是往事了，是往事在流动……那么多的往事交织一起，糊个满面。脸上的皱纹细密繁多，有人说它像蛛网，而我说它像灰尘。是的，时间的灰尘蒙住了我的容颜。我讨厌这灰尘，可用力地赶，使劲地赶，都不能使脸颊重新变得光洁。青春的光泽哪里去了？亲爱的朋友，我的往事，我曾经紧紧攥住像一对猫爪一样柔软的手的那个朋友，依偎我呵护我的朋友，你能回答吗？

在寒冷的秋末初冬，两个季节的夹缝，他走来走去，走来走去；他看着自己呼出的气体——雪白雪白——它让人想起喷气式飞机划出的那道不愿消失的长线……人生的航行……走向远方、回归、流浪、浪迹天涯——这些字眼都空荡荡的，让人难过。可惜它们都一直发生着、发生过了。我的孩子啊，我的孩子的孩子，我的未来，我的未来的未来……

只有在这里，他才能够想得遥远，把不能表述的心情，寄托给这雨中的长椅、灯柱、树木，以及它们组合一起的安静……

生命的力量

　　谁能想得到，一片坚实的水泥地板，有一天夜里忽然发出了咔嚓咔嚓的响声。它本来是由石子和水泥铸成的，几乎是不朽的，像钢板那么硬；它甚至发出一种钢蓝色——水洗之后，这种光色常常让人将其误为金属。

　　可是我们今夜听见了它咔嚓咔嚓的声音。

　　后来，几天之后，你发现它有了一道裂纹，细细的。你略有不安。因为这裂纹一点点加大，不是一道，而是好几道。你感到好奇，蹲下来观察。

　　又是几天过去。你发现在几道破碎的裂纹交会点上，露出了针尖大的嫩芽。你差不多是惊呼一声，跳了起来。后来你又蹲在那儿更仔细地观察，伸手去抠裂缝，试图解放那一点绿色。完全做不到，水泥板坚硬得很。

　　你想：完了，它注定会被扼杀。这时候你甚至怀疑那裂缝不是由它造成的。但是后来你又很快知道自己错了——因为裂纹仍在扩大，那针尖大的绿芽挣扎着伸出头来，已经绽放出两个叶片。

你发现这是很熟悉的两片叶子，是什么，暂时还想不起来。

出于对它的怜悯，你又一次用手指甲、用一根铁条去撬，去解放这个稚弱的生命。

仍然像上次一样，地板如同钢板，它不过是有几道裂缝而已。

一个星期之后，再一次看这片水泥板时，你大声惊叫了：原来裂缝之间的板块碎掉了，那儿长出整整一大捧绿色的叶子和枝丫，它们硬是顶破了坚障；这会儿，它们正蓬蓬生长，叶片上满是阳光。你看到有几块水泥板碎成了巴掌大小，已经完全松动了。这时候你认出：它是一蓬枣棵。在它的枝茎上，叶芽上，长出了小小的尖刺。

它旁边的水泥板又在破裂，又有新的绿芽钻出。你拿起被顶破的一块水泥板端量着，发现它的断碴儿足有两厘米厚！天哪，这真是一些柔嫩的稚芽弄成的吗？这是什么样的力量，这简直是一个神话……如果不是亲眼所见，你无论如何都不会相信。

你想给它留一个照片，因为这是一个奇迹；而所有的奇迹都应该被记录。所以你就那样做了。

这一次生命遇到的是坚硬的地板；而生命还会遇到各种各样的、几乎是不可逾越的险阻，比如干旱、烈火、刀子的砍伐和镢头的挖掘：各种戮伐都有可能发生。我们看到春天萌发的那片绿芽——有时这只是粗暴的挖掘之后，留在土里的零星根须所萌发的；久旱不雨的荒漠上，却那么顽强地生长着草和灌木，还有星星点点的花朵……这就是生的顽强，生的欲望。死亡是黑暗，是永远没有尽头的黑夜；就为了那一线光明，它在倾尽最后的力量挣脱，向着光明探出身躯，哪怕只看一眼，只看到一角天色，也不枉费一生。

关于求生的故事不知有多少，那真是言说不尽。没有生命的电光，黑夜就会笼罩。生命迸发出电火，照亮午夜的苍穹。星光太遥远了，它在太空闪烁，辉芒还不足以光彻人间。比如说我们无法在星光下读书，我们仍旧需要灯火。灯火就是燃烧，是高高举起的光明。

石板覆在沃土之上，禁锢孕育万千生命、有着无限生机的大地。大地是力量的源泉，大地可以产生无尽的奇迹。再坚硬的石板，比起大地，也仅仅是微不足道的泡沫。大地上有一层肮脏的蛛网，它等待一只手将其拂开、擦掉。

一个生命终于来到活着的空间，有声的空间。听啊，这么多的嘈杂、喧闹、叫嚣，各种各样的声音都汇集一起。多么雄壮的音乐，多少曼妙的歌唱。这一切都是在黑暗里难以寻觅的。

这束枣棵不记得埋在黑暗中多少年，它总是被巨大到难以想象的沉重所压迫，不能伸展四肢；它的脊椎就要折断，它咬紧牙关才挺住。又过了许多许多年，煎熬使它夜夜泣哭，走入绝望。为了驱赶这绝望，它只得用五彩缤纷的梦境，想象那一天到来的幸福。它就用这不灭的希望鼓舞自己挺起脊背，攥紧拳头。它开始击打，不停地击打。一开始，回应它的只是沉默。它等待每一年里最有利的季节，那个季节的名字叫"春天"。

在春天，它才觉得身上充满了过去所没有的勇气和力量。它听到的都是自己攥紧拳头时骨节发出的啪啪声。在极为安静的时刻，它听到了遥远而迫近的呼唤。那是生的呼唤，是光明在呼唤。

许多年前，母亲离开时把它遗在深土里。那时它只是短短一截根须，为了生，它就用力地抓牢沃土，吸吮着。就这样，它活下来，鼓着勇气默数时间，寻找能够挺身而起的一天。

……最后听到了破裂声，它简直不能相信。看到了从缝隙里射进来的第一缕阳光，不知因为炫目还是因为感激，泪水哗哗流下。太阳升起来了，阳光越来越亮——这时谁都看到枣棵满身满脸都披挂着泪水。

这么多的泪水，这在过去从未有过。泪水把四周的地板打湿了。这是幸福的感激的泪水。

就这样它第一次看到了太阳。它不认识它，只在传说中听过它的名字。很久很久以前，母亲曾指着大地告诉它：这才是万物的生母——而这个时刻它仰脸看着太阳，只想叫一声"母亲"。它不知道这样称呼对不对，只是泪眼汪汪看着。

它在心里默念：太阳啊，是你给了我勇敢，给了我一切。

梦的故乡

　　你的记忆当中，那儿有硕大的树木，有茵茵草地，草地上有一两头花牛觅食；一旁是隆起的土丘，丘下有一些狗尾草，它们正在下午的阳光里发出灿灿金色。这片稀疏的树林中有许多空地；那些大树已经非常苍老，树枝一半干枯，另一半长着绿油油的叶子。一棵石榴没有结果。透过大树枝丫看去，更远处有绿色山脉的影子。

　　林子里没有一个人影，安静、温暖、爽气。在这里，无论多么美好的事情都可能发生；它真是人的向往之地，流连之地。

　　可是不知为什么、不知在何时，这一切全部遗失。它像从地图上一下抹掉了一样，了无痕迹。它没有名称，什么都没有。原来的大树呢？那两只花牛呢？

　　我们眼下所能看到的只是灰色一片：丑陋的房屋，从他方模仿而来的样式老旧的楼房，盖了一半的建筑，弯曲的凹凸不平的路面，灰尘，轰鸣的拖拉机，汽车，还有拥挤的人群。如果不是我们记错了，那么眼前这一切就落在过去那片丛林的原址，是它化成的；而那片丛林变戏法一样飞掉了——在今天这个喧嚣的世界上，它沦落何方？又该托放在哪儿？

我们找遍了大地，到处都没有它的影子。看来它只有托放在胸口这儿，在心中、在梦中。如果连这一点都做不到，那我们就真的连一小片歇息之地都没有了。

怎么也弄不明白的是，一片那么好的丛林，换取的竟然是如此丑陋的一派灰色。这未免太不合算，太令人懊丧。我们不知道是一些什么人，他们一旦获得权力做这种兑换，就做出了如此愚蠢的选择。你为此而痛恨，痛恨得牙齿发疼、两手颤抖。可是你既无法诉说，又找不到一个人倾吐。

这种恼怒和焦虑长久地占据你的心房，你为此耿耿于怀，甚至彻夜难眠。你站在午夜的窗前望着北方，惦念北斗下的故园。那里有一片温暖的秋天，有两个花牛，有稀疏的林子、大树；你曾经攀在粗大的枝丫上，两手抱着后脑去看树隙的天空……你明白，是时代的掠劫者将它们掳去了，而且不再交还。

他们仅仅是你的敌人吗？不，他们是许多许多人，特别是那些曾经拥有那片丛林记忆的人的敌人。谁拥有这些记忆，他们就会是谁的敌人。想到"记忆"这两个字，你不由变得更为沉重起来。因为你知道，目睹过那一切的才会存留这记忆的图片；而远远比你年轻的人，也就是说后一代，是不会拥有这个记忆的。而没有记忆，就没有了仇恨。天哪，你惊呼着，在屋里走来走去——你在想怎样把这记忆送给更多的人——因为你突然发现，交给别人一些记忆，提醒和增加这种记忆，是无上光荣的，是一种善举。

　　于是你就开始了。

　　因为你不停地在人群中，在认识的和不认识的人中间诉说你的梦境、你的记忆，这又使不少人产生了一些厌恶。他们像看一个精神病患者似的，看一个"口吐呓语"的人。他们有时甚至把你看成了一个愚不可及的怪人，看你絮絮叨叨，讲述一些陈旧的、让人漠视的故事。这些故事因为陈旧而变得毫无新意，也构不成什么刺激。

　　你年纪已经很大了，可你的思维还处于童稚状态。就这样说着、走着，终于有一天遇到了一个白发老人——

　　老太太一把抱住你，泪流满面。她说："我的儿子，我听见了，你说得一点不错，一点不错！我们过去那个地方就是这样，就是这样！"

　　你揉揉眼睛，也流下了泪水。因为你认出了面前的这位老人：她是你的母亲。

　　你扑进了母亲怀中。

森林之冬

　　西北风把雪粉糊在槐树和杨树黢黑的枝干上。最严酷的季节来到了。脚下是雪，四周都是雪，天空已经许久没有露出阳光。

　　在这样的季节，树木的身躯被强劲的西北风所压迫，向东南方倒去。可它们总是尽可能挺起身躯。寒冷，北风，使它们裹紧了黑色衣衫，默默挺住，不吭一声。各种攀缘植物——那些往日里亲昵它们，向它们纠缠索取，不断讲叙甜言蜜语的藤蔓，这时都像纸屑一样碎裂了，脱落了。它们坍在脚下，又被大雪盖住。

　　在风中剧烈摇摆如同芜发的茅草也没有了。森林变得如此干净、光洁，只剩下了乔木。为了抵挡这个可怕的季节，它们叶片脱尽，激情敛起，一切都收入内心。

　　这就是严冬：沉默的季节，收敛的季节，默默挨和挺的季节。

　　小动物回到洞穴，草獾和刺猬再无踪影。它们顽皮可爱的鼻头上，永远留着的是秋天里那最后一滴露珠。它们洞察一切的眼睛，只稍稍一瞥，就察觉了季节的危险。它们走开了。

只有猎人穿着坚固的皮靴，顶着厚厚的棉帽，还在树林缝隙里四下寻索，提枪在手。他的后边，是跑颠颠的猎犬。他们想找一两只草兔和不识时务的飞禽。他们留下了紊乱的脚印。森林里一直没有听到他们的枪声。这是一个庆幸。

在这安静的，连扑扑落雪都听得见的时刻里，最好谁也别来打扰。

这就是那个冬天，我在林子里跋涉……

快一整天了，没有吃的东西，没有见到任何人影。背囊里只有干结的一块锅饼，还有最后的一口水。身上热汗涔涔，可是不能停下。稍一驻足，北风就会把汗水变成冰凌。大约有两次，我确信自己是迷失了方向。灰蒙蒙的天空看不见太阳，辨不清方位。好几次想努力听到一声嚷叫，哪怕是一声狗吠也好，那样我就可以判断哪里有村庄，有人迹。没有，什么都没有。偶尔传来一两声寒鸦的呼叫，它们只能增加我的焦虑。

我不知这片林子有多深多远，只知穿过它才能看到清晰的路径。我简直像一叶扁舟落在茫海，看不到自己的岛，没有出路，没有希望。而且非常可怕的是，我不能停止，而只有向前。我判断的余地是那么小，选择的余地也是那么小。

这儿只有数不完的树木兄弟，它们像我一样，在无奈中忍受。它们企盼的是春天，而我企盼的是走出森林之冬。

我稍稍有些后悔的是，为什么要那么焦躁地离开滚烫的火炕，噜噜叫的炉火，还有炕角上蜷着的那个纛花大猫？

在我即将离开它远行的时刻，它还浑然不觉地伸出温暖的胖爪，在我脸颊那儿推动着。它伸着懒腰，打着瞌睡，闭着一只眼睁着一只眼，瞥我一下又睡去。它不知道我即要开始的远行。最后一刻我抱起它，亲了亲，在它迷惑的神色中提起背囊。

就这样，我开始了自己的远途，进入了这片冬林。

身后是一串脚印，白雪的完美被我踏破。这个时刻回返已经来不及了，因为走不上一两个时辰天就会彻底暗下来，那时我差不多会冻死在这片林子里。我看不到自己的脚印，缓缓落下的雪粉很快会把来路遮盖。

显而易见的是，我只有往前。

这时我不得不盘算怎样节省背囊里那块像铁一样坚硬的锅饼了。出发的时候我几乎没有更多的准备，好像只是匆匆上路；我对旅途的危险完全没有预计。因为我不止一次走过远路。我并没有把这一场跋涉想象得多么可怕。这当然是我错了。我幻想着在太阳落山、在接下去的漆黑一片中，能够从树隙里看到前面有一个温暖的灯光。那个时刻该是多么好啊。

太阳越来越低，天色越来越暗。我想这可能只是午后四五点钟的样子，厚厚的雪雾使黑夜提前到来了。多么艰难的未来的一截路啊，我只能像这冬天的树木一样，冷静、严肃、忍耐；我将走下去，义无反顾。

我把背囊往上耸了耸，在一棵粗大的树上倚了一会儿。

山凹之月

不知多少次，夜晚，当我抬头看到这个山凹……山凹上方正升起一轮晶莹的明月，它的四周、它的上方，就是那清澈湛蓝的夜空，宝石一样的星星；一丝风也没有，清清的，冷冷的。

我心中常常蓦然一动，闪电一样的感激从心上划过。于是我再也不能平静，伫立那儿，看着这山凹，这月，这清水洗过似的天空。

——简直是一丝不差的移植，从远方将整个的一个山凹，不，将整个的一幅夜色和图画，移植到了这座城市的东南方，它靠近我现在的居所。我觉得这是上帝对我的莫大恩惠，是我难以报答的恩典。或许是神灵怕我遗忘了什么，给我启示和点拨，它告诉我：你在艰难时日里曾长久地凝视着这样一座山凹，每天都要迎着它走去……

是的，二十年前的流浪之途上，有一个小山村把我收留下来。我后来在一个山间作坊里找到了一份工作，得以免除饥寒交迫的生活。我做夜班，每天夜晚从居所走出，涉过村中那条小河，登上岸，一抬头就看到了这样的山凹——它上面是刚升起不久的月亮，是一天繁星。

山间作坊就在山凹下边，山半坡上。

多少年过去了，山凹之月在我心中却是永不消失的图画。我记得是这幅图画搭救了我，挽救了我不幸的少年……后来，直到几年之后，我才翻过那座山凹，走上了人生的另一里程。但我心中，作坊里的嘈杂、幸福的欢笑，就像离它不远的小河一样，永远喧腾和流动。我与他们的友谊，我们一起的故事，一生难忘。

我将记住自己是一个被搭救者，一个刚刚找到居所的流浪少年，头发满是灰尘、脏乱不堪，是朴实无华的山里人收留了我。

记得这个苦命的作坊烧了两次大火。

第一次大火烧得可怕，屋顶全部燃成了红色，不停地往下落着红色火球。作坊的东西刚刚抢出一半，火势逼人。他们再不敢扑进燃烧的作坊了。那时我突然想到作坊是我的命，就像自己的肉体被点燃了一样，我不顾一切地腾跳起来，独自冲了进去。我在唰唰下落的火炭中跑动，背上、脚上，到处都挨了燃烧的东西。可是我对灼痛浑然不觉，只拼命往外抢。紧接着，更多的人也跟我扑进了火海之中……

事过很久之后，我抚着身上的伤疤，似乎觉得难以置信。但我心里再清楚不过：这个山村、这个作坊，真的是我一生的恩情，是生命所系，我维护它真的就像维护自己的肉体……

第二次大火，我恰巧出门不在。回来后才知道，就像第一场大火一样，那些救火者在半夜里呼号着，勇敢无比，把燃烧的物品，甚至是汽油桶拼抢出来。

有一个四十多岁的山村妇女，为了抢出一团熊熊燃烧的胶线，竟然一路抓牢了这个炽亮的火球，一口气跑到小河边，把它投入水中。结果她整整一条手臂都烧坏了。

那是一个夏天，我刚赶回来就去了医院。看着她躺在床上痛苦的样子，那烧得卷曲痉挛的手臂，我的泪水无论如何也忍不住……

这就是我们的作坊，这就是那个山凹下的真实故事。

很久了，我到更远的远方去了，再也没有回到那个山村。我越来越没有勇气回到那个山凹，心里装满了对它的亏欠。

面对此地的山凹之月，心情难以表述。类似的感触太多了。在我人生的旅途上，感念、恐惧、亏欠和怜惜，常常纠缠着，交错一起……我知道它们对于我多么重要，它们唤起忆想，触目惊心。

我不愿诉说，不愿回首。因为它不可忍受。

亏欠，幸福，报答，追寻，我自己深深知道它们意味着什么。我明白更好和更重要的，是叮嘱自己，是能够在这山凹之月面前感到惶恐和惊悚，是那闪电般的感觉还能回到心上——我将因此而不会毁损。

人的一生会留下许多残缺、很多不能完成的篇章。也许我在一个段落的中间就会止步不前，就会长久地休息。可是，我只想在充分的自我把握之中，悄然地结束……

作坊里有一个两眼漆黑的姑娘。她神秘地出现在小小的山村。她不太像土生土长的人，可又的确是从那儿出生的。那张苍白、没有血色的脸，瀑布一样的黑发，特别是那双又圆又亮的、浓黑浓黑的双目，都使人惊讶又费解。她突然地出现，又突兀地消失。我还目击了其他的故事，生的故事、死亡的故事，荒唐的故事和欢愉的故事。

那么多喜剧和悲剧在那个山凹下发生了。

我最后离开时简直是逃脱一般。美丽而苦难的山地装满了恐惧。我不敢更久地逗留，我必须逃开。

至此，我又重新恢复了一个流浪者的形象——一路奔波，奔向远方。

无论我走到哪里，山凹上方那轮像水洗过一样的月亮都随我移动。我走向山区、平原、城市、农村，走向海滨，走向城市的郊外，它都凝视着我，跟住了我。它似乎在提醒我从哪里来，让我一如从前，像过去一样，没有一丝一毫的改变。我只可以长高、变老，身上增添皱纹和年轮，但不可以在内部、在灵魂深处有一丝一毫的变质。

我知道城郊山凹之月从哪里来，我由它的来路即可以找到自己的来路；我循它在苍穹划过的痕迹就可以找到自己的往日踪迹。

每个人都曾经披星戴月。于是人才可以记得起他的过去。他会努力地追忆许久以前的那轮明月、那一天星斗。他终于有一天会恍然大悟：就是这同一轮月亮、同一天星斗，随着他移动到西，移动到东，随着他从出生到死亡……他原来在领受宇宙之神不变的目光。

…………

那一天我仿佛听到了呼唤，一颗心都要急得跳出。没有别的选择，只有向着北方，我的出生地奔跑。

我不顾一切地奔跑。头发被风吹乱了，衣服被荆棘划破了，鞋子脱落了，可是都没有停止。翻山越岭向北，一直向北。月亮升起来，很快跟住了我——它大概不愿让我一个人孤寂地赶这么远的山路。

它伴随我飞一样来到了平原，来到了海边荒原。

我回到了亲人身边。是长长的呼唤把我牵引回来，我没有白来一场。

这一次长长的奔跑让我至今回想起来就要感激得流泪。我像孤儿似的从东到西、从南到北，游荡不止。漫游之路上只有月亮陪伴我。我停留它亦停留；我飞奔它亦飞奔；我痛苦，它就流下大滴的泪珠。

今天今夜，我来到了这个城郊，却站在了昨日的山凹之下。

山凹上方还是它，在那儿注视我。

思念和隐秘

　　一个人在安静下来的时候会发现，他这一生要同时面对"短暂"和"漫长"。这是一对多么巨大的矛盾，可是不可避免地交织了人的一生。这种矛盾使他焦灼和痛苦，而且难以自拔，不得挽救。到后来，他或许可以寻到一种自我搭救的方式，比如获得自己的隐秘，造成自己的思念。

　　是的，这是他自己的方法，也是人类的方法。它有时是行之有效的，于是不断发生，不断延续。它真的是属于我们人类的生存的方法。

　　所有人都在自己的空间和时间里存在。他们来去匆匆，各自获得了一分安宁和安慰。他们不愿舍弃自己的东西，却愿获得许多额外的援助。这就是一场流动不息的生活所包含的奥秘，任何人都不能游离于这个奥秘之外。

　　在这同一时刻里，他在寒冷之中，你却在温暖的南国；他在水边，你在山脉；他在干旱的大漠，你在温煦的湖泊之畔——在那个美丽的湖畔……你忙碌着，悄悄奔走，迈动着不大的步伐。

　　他还记得你的微笑，善良的微笑。你是否从来如此，他不得而知。可他说，他觉得你那细小的牙齿在启开的双唇之间，显得那样美丽……类似的思念给了你，给了他，给了我们所有的人。他不能够理解你正在忍受的生活。他认为这是一种忍受，可是这世界上又有多少人能够理解别人的忍受？忍受和安度、欢欣的忙碌，它们之间到底有多少区别？我们不知道。只有这美好的永恒的劳动，给人以最大的安慰。我们找到了生活的根据，也找到了一个出发的通道。人生的路口就在劳动的双手之间，在汗水和茧花之间。我们看到了前进的溪流，看到了旅途的果实：它怎样被滋润，被采摘，被收藏。

　　我们正在阅读自己所钟情的这一切，它们使人着迷，使人猜想，使我们和很遥远的那个心灵对话。他不知道它对于你是否同样重要……从那一刻开始，你就消失了。他可以使你重新出现。可他觉得那是无聊而稚拙的。他在自己的角落遥望着，思想着。多么美丽而安静的人生。你那光润的额头上永远顶着一片清朗的天空，你深邃而凹陷的双目，正茫然执拗地看着这个世界。那是一双精明而无知的眼睛，也是一双迷人的眼睛。它吸引了很多隐秘，也吸住了许多光阴。你不是在成全自己，而是为了成全别人，成全那些你从来都不曾知道的生命。很多寂寥的人，因你而变得丰富和幸福。他们不愿把这些告诉你，他们在自己的仰望之中走得越来越远，步伐坚定，心情美好。

　　八十年代初的一个上午，交通车、黄河、北郊……好像是一个初春，冻土开始融化，燕子飞来飞去，没有冰，只有春水……那以后他将消失，无论你怎样询问，都没有回音。他从来不说那个容易混淆的要命的字眼。是的，它可以融化，可以囊括很多琐屑；它是一切柔情的生命和光泽。即便在这个冬天，在呼啸的风中，一个人也将依靠着它。

人好比一辆蒸汽机车，需要热力的支持，需要燃烧，催发热腾腾的蒸汽，推动自己的活塞，让它奔腾，焕发出轰鸣和力量。可是那个灼热的种子很可能在遥远地平线的那一端，不过它的确存在着，并无时无刻不在准备着萌发。

当他打起背囊离开时，选择了一个像现在差不多的冬天。结果他在那个真正孤独的地方生活了很久。那里离你更加遥远了，遥远得你从来都没有听说过它。在那个小小的空间里，他把背囊放在一个角落中，从此开始了另一种生活。

这种跋涉是困苦而欢愉的。对于一个人，他大概不会有更多的机会了。太好了。默默的守望之中，他反而可以离隐秘更加亲近，也可以由此把人生变得更加安详。他不需要他人理解这一过程和变故，也不希望在有一天让你那双惊心动魄的目光扫到这个角落。这是他自己的角落，他怀抱着自己的温暖和隐秘劳动。也许你在轻轻呼唤着。那莫名的呼唤充塞了所有空间。可是这呼唤他也充耳不闻。它本来就应该落在一个空洞的地方。在那个深渊里，他看见迷人的吉祥草翻涌着升腾起来，长满崖壁。它们开放得何等绚丽。它们诱惑了所有的人，却唯独让他驻足遥望。他没有走向近前，只在远方盯视着。他看到红色的云彩在它的上方轻轻流动，落日就从那儿滑过。一天结束了，夜晚来临了。

在这往复不止的长夜之中，他感觉着自己的安逸和幸福。他的呓语像海潮一样时急时缓，但没有终止，没有停息。它就这样继续下去，一直到另一个人来继承它，捧走它。

在河边丛林，在一颗摇摆的小蓟的花朵旁边，他似乎看到了你的笑容。这平静的笑容再一次感动了他，引起诸多怀念。他不由得要向你讲叙这半生的流浪和长夜的煎熬、不倦的阅读、无头无尾的对话和诉说……他想让你倾听，当然这不能够。好像在冥冥之中许多东西都已确定了——这种宿命的猜测已经多次将他打动，摇撼，让其心向往之……

假如一切如此，也就变得可以理解，可以容忍了。

两个人好像一起走到了一个分水岭上，然后各自沿着自己的方向往前，都是下坡，是溪水奔流的方向。后来他们走到了自己的河边，随着流逝的水，汇入了茫茫之海。那里的阔大淹没了他们，各自回头，都寻不到对方的声音和踪影。这很好。这样的沉默和怀念才真正美好。有多少人能够享受这种美好？正因为这美好，人们才变得善良，变得能够宽容也能够识别"宽容"。

感谢这温暖的夜晚吧，感谢这寂寞中、北风呼啸中的温暖吧！

梦中的铁路

　　那片平原显得太遥远了，远得不可企及……渴望着飞翔、滑动，渴望在更短的时间内，飞到母亲身边。

　　有什么力量和机缘能使我在这个夜晚，在北风消失的时刻，能迅速地返回那片平原，坐在母亲的面前，在那个稍稍陈旧的木桌前……

　　这是梦中的渴求。它或许不难做到，因为从这个城市到母亲那儿仅仅隔开了不足一千华里。

　　好像在五十年代中期，就有一个伟大人物端量着地图上的这段距离，用一支铅笔在纸上描画过：他说要在这个区间修一条铁路，单轨铁路。可是一连串的荒唐岁月把这位伟人的计划全部耽搁了，他自己大概也忘掉了，没有那个牵挂了。

　　在那里，我有一位母亲。

　　不只是母亲，还有母亲般的一片平原；那片沃土、海洋、无数的动植物，它们都是我心中的牵挂。我需要那里的空气，那里的河流和海洋。我的生命就从那儿滋生，我既需要从那里出发，又需要一次次的返回。我必须在这一段距离中寻找着自己的世界。可是我不能够飞翔，甚至不能够沿着两道铁轨滑动。

多少年一晃而过，这期间希望有了，又消失了。后来又是希望。我不知道这种循环往复还会延长多久。我没有这种创造和决定的力量，可又似乎没有必要指望他人。我在崎岖的道路上颠簸辗转，一次次回到那片灼热的土地。

没有人能够理解土地与土地之间的差异和奥秘，也不会有人对它们做出更多的解释。对它们、对他和她，对我的亲人和朋友，没人能够想象我这无尽的怀念。别人不知道当有人失去这些的时候，会跌入怎样难以承受的悲恸。那才是非常可怕的一天。就为了阻止那一天，他不由得要在近处盯视，守护，就像一个看护原野的人一样，总在那片土地上来回徘徊。

没有尽头的徘徊，牵肠挂肚、愁肠百结，一切潜在人心深处。它们藏在了心中，又被一支纤细的犁铧埋进土里。种种与人生一样漫长的耕作不会停息，只要生命尚存，就会继续。

梦中有两道锃亮的铁轨伸进了那片平原……

这不是一种懒惰和软弱的依赖，而是随时发作的冲动和焦虑所催生的梦境。让那两道闪亮的铁轨早些伸展和生长吧。

很小的时候，在外祖母的童话里，我似乎就看到了这两道锃亮的铁轨。后来长大了，走进了山区和城市，又走进了做梦也想不到的远方，童话就消失了，铁轨也就消失了。

　　那片平原的边缘就是海洋，那儿有美丽的码头和轮船。在很远的过去轮船就通航了。可惜我的居所却伸入了陆地。这个居所不能在水上漂移。这是多大的遗憾。迁居已不可能，一切都宿命般地规定了。各种各样的尝试都有过，最终归于失败。这种不可解脱的矛盾，时时涌动的不安，缠绕了陆地上的儿子。

　　我发现那些微不足道的小地方都有了锃亮的两道铁轨。沿着这铁轨滑向东，滑向西，有趣而无聊。感激这种滑动，感激这种陆地的飞翔。可有时那一阵连一阵的铿锵之声只能激起人更大的焦思。

　　母亲般的平原自己完全有能力筑起一条或更多条铁轨。我们如果真的失去了那样的能力，就只能是一些恶棍作孽的结果。仿佛魔鬼把一根吸管伸进了富饶的平原，正贪婪地吸取。他们把她的血脉抽得干枯了。母亲般的平原为了维护自己的生命，就得倾尽全力滋生，以便供养自己越来越多的孩子。她变得越来越贫瘠，形容枯槁，满面皱纹。她再也没有力气担负或托举自己的两道锃亮的铁轨了。

　　那些自私而贪婪的恶棍，为了自己，丧尽天良地从平原上攫取越来越多的东西，把它们送到远处，以便享用恩赐。他们是一些可厌的动物，一些背叛者，一些注定了要灭亡和疯狂的、可耻的生命。

　　我甚至担心在未来的一天，在某种外力帮助我的母亲平原铺设这两道铁轨的时候，是否也会出于其他用心。我担心除了那一根粗大的吸管之外，又有人将通过这两条铁轨运走她结出的果实、她开出的鲜花。那样她就有了双重的悲哀。

我站在这儿为你祈祷。我盯视着一片夜色，又看到了你那双慈爱的眼睛，你的白发，你伸出的颤抖的手——这双手透过一片遥远，抚着我的头发和肩膀……我感觉着这双手，它比过去更温热、更柔软。

我想按住这双手，把它捧在脸上。可是寒冷的风、夜气，它们很快把它掩去了，抽走了……

我明白，只有在你的身边，我才会有更好的歌唱。我的自语、倾诉、回告，都将变得更为切实和可亲，真实而动人。一旦离开了你，我将变得孱弱无力，苟延残喘。

我的飞翔滑动的渴望，无数次将我蛊惑。我甚至幻想变成一只鸟，最好是一只鹰，在不为人知的午夜，翱翔于空中。我以我的高度和自由，去获得一种骄傲。

到那时候，人将获得永生，自由的永生。

我害怕错失作为一个人的最后机会。这恐惧伴随我，使我阵阵寒冷。冰凌又一次掉下，发出清脆的回响。它又一次破碎，晶莹的破碎，美丽的破碎……记起小时候，小茅屋的檐下就悬挂着无数这样的冰凌，它们也在风中摇动；当风大起来时，它们就发出叮叮咚咚的声音；每有冰凌跌下，我们立刻箭一般飞跑出去，捡到手里，摇动着。你害怕冻伤了我的手，阻止我。可我还是把它紧紧地攥在手里，直到它化为水汁。我的手在冬天总是冻伤，还有耳朵、面颊……这就是那片寒冷的、风沙四起的荒原的回赠。我在灌木丛和沙丘那儿奔跑，不止一次掉进雪窟。我在那里呐喊春天，等待太阳融化冰雪，等待原野一片碧绿——那时候我的欢乐无边无际……

随着一次又一次绿色覆盖荒原，我心中有什么给点燃了。是母亲的手给点燃的。春天将无比的温柔注入了心间。这温柔在我心中萌发、成长，最后遍布周身。那温柔的网络包裹了我的生命。我有无数的感激要从喉咙倾吐而出。这一切都因为母亲，因为母亲般的平原。

为了答谢和回报，人总要把无穷无尽的感激撒向四方。人需要飞翔，需要滑动，需要以心的速度来往于他所理解的这个时间和空间。

当然，它只存在于梦中。

污浊的旋流

　　污浊并不总是静止和沉淀，也并不总是汪在一个地方、笼罩在一个地方。当它获得了一种推力，就可以运动、甚至可以旋转。这时候它就不仅有笼罩的能力，而且还有卷裹的能力，卷裹它所接触的一切——落叶、植物、绿色，甚至其他的生命……

　　任何时候都有污浊，但它们大抵是静止的。它们由于自己的颜色和性质而聚集一起，这是自然而然的。它们不太让人恐怖，而更多是让人厌恶和躲避。可是在一些特殊的时世，情形就往往不是这样。当有什么需要这污浊的时候，就会让它移动、旋转，就会给以推力和搅动——这个过程很像鲁迅先生所谈过的"沉渣的泛起"。

　　先生说沉渣在任何时候都有，可是它大抵是沉淀在底下的。而一旦某种运动的激流荡过时，沉渣就会借力泛起，浮上表层。

　　泛起的"沉渣"，随着激流荡动冲撞，害处就要大得多。污浊也是这样。

在严寒的天气里，当污浊在一个地方聚集，寒冷的光泽中望过去是分外可怕的。可是这污浊如果正在旋转，正在冲荡，正在发生凶猛的卷裹呢？

一个真正的人对待这污浊不仅是回避，而且还应有抵抗——首先是回避，而后是回避不得，最后才是力所能及的抵抗。那些美好的青年无比牵挂抵抗者，他们甚至这样写道："我要离你远一些了，正因为我特别信任你。我怕你突然地转向，令我失望。那时候我就一无所有了……"读着这些话，让人一阵感动，同时也想到了污浊的旋动和卷裹是何等强大。这些美好的青年不仅害怕自己，而且害怕他们生命中的榜样突然转向。

这个时代的人，不知该怎样对待这种委婉而又严厉的规劝。他将不知自己做错了什么或是即将做错什么。他只知道危机是存在的。但他需要的依托不是别人，而是自己的良知自己的血脉——如果从血管里流出的都是血，那么他将不会担心它会有另一种颜色和气味。他将觉得自己可以信任。

今天残存着各种各样的机会，也掺杂着各种各样的混乱和污垢。在这个时刻，人接受着检验，人在目击、识别，也在自我注视。人不仅仅是一个评判者和谴责者，还应该是一个自省者和忏悔者——失去了后者，一个人将也不可能永久地站立。

在这污浊里，人要始终如一地保持着一种清洁。这是异常困难的。可是唯其困难才更为光荣。他会希望越来越多的、比他更年轻的、离他更遥远的青年发出尖厉的叮嘱。他们会使人心跳和脸红，让他更多地记住自己是从哪儿来、到哪儿去，记住他自己永远不变的目标和不断攀登的山路。这崎岖之路应该伴他一生。如果松懈下来或者掉转方向，那就形同死亡。

如果这是自欺的谎话和大言，那么他愿一直地讲下去，讲它一生，让其与生命合二为一，让它渗入血脉。

各种各样的构陷和无耻，已经见得太多。凶险的设计，卑劣的诅咒，早已不算陌生。这种似曾相识的时刻、手段、机缘，好像在上个世纪里，在更早的时世，已经层出不穷了。原来人们的遭逢只是一次次雷同，仅此而已。

为什么要如此？漫长的冬夜，不会消失的冷酷……可是它难以把一切都葬送。

在冬天，在寒冷的北风里，人无论怎样颤抖，都有一个信念不会改变，那就是春天必要来临。在融化的春水面前，再次回顾严冬时节，就会是另一番情怀。

他走了很远，踏上了旅途。有时候是一个人，只肩负了一副背囊，背囊里装满了自己的东西。为了预防饥饿，他需要这背囊。为了一块儿抵御寂寞和不测，有时他也需要同伴和战友。他走开了，寻找了。他找到了自己的居所，自己的归宿。

但即便如此，追逐还没有停止。这大概是战士的命数，或许也应该是光荣的一部分。我们不是常常梦想这种光荣吗？我们不是常常追求这种考验吗？它们如今来临了，它们就在面前。

　　人应该交出顽强的证明。这种证明在人类社会当中已经被接受了千百次。可是还仍将接受下去。它是有意义的。它的意义就在于无数次的怀念、虚妄、无望和痛苦，在于它的没有完成，在于人的生活仍在继续。这继续的理由就是痛苦的代价，就是没有终结的、绝望中的希望。

　　他自信，也明白良好的愿望不需要报答。有时动机真的胜过一切。那摊污浊时不时用"可能出现的结果"来质询别人的动机。可是他们的动机直接就透着阴暗。我们会相信污浊的动机可以产生甘美的果实吗？它不会属于善良的人类，它只会蕴藏了毒汁。

　　人类要享用自然甘果，就得守护大地，警惕魔鬼留下一片狼藉。

　　魔鬼就是一群没有生路，没有明天的人。他们从来不在乎结果。魔鬼也会装模作样地、狂妄地质询人类的"动机"。魔鬼说到底都是一些胆小鬼，他们恐惧于自己的虚弱，因此就需要污浊的围拢和保护。

　　如果一个人心里的污汁变得越来越浓时，就渐渐与污浊混为一体了。他们曾经是苦壮成长、蓬勃向上的。可是当垂死的恶意充斥了心扉时，就会变为另一种人。他们变为扼杀者和欺骗者，投入魔鬼的怀抱。这绝不是当代童话，而是不断上演的、时代的活剧。

　　顽强的生命，蓬勃生长的生命，总是有勇气把自己交给真实，也总是有勇气维持日常的劳作，并且从不吝惜汗水。能够这样坚持下去、能够把自己的生命抵押给最朴素不过的劳动者，就是一个不欺的人、一个美好的人。他会与无所不包的美好自然融为一体。无论是他在劳作之中，还是在劳作之后；无论是他的生命正在茁壮成长的时刻，还是衰萎熄灭的最后光阴，脸上都始终流动着温煦的笑容。他最后将融于土地，融于自然，与之不再分离。

　　当面对那旋转的污浊，当进入恐惧和规避的时刻，最好的办法还是弯下腰，重新归于劳作。只有劳动会给人以强大的安慰，它来自心灵的安宁、来自永远挥洒不尽的向上的激情，来自自信和自尊。只有那些不齿的邪欲，才会帮助污浊——通过人的内心去帮助它——这才是一个人真正的哀伤。

我的自语打扰了你

    我对你的惊讶感到不安，我对你的目光也感到不安。因为你的判断，是我未曾预料的。起码在这之前，我一无所知。

    几十年来，我只是如此地劳作，这是我的幸运。或许是我的自语打扰了你。这是我对你和你的朋友之歉。回想更多的是你和你的朋友对我的信赖、援助，以至于在今天稍稍让我吃惊起来。

    我无论说自己怎么感谢和感激，都不能掩去内心的那一丝不安和许多惊讶。我所要表达的已经超出了我的理解。我曾想，我应该化为你们目光中的一个人或者另一个人。如果是这样，"他"与我又有什么关系呢？不过在你们的企盼里包含着美好的东西，所以我才尊重你们的期盼和愿望。

    可是我又只能进行着我的自语。这种自语是不会改变的，就像我的生命已经难以从旧有的轨道上移动一样。它是生成的，而不是被嫁接的。是的，仅仅如此。我不知道除此而外我还应该做些什么。我不知道我的"愤怒"在八十年代初期和中期为什么没有惊扰这个世界。是我提高了自己的声音，变自语为呼唤，还是我一开始就是在用这种嗓音自语？

我也听到了自己战栗的呼唤。可是这些呼唤从一开始就是面向一个木然混沌的——世界——自我的。

为了将自己唤醒——因为我要赶路——我一边走一边呼喊。这样我才不致于因为困意十足而跌到崖下。还有，这种自我呼唤、自我需要的声音，也是对一个生命的疗救。这个生命在我体内，它随时都有死去、熄灭和枯萎的危险。就这一点而言，我是自私和胆怯的。

我认真地翻看了自语的痕迹、那些记录，发现我如上的判断并没有错。是的，我有时候常常用到"恨"这个字，那是由于我太"爱"了。我太爱了，我怕有人侵犯这种爱，侵犯我所看过和经历过的一切美好。当我看到之后，我就要勇敢地使用"恨"这个字。有时候它们是银币的两面，"爱"和"恨"写在了同一枚银币的两面。

我想，如果有一只海鸥往前赶路，它要穿过水波，到它所梦想的那个岛屿上去——它一路只是奋飞和发出它自己的声音；那么当它的四周布满了群鸥的时候，它拍动翅膀的声音，它发出的自语，是不会被其他所注意、也不会被埋怨的，当然也很难得到赞许。它一直地向前飞去，一直向着它一开始所决定的那个目的飞去，它的节奏，它的呼叫一如开始。但是当群鸥回返或者是四散而去的时候，它拍动的双翅和它的声音就显得有点突兀，有点独特了。这只海鸥如果没有疲累，那么它需要多好的体力；它如果不被那些惊扰者所吓退，它又需要多么勇敢。可是它又没有选择的余地，它只能向前飞去。它如果落下来也找不到陆地，浪涌和水溅会把它吞没。它只有向前飞去。

我想，作为一只鸥鸟，它是有权选择、有权飞向自己的岛屿的。作为一个人，他也是有权自语的。这是他最后的权利。自语是应该被允许的。由于自语而引起的打扰，则是另一些事情。他如果停止了自语，也等于结束了自己的生命。被打扰者本来是待在自己的角落里，别人走近了，倾听了。可是这自语无论怎样尖厉，都存在于自己的声音半径之中。被打扰者走入了这个半径，才能捕捉到这声音。如果自语者孟浪地穿越另一些生命的角落，介入另一些半径，那么他就该自责了。自责是痛苦的。自责比反醒还要痛苦。自责之后应该有忏悔。可是啊，盲目而热情的歌手啊，不停地自语的歌手啊，匆匆赶路的歌手啊，你真的需要那么多的原谅和同情吗？

我常常这样设问，翻动自己的日历。我的不安和羞怯很快被我的勇气扫尽了。我自信的是，我倾吐的都是爱的絮语。它们是值得珍惜和可以珍惜的。正是基于这样的判断和理解，我才要继续发出自己的声音。

在这个行路的时刻，我发现我不是在自我倾听和叮嘱的过程中感到满足和陶醉，更多的却是其他。"其他"是什么？不知道。但它们出现了。

我不需要那么多的宽容，也不需要换上一副宽容的心情来挽救自己。再也没有比真诚的、一如既往的行为更重要的了。不要强力地改变自己，不要被善良的诱导和恶意的威胁所移动。这些都不重要。最完美的东西被粉碎的时刻，也仍然完美。只应该追求完美，永远地追求，这就足够了。

我相信在宽阔的道路上，追求完美的人并不感到拥挤，并没有无数的人在坚持这种追求。这是需要付出全部的生命和热情、全部的激动的。懈怠是可能发生的，可是懈怠之后焕发出来的，还仍然是那不可更动的追求完美的信念。

一种完美出现了，否定了；再出现，再消失……这就是形而上的召唤和吸引，使人永不疲惫地往前追赶。这个过程只能无限地趋向完美。只要不忘记这个初衷，只要保持这份生命的圣洁，只要护住它的源泉，接下去即将发生的一切也就无所顾忌了。最终的结果似乎是可以预料的。既然如此，我们就没有必要时常地叹息。

我可能对你的目光不发一言，但是我没有漠视，我记住了。太阳的光辉给我注入的能量，让我在这个冬夜里抵抗过去，等待春天。春天，我将随着欢快的河流，走向自己的平原。在那里，我将获得真正的力量。

是的，这种回归感和出发感交织一起，使我奔走了几十年，而且还将奔走下去。这对于我是一种无可奈何的事情，对于其他人也是一种无可奈何的事情。我说过，最完美的东西在粉碎了的那一刻将愈加完美。这是我的信念，是那片土地告诉我的信念。我将维护这个信念，就像维护那些弱者和穷人。它永远使我感激，永远像朴素的穷人——我从他们之中找到了具体的爱，也找到了抽象的爱；我热烈地结合着二者，并用呢喃之声告诉午夜……

从高原到天堂

你说你从高原而来，那是一个贫寒之地。你带着无限的懊恼和留恋，诉说着来路。我觉得这真是一个奇迹。

很久了，你的故事给我很多的忆想。那一次有名的欢聚，被好多人讴歌和记录过了。我从没为它写下什么，可是我也不能忘记。

那儿离黄河的源头很近，这儿离黄河的终点很近。从源头到终点，从昨天到今天。后来你离开了高原，到天堂去了，那个对你来说形同地狱的天堂。

你这场流浪，朋友发出了赞许和宽慰。可又隐隐让人感到它的不祥。一路的舞动和欢呼跳跃般的舞蹈，可以代表你的人生。这是一个舞动的精灵，一个幻觉般的美丽。然后我们把它画下来，记录下来，在这种舞姿之下，为那么多的痛苦而伤感。

一幅幅画贴在墙壁上，吸引了那么多的目光。很多人索取这些画，你都不愿赐予。是的，它们属于这个墙壁，属于这个湖畔。

栅栏，响彻牧歌的漫坡地，你尽情地奔跑，不知疲倦。你的朗朗笑声，震动着白色的云朵和类似的羊群；马和猎犬都在太阳下散着锃亮的光。草地上的鲜花像你的眼睛一样闪烁。这种天真烂漫掩去了多少屈辱和辛酸。这种掩遮从今天到昨天，很可能还到未来。

我愿意为你编织一个特别的故事；我和你的朋友都在故事里这样祝福。可是它不能够取代其他。我们做过了自己该做的事情。我们不仅仅是为美好的明天而祈祷。你强大而又孱弱，你在后来终于明白你不可能拥有那个美丽的湖，你可能最终属于一片坚硬而崇高的山峦。

我把这些联想藏在沉默中。十年过去了，你证明着我的猜想。

我找出很多美好的画册，要为它们写下一点什么。我想在这些画册的背面应该绘下天堂般的欢乐。我将使用朴素的文字。朋友们告诉我越朴素越好。在这白色的信笺上，我轻轻勾画和涂抹；我觉得我的表达是这么言不及义，这么微妙而复杂；但是我应该把一切都涂抹出来。我应该将文字化成声响，化成音符，在一些粗鲁而可爱的笑声里，把它交付出来。

我觉得我从这一天开始变得成熟、安定，变得比以往任何时候都能够忍受。我很宁静。我即将衰老，从一颗心开始；用宁静换来的衰老。在恶毒的诽谤面前，我觉得我真的无动于衷；在热烈的赞美面前，我感到了自己的平静。这一切都来之不易；这一切都来自高原。有人说高原是一个象征，它是精神的高原。是的，精神的高原。你也是一个象征，你是象征中的舞蹈。可是这虚幻的象征却有真实的痛苦。它们之间究竟是由一条什么样的线所连接，我至今都不能回答。

你的匆匆来去，从高原到湖滨的奔波，是这样痛苦神伤。那种回告的声音伴随着抽咽，让人感到阵阵疼痛。无法漠视这抽泣之声，这啜饮之声。因为我真的看到了那个永远不会消失的高原影像。我曾经一次又一次歌颂过这高原。可是突然间在一个早晨，这高原开始摇动，崩裂。原来它们是冰凌和雪粉凝成的，它们徒有山的形状。

最真实的岩壁凸露了。好的，在太阳下它重新放出黛青色的光辉。这就是融解了冰雪披挂的高原了。那么我重新的景仰和跋涉又要开始。我也会从高原到湖边，到平原，到自己的城市，到最庸凡最庸常的生活中，去迎送自己的日月。我想告诉你一个真实而平凡的故事，告诉你劳动与舞蹈的关系。跳跃和欢歌属于我们，劳动和磨损也属于我们。我们教儿童牙牙学语，我们播下种子，管理苗圃，浇灌鲜花，收割稼禾，这一切就是日常的生活。

不知有多少人还像我一样记得那次漫长的聚会。聚会围绕着一条河，我们沿着河畔欢歌；多么热闹，多么红火，南南北北的客人汇聚一起。那些场景他们记得吗？他们如果不记得，他们怎会成为同路和朋友？

我是这样的不能遗忘。我的不能遗忘使我很累。我感激，我答谢，无头无尾。我永远地感激下去。可是我又不愿惊扰别人。我为高原而感激，我为自己而呻吟。这样我变得坚强。九死一生，炼狱，折磨，挣脱，走过来又走过去，走向很远。我很寂寞，不，一点也不寂寞；我很孤独，不，一点也不孤独。我在你的理解之中，而你又是什么？是幻化的高原，是并不存在的雪莲，是舞蹈和歌声，是旋律，是精灵般的红色衣装？在湖滨墙壁上的美丽画卷，即将被收藏，它们将装在一个善良人的箱子里，完好无损地保存到生命的终点。

　　我愿你那鼓鼓的额头里，装下的全是流水般的清澈和滑润。那个奔波的夏天，那个可爱的初秋，那个纪念，那个祈祷。我回想起那次聚会所经历的宗教般的情感。真的，在我们所不理解的那个世界里，产生了不灭的记忆，这也就足够了。未来的岁月是藐视痛苦的岁月，是不会惊讶的岁月。人们将记住这美好的一切，尽管这"人们"会是不大的群落，可这是真实的。

　　当岁月用无情的手摧残了你的容颜、高原一般的清丽和庄严时，你只是走向了另一种完美。一切都是可以预料的。精神的高原，舞蹈、歌声、诗章、川流不息的四季、友谊和爱……

簇拥和掩藏的九月

在茫茫的、凄冷的冬天，怀想最多和最为向往的，就是一片生机的九月了。

九月到处碧绿，果实累累，一片丰硕。那是怎样的季节，这个季节凝聚了人类所有的目的和希望，它甚至掩藏了人类的屈辱和苦难。即便是一次歉收的九月，也比其他季节要有希望得多。

我觉得我的许多时刻——我是指那些不能忍受的时刻，都被九月茂长的绿色给轻轻掩藏了。是的，它遮去了我的另一面，遮去了我的悲伤、苍凉和痛苦。在那越来越浓烈的九月的香气里，我只能健康地微笑。我伸手采摘果实，与劳动的人群一起奔波，一起忙碌，累着，聊着，进入安睡。这是人最好的日月。

我曾经为九月谱写了一首长歌。我在这声音里更多地想到了那片大地和原野，沉浸其中，掩藏其中，簇拥其中。我觉得这是富丽的大地，它繁多的收获所给予的一个恩惠，无论过了多久，无论有多少人对它遗忘，我都不会有什么沮丧和不安。因为我知道九月的富足和真实。

收获的兴奋是不能抵消的。我走在九月大地上的那种感觉，直到现在也觉得真实可触。它们更少虚假和做作，它来自我的心灵，来自我周边的泥土、蓬蓬的绿草、无边的丛林和大片的谷地，它是从此产生出来的。它被歌声和汗水浸泡过，被田野上愉快地打闹、追逐、欢叫和尽情地舞蹈所滋润。仅此一点，我应在这首长歌的韵节中行走和吟哦。

是的，这是一种好的状态。我应该向往和珍惜，让它安慰我后来的歌唱、后来的记叙和自语。

在九月里，有时我的情绪仍然变幻不定，仍然在流浪和奔走，甚至会离开那片原野。我自己劳作的季节和大自然的九月不能完全合拍，它们并非迈着同样的步伐。九月也许一闪而过。我等待九月，也许还要等上一年，那就是另一个九月了。结果我差不多等来了五个相同的季节，才结束了自己的长歌。回头看去，我只看见九月的丰硕，土地上流动的香喷喷的丰收的雾幔，再也没有其他了。这个季节独有的金色和绿色把一切都遮掩起来。我愿这样。

一个弱小和稚嫩的生命在成熟的季节里会感到充实和安全。我发现自己所有的吟哦、记录、叮嘱，都常常沿着秋天的水流，大致和着它的节奏。人生既是一场奔波，又是一场收获，收获各种各样的果实。

寻找自己的九月，这其中的故事太多了。悲惨的、欢欣的、浪漫的，甚至是令人羞愧的故事，充斥了心灵的大地和天空。如果原野能够给人以神秘的力量，那么原野里奉献出的九月的果实就是最好的参照。它给植物以力量，也会给其他的动物——比如说人——以力量。我亲眼看到鸟雀、野兔、猫和狗及其他四蹄动物，在这个季节里怎样肥胖起来。它们的双羽、皮毛，都变得光亮闪闪，远比其他季节里和顺得多、滑润得多、好看得多。

这实在是一年里最重要的一个月份。由于这个季节是气蕴饱满的，所以人在歌唱、在回应这个季节的时候，也应该是气蕴饱满的。这个时刻的悲伤应该是短暂的，黯然神伤不会持久，要有希望，有精神，有盼望，有爱恋。

我的这首九月长歌至少对于我是非常重要的。我可能写出很多在规模上、在气度上、在打动人心的力量上超过它的另一首长歌，但是它们却不能取代它、它对于我的生命的本质连接。

我在这个季节里变得比往日纯粹，简直有些天真烂漫。一种完全的充盈的劳作和收获感布满了我的全身，我心灵的每一个空间。这种劳作给人更多的不是疲累，而是欢欣和自足，是一种感谢和欣悦的倾诉。

那些同样是感知着大地恩典的人，首先听到了我的吟唱。他们接受了，把它收在身边，视为知己。这让我分外感谢。这是我从异地送给他乡的礼物。大地和大地尽管差异很大，但它们都是大地，都是生母。它们都是奔跑着许多生命、茂长着很多植物的一片广袤的泥土。

我说过，我仅是大地上的一个发声器官，是众多器官之一。只要走上田野，就会发现许多类似的器官。它们对于土地和世界有着自己完整的、与其他迥然不同的表述。它们是平等的。我不能代表它们，只深知是它们的同类。

由于有了这个茂盛的、鲜花灿烂的、浓香四溢的、果实累累的季节，所以其他季节都被遮掩了。这遮掩是非常美好的。那些贫困、捉襟见肘、吝啬和凄凉，都退得非常遥远，再不属于我们。

让我们更多地把目光凝聚在这个温暖的九月吧，因为它给人以特殊的安逸和富足。关于九月的认识，关于它的每一章每一节，我都会珍视。我只拥有自己的记述，虽然它并非完美无缺，可它散发着那个岁月里的青生气息，是一个可以多方诠释的故事，等于随手可触的泥土，泥土上滋生的茅草、树木、动物和人。当有一天我远离了那片土地，我也会根据自己的记录去寻找和回忆。它是我的旅行地图，是我回返的坐标，它将牵引我的躯体和情感。

不倦的水

　　总难忘这样的场景：干旱的地垄不见一丝水汽，庄稼的叶片垂下来，太阳烤了一天。暮色来临，绿色的叶片还没能在夜气里舒展。土地多渴，它们需要水。车水的人到远处去了，到更需要水的地方去了。这里只有等待他们归来之后，才有可能让一点珍贵的水濡湿这焦干的土末。这里需要解救，这是一个角落，它不是大片的土地。可是角落也会干渴。

　　等啊等啊，天完全黑下来，第一颗星星出现了。车水的人大概被第一颗星星所牵引，来到水井旁。很深很深的井。上面有一架老式辘轳，发出吱扭扭的声音。水斗被扳来扳去。水斗里的水溅声是世界上最美妙的声音。可惜水井离那片稼禾还有一段距离，一条弯曲的水道顺着茅屋后墙绕过来。

　　水道也是干渴的，它吃进了许多水。首先是它饱吮一顿，然后才舍得把水送给这边的庄稼。那水流，晶莹晶莹的水流，在灰暗的夜色里闪着光，吃力地往前蠕动。水道洗了半截，后来又是一寸一寸往前——好不容易才走到田里，一个地垄一个地垄开始喂水。半夜，甚至是一整夜的时间才能浇上一半地垄，剩下的只有再经历一整天烤晒了。那多么可怕。

他想象自己就是那个没有来得及浇灌、苦苦等待的干旱庄稼。他是一株烟草、一株玉米。他伏到井上，发现水在很深很远的底层，像一面镜子。它映出了他，不甚清晰。那是一面安在地层深处的镜子。他还扳不动辘轳，水斗也被取走了。在这干旱的季节，只有很深的井才有水。他当时误以为这是一口取之不竭的水井，但后来干旱的季节过去了一半，才知道平原上很多的水井都干涸了，连机井也干涸了。这使他害怕起来。

这口砖井打在了特殊的水脉上，它总算还有水，尽管这水离地表越来越远。

在记忆中，这是一口多么珍贵、多么清澈的水井。它供很多人饮用，供一大片土地浇灌。他不记得后来饮用过比它更甜更清洌的井水了——无论怎样的自来水都远远比不上它的清澈和甘甜。他觉得拥有这口井的人，应该是聪慧而美丽的。果然如此，他看到了那些以这口井为生的人，都比其他地方的人要完美许多。多少人在这里汲取，多少树木、稼禾和土壤被它滋润。它像不知疲倦一样。有时候，他偶尔想到了它干涸的那一天，就感到了一种深深的悲哀和恐惧。因为在他看来这是不可能的，这像末日。它被不断地汲取，在地下，它正一点一点汇聚和渗流，然后又等待新的汲取。大地奉献了这个甘泉，这个甘泉表现了最大的慈爱和无私。

到后来，当他去了远方，经历了许多，特别是走进了自己的写作生涯之后，回忆起这口井的时候，才有了更多的理解，有了新的联想。

一个作家和一口水井、一个泉是那么相似。干涸了的泉很多很多，它成了一个令人同情的废墟。泉可以因为各种各样的变故而突然中止；慢慢干涸，被汲取干净，变得空洞、干燥，那是非常悲凉的事情。是的，很多这样的泉，它们由于离地表或太浅、或远离了地下的潜流和水脉……

有像母亲一样的不倦的泉，这泉被无限地汲取，不停地浇灌——靠它的滋润，我们看到了一片蓬勃和葱绿。不停地汲取，在深夜、在凌晨、在烛光下，我们看到了汲取的身影。由于它连接着土地深处，那些看不见的脉系和支流在这儿汇集，每时每刻都在汇集。这储藏的过程是缓慢的，看不见的。因为它的生命就是水、是流动，是随着时间而延长的鲜活，所以它永远是这样。

同是一个泉中流出的水，每时每刻都是新的，是生命的一个过程，一个阶段。时间在流动，水也在流动，这些似曾相识的水连结着很长的生长。它似乎没有个终止。连接地脉的水和泉就是这样，人们不必感到惊诧。惊诧于一个泉的不倦奔流，等于惊诧大地的力量、生殖的力量、收获的力量。

泉水只是大地呈现给我们的一个隐秘的窗口，我们通过它打捞的，是无限的生命的奥妙。一眼泉水也许代表了很多我们无法理解的深邃，只要它与大地融为一体，只要它是大地上生长出来、开掘出来的，那么就会有不息的奔流。

　　一个作家有自己的高产期、也有自己非常艰难的滞留期。这是他自己的不同阶段，不同色彩；是他这个生命不同的侧面和季节。他会遇到自己的干旱时期，也会有自己涨水的日子。在自然天籁不停地发出歌唱的时刻，他会以自己驰骋的饱满的水头扑向他眷恋的土壤。当他的肌体被不断地磨损，回到了苍老的晚年，那么由于它的水脉还强烈地涌动和渗出，也仍然还不能干涸。泉的四壁在不断地剥落，时光想摧毁它，拆掉它，让它坍塌。最后的一天真的不远了。可是它那蓄起的激情仍然不能消失，那简直是在不停地涌动和渗流之间结束了自己的一生……即便在最后一刻，他也仍在奉献自己仅有的一滴水。这滴水汇入了涓涓细流；这水流是戛然而止的——就此，大地接受了他一生的馈赠。

大地的引力

精神是向上的一棵树。

一开始它可以笔直地往上，长得很高很大，成为一个巨大的存在。杰出的人物就是一棵思想的巨树，他是向上的、挺立的；他永远不会在地表爬行、蔓延和匍匐前行。它始终是向上的。

土地培植出不同的生命，那些龌龊、阴暗和渺小者，精神就没有向上冲腾的力量。他们始终像甲虫一样在土地上蠕蠕而行，留下紊乱的痕迹。而巨人的精神腾向高空，与空阔对话、与雄鹰为伴，与来去荡动的气流和雷霆、云彩星月过往。

大地作为精神的生母，它有巨大的鼓舞力和感召力，它仍然对向上的精神有一种不可逾越的引力。这种引力会使一个蓬勃向上的、越升越高的精神之树发生弯曲。

是的，任何伟大向上的精神都不是垂直的。但是它却不会轻易倒向土地。倒塌之时就是死亡之时。它又不会沿着地表像甲虫那样爬行，它要向上。尽管精神之树会有弧度、有倾斜，但它始终是努力向上的，奔向空阔的。也正因为这独立向上的精神在大地的引力下会发生倾斜，所以无论多么强大的精神也都需要支撑——这会延缓它倒塌的时日。

精神之树的崩裂与倒塌，在一个真正的人那里，就是躯体的倒塌和崩裂。他愿意使自己的生命在那一刻走向结束，因为肉体和灵魂紧密结合了。但越是强大独立、长得苗壮的精神，就越是缺少支撑——他身边的那些也许还弱小和纤细，不能与之构成支撑。这就是精神的悲剧。

鲁迅在当年很难找到一个同等量级的对话者，先生的痛苦可以预料。他是在黑夜里"荷戟独彷徨"的人，他说自己又像一个在荒漠上大声呼喊得不到回应的人。我们就此情景可以看到精神之树长得很高，而由于自身的重量，由于大地的引力，它正艰难地挣脱弯曲与倾斜的命运；可巨大的引力总要扳折它，使其倒塌……先生用力地支撑、向上。

这个时候如果出现一些有力的同行者，一些与之对话者，先生就有了强力的支撑。

先生当年的对话者极少。一些人离他非常遥远，很难对话，很难听到回音。而另一些人干脆就是一些中伤者和砍伐者。在这个巨大精神之树的四周有一些可爱的小草，它们奉献出自己的露滴，甚至是巨大的热情，蒸腾的水汽，来润泽先生，支持先生。先生看着它们，一脸的慈祥和温厚。他把满腔热情和希望告诉它们，用自己的身影为它们遮住风寒和毒日。可是这些小草，还有它们当中长起的一些纤细乔木，终于不能够伸长手臂去撑住。巨大的、倾斜的、被大地所吸引的精神之树，独立顶起那种难言的沉重。他又不能停止生长，一刻也不能；他要向上，停止向上的一天也就是僵化和死亡的一天。可以设想，如果有了支撑者，那么他就稳定多了；如果出现了众多的支撑者，那么它们在相互的依靠和援助中就可以更为稳定地在思想的高空里坚持许久。

在那个黑暗时世，在险恶的人兽丛林里，是极少有这样的乐观的。在这片奇特的土地上总是演出着类似的悲剧，没有终止，一幕一幕，何曾相似。

比起先生的苗壮和强力，其他一些向上的精神也就孱弱细小得多了。但令人敬仰和钦佩的是，他们在这土地的一以贯之的巨大吸力之下，还仍然向上，仍然企图苗长，迎向一个空阔。

但可以预料，他们独立支撑的时间会更短，他们迎来的支援也将更少。一个接一个的精神之树在倾斜、愈加倾斜，最后是不甘屈服地轰然倒塌……

这倒塌之声甚至都很微弱，激不起什么回响。只有听觉敏锐的人睁大了一双惊惧的眼睛，在深夜爬起，迎着发出瓦解和倒塌的那个方向，静静地出神，久久不能安眠。在北方、在南方，在四面八方的夜色里，不断传来这种倒塌之声。即便是夜晚跌落的冰凌、寒风，也不能将这声音遮掩。

大地的引力使一切都归入它的怀抱，将其溶解、腐蚀，最后又滋生出新的生命。这些生命各有自己不可回避的选择，有的向上、有的向下。向下的很快化为腐朽；向上的呈现出一片生机——但只有继续向上才能成为一棵直立的大树。而大地有一种不可更改的引力，它会让其弯曲，呈现出自己的坡度。

　　再出现一些茂长的、类似的树吧，让它们也构成相互的支援和支撑。那将是多么壮观……这恐怕只是一个美好的梦想。

　　大地的引力是不变的，它滋润出的生命却是不同的，有的那么茁壮，有的那么弱小。永远挂着凄凉微笑的，是那一片绿草；当冬天来临的时候，它的绿色就会褪尽，更为短暂的生命也就结束了。可是它毕竟为大地留下过一片绿色，用它的微笑支援过高空的大树。

　　不幸的消息接二连三地传来，他们都是杰出的人，难能可贵的人；是一些在这个时代里最为需要的生命、声音、思想、精神——可是他们都化为一缕轻烟飘去了，终于将自己的梦想汇入了高空云层。在梦想里他们是展翅飞渡的雄鹰——可是有谁知道这个时代里已经发生和正在发生的永久的悲悼呢？

你在不为人知的田园中

原野融化了你，绿色遮没了你。你在不为人知的田园中……

那时你还是一个蹒跚于树荫下的孩子，手举果实，脚沾泥土，微笑和惊讶着，看着所有的陌生人。这是一个生命走出的最初一截路。

类似的图画仿佛在很多地方都看到过。

仅仅是三十多年的时间，一切竟发生了如此巨大的变化。每个人都不得不接受自己的荣辱，接受那一无所知、无法预测的命运。重新见到你，简直不知该说什么。寒冷的雨夜，温暖的秋天，丰硕的果园，一起奔波的记忆……在清水奔涌的渠边捉鱼，一条黄狗毛色像金子，迎着跑来。你说它有真切可感的笑容。它跑到玻璃缸前，看看里面仅有的一条小鱼，又抬头看看我们。

园艺场的机井旁，四周开满了千层菊，浓烈的药香一阵阵扑进鼻孔。你在这儿交给我一本书，那是法国人写的一本难懂的读物。

那时我们是一对没有性别的伙伴。

当你的头发变得乌亮柔长的时候，就开始脸红了。乌黑的眼睛闪烁着，的确让人想起夜里的星辰。我们一起到那个不远的小村，在卸了辕马的木车旁徘徊。月亮白净可爱，四周没有一点风。好像是一个秋末，地上铺满莹光。不远处牲口的咀嚼声、喷嚏声，异常清晰。有一个人，好像从村子一端拖拖拉拉走来，咳嗽，吸烟，远远闪着一明一灭的炭火。另一边，辗盘的那一边又出现两个黑影，他们搀扶着。你说哑巴老婆病了。他们一直往前走去。果然，一会儿传来了呻吟声。赤脚医生拉亮了屋里的灯，明晃晃的窗子被树影遮去一半。

这些场景已经在脑海里凝固。你就是那月光、那深夜静止不动的榆树，还有那若有若无的、秋末香甜清冽的气息。火烫的额头可以抵御寒冷。你从未有过瑟瑟发抖的时刻。即便在呼啸的北风里，也仍能看到你热汗涔涔、容光焕发的模样。

几乎没有分别的记忆。在那个混乱而匆忙的时刻，什么都难以顾及。我想，人们如果再从容一点，那会编织出多少相互重复的、甜蜜而古朴的故事。

彼此没有任何消息，真的遗忘了。在遥远的大山的那一边，某一个夜晚，被周遭的狗猛烈的吵叫惊醒了的孤独旅人，搓搓眼睛，看看窗外星空，突然疑惑起这是在哪个园艺场，在一片碧绿杨树下的房舍旁。

你像一匹健壮的毛色闪亮的小马，闪动一双又大又亮的眼睛。多么健壮，油光光的躯体，长长的腿，多么适合在原野上跳跃和奔跑。你只是温驯地站立，身上的热气烘烤着，如此温暖，像一片春阳。

这种感觉，这些故事和怀念，大概属于一切自然而淳朴的旅人。无论何时何方，它们都一再地闪现，涌出和演变人们仿佛能在俄罗斯的故事中，在欧洲人的传奇中，也看到类似的感慨喟叹。

这种重叠和重复连缀起真实的人生。它太美好又太平凡，因而也太值得珍视。所以人经过漫长曲折的道路之后，仍然要走到这种回忆之中。它是无可逃脱的、包罗一切的情感之泥。在它之上播种心灵之籽，看着它抽出碧绿的叶芽。

可是后来的故事就有些离奇。这离奇如果不是出现在书本中，不是在拙劣或技巧的编造中，也就更为惊心动魄。

一个偶然的机会听到了你的名字。可是这名字却是和一个强盗的名字连在一起的。这使我身上一颤。二者之间巨大的反差，出人意料的结合和追随，让我惊恐不已。我想有时间会搞明白这一切的。

一次漫长的跋涉，我又接近了那片土地。后来几乎是很偶然的、毫不费力的，我在一个场合见到你和那个人一起出现了。

我只是草草地看了你一眼，就转而端量那个强盗。

这是一个不折不扣的男人：高大、黝黑，挽着裤脚，一双野性的眼睛，两道剑眉，头发很短，脸上有刀痕，有牵拉得很厉害的肌肉。他的嘴角之上全是倔强和蛮横。无论女人一旁怎样亲切地叙述和介绍，他的脸上仍然没有一丝笑容。我看到他的腰上垂挂着一把带皮套的匕首。那对逼人的目光盯得人难受。还没容我得出一个完整的印象，他就把你拽走了。

再见到他们就不容易了。关于他们的消息很多，都是断断续续，依靠连缀才可以完整。

原来那个强盗有一段时间毫无顾忌地打家劫舍，进出了几次拘留所，治安人员竟与他结成了朋友，他可以更加胆大妄为。四周的工区、园艺场、林场、村庄，都像臣民一样迎候他。人们常常看到他狠狠地揍自己的妻子，把她打得遍体鳞伤、死去活来。

这个强盗不知从哪儿搞来一匹枣红马，把她撂在马背上，鞭打快马，在林间小路和宽广的柏油路上同样疾驰。轿车、卡车驶来时，他故意让马蹄放得迟缓，在阵阵的鸣笛声中横着来回溜达。到最后驾车的人才明白遇到了谁。他哈哈大笑，打一下马，驮着自己的妻子扬长而去。

最后一次见到你，正逢你那个心爱的强盗触犯了更严厉的刑法。这一次他大约要经过十多年才能回到身边。可是你一往情深地等待他。

你隐入了一片田园。我在朋友的指点下，有一天找到了它。

我惊讶地看着这天底下最美丽的一片田园。各种树木都修剪得极为精心，沟渠、田垄、边边角角，都修砌得笔直、平坦、光滑。那是个秋天，桃子、葡萄、苹果都结出了丰硕的果实，气味颜色实在诱人。主人就是这位健康的、被太阳晒得发黑的三十多岁的妇人。你用粗糙的手端出刚刚摘下的水果给我们几个客人，笑容告诉我们，你有多么柔软的心肠。大概由于过分的孤独和思念，你的额上添了一道浅浅的皱纹。一只蜷毛狗匍匐在脚边，吐出半截舌头，看看主人，又看看客人。

有人不合时宜地问起了那个强盗，你长叹一声："他不算好，可别人更坏。"

"别人是谁？"

你笑笑："都一样。"

一个梦想

……这个梦想不是后来，不是在年复一年的忧烦之中萌发的，而是滋生于许久以前。梦之根扎在童年或是更早的时候。

他想拥有一片田园，在海边，最好离他的出生地——那个小城不远。它应该是一片淳朴的土地，筑着洁净的田埂。秋天，落叶在田垄里被风轻轻驱赶。春天，修剪下的果树枝条被一匝一匝捆起，归拢在园子一角。有一座很小的、可与整个田园和谐相处的茅屋；有一眼清澈旺盛的井水；有狗和猫、牛羊。他将善待它们。它们也会像挚友和伙伴一样理解他。让他来侍弄这样一片田园吧。他在这里劳动、流汗、迎接自己的客人。当他忍不住要写点什么的时候，就找出纸和笔。还有，他将在这里阅读自己最喜欢的书籍，与遥远时空中的那个人对话。

对于他而言，没有比这个再健康、再正常、再诱人的境地了。

有人为它奋斗了几十年，倾尽全力，难以实现。为什么？不知道。人生的羁绊太多了，所以它只能成为梦想。梦想是美好的，梦想一旦实现之后，或许又要被新的梦想所替代。有的梦可以做得很长，一个实现的梦境也可以存在很长，但不会难以消逝。

未来田园的篱笆上生出的豆角才是最青嫩最美丽的。那儿开放的芍药花和宝铎草，将是世界上任何一片土壤都难以生出的芬芳。它们是人的深爱。它们像恋人美丽的异性，存在于那片田园、那片干净的泥土。客人与挚友、可以倾心交谈的人，都会找到一个最好的去处。当然，它在一块大陆的边缘，地球的一角。没有生人、不速之客会摸到类似的地方。

在这里，人可以抵挡双重的侵犯。如果说人对这个世界负有自己的责任的话，那么作为一个生命，用心地耕耘了一片土地，也就足够了。或许一个人还有机会做更多的事情——但他只要不是人类当中的懒汉就足够了。慵懒、掠夺，这才是人生的虚空，是退却。人的选择是自由的，这里也是一个岗位。别人有什么理由来否定他人的梦想、用自己的岗位来否定和贬损他人的岗位呢？别人凭什么说这是一种退却呢？有人认为有意义的生活、真理，都待在自己那个拥挤的街巷、散发着汗味的小小空间……

有人说，当年他的一笔交易差点成功。当时他觉得它尽管有不尽完美之处，但毕竟还是接近了一个梦想。他正将一只脚伸进了它的边缘。长长的争执、细细的计划，最后都在致命的损伤面前流产了。这是第几次失败？他说不记得了。如今已经找不到一块未受侵犯之地。谁是它的主人？不知道。主人在彷徨、疑惑，自以为是地做了几天主人，而后才发现这命运仍掌握在一个更大的手掌之中。他的土地随时都可以从脚下抽走。平坦的一个田园随时都可以被揉碎，被掘出一片凹陷。

在一块冲撞漂移的、破碎不堪的陆地上，人到哪里寻找这片田园？任何人都不愿把所有的温情爱意投注在一片极不可靠的土地上，不愿冒随时失去的危险。有时在朝不保夕的威胁之中，人难以怀抱自己的心爱，只得远远离开。

我们发现那些有机会获得这种幸福、侍奉着一片茂盛的田园的人，他们与我们都有个区别。他们正从田园上榨取，而并非期待着与之长久厮守；他们并不准备把自己的命运交还给它……

一个人长久地跋涉、奔波，从一个地方到另一个地方。无数的朋友帮助过他，但希望还是落空了。尽管有各种各样的原因，但那个基本的原因从来未变，那就是找不到能够决定一块土地命运的人。有时候机缘似乎出现了，但后来发现仍是一个虚幻。

一个人缺少了这样一片田园，无论走到哪里都像在流浪。

有些得意的流浪者已经忘记了人生凄凉，客居异乡，在危楼里饱食终日。长此以往，怎能不误解眼前这个世界？他站不到一个支点上与这个广大的世界对话。他没有自己的立足之地。这片田园抽象而又具体。它不是一般人眼中的观光之地、安静之地和玩赏之地，而是劳动之地、生存之地。人的生计与它化为一体，人的呼吸也与之化为一体。人为它的收获而庆幸，为它的窘迫而焦虑。施肥、浇水、收获自己的果实，播种、收割、饲养……这些日常的琐碎就是按时的功课，不可中断。它有自己的季节，它不会将人等待。

旅人走在途中，走在通向那个海滨、那片秋风习习的田园之路。这不仅是一种感觉，而是一种真实的行走。这条路本来只有一千多公里，可是我们发现自己走了二十年；或许时间还要延长。旅人很固执，一定要走到那里。他将在真实的田园中使生命得到焕发和充实。也许在那里，他才能得到最后的圆满，带着真正的微笑安顿下自己。

那时候，他的激动将变得具体而深沉，他的欣悦也将变得具体而真实。他将友善地接待每一个人，与他们分享自己的幸福：安逸的生活、内心里收获的这一切。

古河之声

　　大地上有许多干涸的河流，它们只剩下躯干，而没有了血液；它们只留下了形貌，让我们追念昨天，想象当年的滔滔不息。

　　时光的尘埃湮没了另一些古河道，使我们连枯干的躯体也不得相见。我们无以考据，也无以感怀。只有在午夜，在寂然无声的一个人的时刻，尚可以倾听古河之声——隐隐的，若有若无的鸣响，流入心的深处。

　　古河是万水之源，是文明的潮汐，是劳动、艺术、创造的源头。现代人无论如何应该倾听古河之声。

　　在人类的记录工具不断更迭创新，从鹅毛笔到钢笔圆珠笔再到机械打字机和电脑打字设备、声控打字机……种种迅速的、目不暇接的、简直无从想象的演化和进化当中，人类同时也在经历着极大的进步和极大的退步。

　　一种难以预料的丧失使我们变得苍白而空虚。我们渐渐丧失了一部分咏唱的能力、喟叹的能力，不得不过多地依赖纸张、集成电路；我们甚至不愿意面对着纸页去涂抹和记录，更不愿像古人那样在物体上费力地刻画心得与思想……

自然万物左右于古人的灵魂。他们目击了，感动了，欢欣、伤感、各种各样的情绪，就在窄窄的木条和竹简、甚至是砖石上刻记下来。这是一种笨拙的、费时费工费心的、然而却是更为深刻难忘的记录。生命用刻写的方式印在了坚实牢固、可感可触的物体之上。这种物体是坚硬的，被我们后来人很好地保管了、贮藏了。我们搬动它们，展放开来，寻找昨日的事迹、声息，关于史实和繁琐日常事迹的记录，特别是思想和情感的记录。

这是一个令人惊叹的事实，可是它们都属于很久以前了。

与此相反的是，一些源于土地、源于劳动的喟叹和歌唱，要穿过很多曲折，变形、扭曲，最后才进入我们的记录；它或许已经失去了原有的色泽和气味，再也没有了那种实感，没有了那种凝练和张力，变得平庸、程式化和显而易见的凡俗气。这可以使我们造成极大的误识。精神的触觉不再敏锐，创造的思维不再活鲜。这种无所不在的、陈陈相因的浸染使我们走向创作的末路。

如果我们要依赖典籍的记载去寻觅古老的声音的话，那么它在哪里？那美妙绝伦的歌唱和吟咏在哪里？

于是不得不想到我们的第一部诗歌总集《诗经》。

它们大多是劳动者的直抒胸臆，是真实的生命之声，绝少加以修饰的大地的器官发出的声音，是古人留给我们的一份宝贵遗产。只是由于时光的关系，它们才蒙上了一层古典的色泽，有点令人生畏。它们已被经典化、庙堂化。

那些由劳动者、卑微者吼出的声音，各种各样的声音，包括不平的呼喊、艾怨、嘲讽甚至诅咒，还有恐惧和颤抖，都在猝不及防的时刻变成了"经典"。这或许可以看成艺术的力量、生命的力量。生命化为声响和墨汁行使着它们的权利、它难以抵御的伟大力量。这种力量是任何其他力量——比如说暴政和专制的力量、甚至是遗忘的魔法——都不能够摧折和毁灭的。至此我们又一次理解了艺术与生命奥秘之间的奇特联系，它们的异形同性。艺术的自豪原来就是人类的自豪、生命的自豪。我们依赖艺术、歌颂艺术、寻找艺术，原来只是敬畏生命，只是在寻找生命永恒力量的本身。这一点也不成其为难解的奥义，而是非常淳朴的一个原理。

"坎坎伐檀兮，置之河之干兮。河水清且涟漪。不稼不穑，胡取禾三百廛兮？不狩不猎，胡瞻尔庭有县貆兮？"。"七月流火，九月绶衣。""九月筑场圃，十月纳禾稼。""二之日凿冰冲冲，三之日纳于凌阴。"这仿佛从地壳深处传来的极为幽远而真切的声音，如同古河之涛。这流动的水，不逝的水，这千流百转的现代之水的源头，就是这样让我们感知着，产生出最大的激动，焕发着最大的畅想。是的，它是艺术和创造的源头。它使后来的其他艺术，所谓的"千古杰作"都黯然失色。它凝结着大地的隐秘，是后来者难以比拟的。

一个人独自倾听的时刻，是最有可能获得颖悟的。在这里，那些充满哲思和另一种魅力的域外艺术难以获得同等地位。因为我们的血脉里流动着古河之水，它们来自同一源泉，是从同一地母的心中奔涌而出的。

是的，这是具有血缘深度的、不绝的激情。我们也许无可选择。这种感动才是更为真实的、无可置疑的。那些催人泪下的奴隶之歌，那些令人神往的远古场景，绝望与挣扎，控诉与祈祷，欣悦与呼号，已经在我们人类精神和艺术的历史上永不消失。它们特别的意象，动人的声气，亲切的口吻；一种凭想象、知觉和悟力几乎毫不费力就可以触摸到的噗噗的人类心跳……这一切都夺人魂魄，让人不知所之。这是人类有可能发出的最感人的声音了。它于是不朽，它于是让现代人倾尽全力地加以模仿一二。

因为它是遥远的河流，连接着远古大地，所以那种神奇的密码存在于我们当中，就像无所不在的种子、因子，分散在现代的所有生命里。它分裂、生长，产生新的变异；从现代艺术中，无论如何也仍可找到它。

它又像一尊难以移动、力大无穷的精神的巨人，可以打败一切的敌手，现代的、未来的，来自其他方向的；纤巧的，诡计多端的，执掌现代技艺的……一切一切的生命都必须仰视它。

古河之声隐隐而来，无边地细碎。从深夜到拂晓，汇成了浩浩潮声，漫卷了黎明，覆盖了一切，充溢了大地。我们屏息静气，侧耳倾听，到后来整个心灵都被它鼓点般的敲击给震动起来。我们不得不因为过分的感激而伸出双手，拥抱这涉过午夜而来的遥远的传导。

土与籽

　　无数的形影和目光在流动、飘忽，来去、消失，降临、重合，无影无踪了。可是这一切会在心中留下痕迹，使之不能忘怀。陌生的，熟悉的，似曾相识的，都在脑际交叠、重合……人已来不及叹息和感慨。这一切想来是如此奇特，令人惊心动魄。尽管它们更多地化作日常的琐屑和凡俗，可是在这深夜，在一个人的时刻，当人凝视夜色，悄思考量之时，又会怦然心动。

　　它们是这样不同，迥然不同。同一片泥土，同一片苍穹之下，闪烁的星斗之下，竟然映照着这么多不同的生命。

　　它曾经使人陷入深深的困惑和不解；当试图使自己笃定时，又感到了许多宽慰。无法直抒的柔情，难以传呼的同伴，没法携手的挚友，不能继续的旅伴——看着你新添的美丽白发，一阵感激。我们觉得这是为我而生，为他而生，为这个时代而生。美丽的白发，不可替代的银光闪闪的丝缕，由最美丽的精神凝结而成。可以爱它。目光久久地盯视它。

　　同一片泥土却抛下了不同的种子，它们也终于结出了不同的果实——幼小时都是绿色的，叶片也难以区别。在阳光和雨水的滋润下，在自然的生长中，只有时间会将它们鉴别。有的笔直向上，有的匍匐在地，有的爬行，有的直立，有的扭曲——比如白杨和地衣草，比如杉树和葎草。人们常常惊异于同一片土地生长出这么多差异巨大的生物，却忽略了基本的追究：土与籽的关系。

他们忘记了不同的籽必定结出不同的果，外力所能够改变的仅仅是微小的一部分，而不可改变的却是它的实质。它可以因为干旱、气候以及种种摧折而死亡，但却不可以长成其他生物。它可以由于种种恶劣的外部条件而瘦弱和矮小，可是却不会变成其他的生命。

一株白杨在风沙的吹打下枯死，可是它的枝茎仍然直立；绿色的汁水被一点点耗干，可是它的躯干却仍旧坚实。一株黄色的地衣草由于巧妙地攀附和吸吮而变得葱嫩、肥胖，可它仍然只是缠绕，只是匍匐和爬行。它难以独立向上，这是它的属性。

我们的悲哀在于没有能力鉴别土与籽的关系，没有能力区分不同的籽与不同的结局、它们所拥有的不同未来。在同一片精神的苍穹下，同一片精神的土壤下，仍然生长着不同的植株。同样的阳光雨露，同样的大自然的饲喂，它们却各自奔向自己的明天，寻找和靠拢着自己的终结，简直是别无选择。这就是命定。

在渠畔上，在一片湿润的疏松的土壤上，一株青杨和一株狗尾草同时萌发。它们都伸出绿色的、娇嫩的、小小的叶片，仔细辨认都分不出它们有什么不同。它们相挨着，亲昵地偎在一起，像一对孪生兄弟。它们一块儿享受着阳光和渠畔上丰富的腐殖土。充足的营养、流动的活泉，都催促它们快些长大。它们没有辜负这一切，真的飞快成长了。

后来，也就是那个春天逐渐走向深入的时候，它们的区别越来越大了。狗尾草的茎杆终于长出了一厘米，而那株青杨的幼苗却身姿挺拔。它尽管比那株狗尾草高不了几寸，可是那枝干似乎已经有点模样了。它的绿叶没有狗尾草的叶片长，可是更厚，叶子背面有一层泛白的毛茸，娇嫩的桃形叶在风中摆动。

它们之间大概也在用诧异的目光互相端量，再也不像过去那样亲密细语、紧紧相挨了。它们各自扭过身躯，尽可能地间离一点。它们由于性质的不同而不能够联结手臂，不能合拢。

春天继续深入，接着又是火热的夏天。当然后来就是寒冷的冬天了。狗尾草结籽并过早地收获，也走完了自己的终点。而青杨树才刚刚度过第一个华年。它又长出一尺多高。它的枝干又变粗了，叶片更为展放。秋天既过，它注视着同伴的枯萎，怀上无限的怜悯。严酷的冬天来临了，它第一次经受风寒，咬住牙关。风雪把它的叶片渐渐撕碎，又打落在地。它严肃地注视这一切。渠水封住，可爱的歌唱停息了。它要孤独地挨过这个冬季，息声敛气地等待春天。四周的草，那些比狗尾草还要矮小的茋草、节节草，都一片枯黄，没有一点绿色。而它自己还仍然执拗地把绿色蓄在了表皮。

后来是一个又一个春天，许多许多的春天，接连不断。它令人难以置信地长得越来越壮、越来越高，后来简直要去抚弄高空的白云。它长得笔直笔直，英俊高大。远方的人手指它说："看，那棵高大的青杨！"

在这片荒漠上，我们寻找着那株青杨。我们知道：它不会生长在茂密之地。密集的只能是芜草，顶多是灌木，而不会是挺拔的大树。在原野上，当它的身影出现的时候，我们为它的英姿而迷醉，甚至感到了微微的自豪。它不是我们，但令我们心向往之。它的直立和向上的气质吸引着，使我们无法把目光转向他方。

它具有真正的魅力。它是旅人的指路航标。它的绿荫可以使他得到真正的安慰。他可以依靠它，甚至可以与之倾谈。那些按照一些固定的季节被不断地播种和收获的植物都在它的脚下，散发着浓烈的、诱人的气味，但它们永远不会像它这样粗苗高大，也不可能像它这样坚实和执拗。它倔强独立的性格永远是生命的参照，是原野的骄傲。对比那些被不断收获的植物，它是一个奇迹，是不知来自何方的一粒种子。它不是由人抛下的，也不是为了收获而点播的。它是最自然不过的生长。它的存在只属于这片大地，还有白云和高空、飞翔的鸟儿，以及美好的黎明和黄昏。太阳总要格外多情地映照它的身躯。

青杨树，我们不能拥有你，可是我们愿把你植入心中，让你在其间生长……

© 张炜 2016

图书在版编目（CIP）数据

我的自语打扰了你 / 张炜著 . -- 沈阳：万卷出版
公司，2016.9
ISBN 978-7-5470-4265-6

Ⅰ . ①我… Ⅱ . ①张… Ⅲ . ①散文集—中国—当代
Ⅳ . ① I267

中国版本图书馆 CIP 数据核字 (2016) 第 192199 号

出 品 人：刘一秀
出版发行：北方联合出版传媒（集团）股份有限公司
　　　　　万卷出版公司
　　　　　（地址：沈阳市和平区十一纬路 25 号　邮编：110003）
印 刷 者：北京鹏润伟业印刷有限公司
经 销 者：全国新华书店

幅面尺寸：145mm×210mm　　　　装　　帧：平　装
印　　张：9.75　　　　　　　　　字　　数：220 千字
出版时间：2016 年 9 月第 1 版　　印刷时间：2016 年 9 月第 1 次印刷
责任编辑：王亦言　　　　　　　　责任校对：李志宇
装帧设计：张　莹
ISBN 978-7-5470-4265-6
定　　价：32.00 元

联系电话：024-23284090　　　邮购热线：024-23284050
传　　真：024-23284521　　　E－m a i l：book_light@sina.com
腾讯微博 http：//t.qq.com/wjcbgs　　　网　址：http：//www.chinavpc.com

常年法律顾问：李福　版权所有　侵权必究　举报电话：024-23284090
如有质量问题，请与印务部联系。联系电话：024-23284452